失衡的游戏

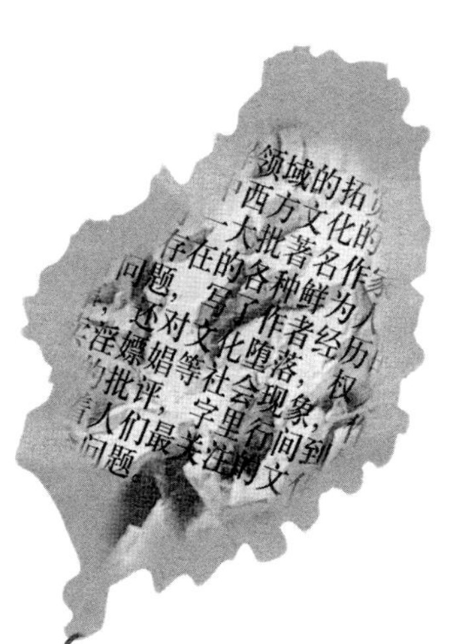

抒情时代的失语症

女性写作与性迷惘

质疑的道德底线

怀着仇富心态的局外人

坏心情与可耻的极限

傅查新昌
黄向辉 著

学林出版社

出生在伊犁河畔，生长在天山脚下，一位锡伯族作家，冲破世俗传统的桎梏，激扬文字，直面中国文学的创作时弊。

喧嚣的都市遮掩不住宁静悠远的思绪，纷繁的市井打磨不掉对自由空灵的向往。一位酷爱文学的大学女教师，以理性的目光，探求前卫作家的思想脉动。

目录　失衡的游戏

序

贾植芳

3月的一天，黄川教授和他女儿向辉来寓相访。向辉说到自己与新疆作家傅查新昌刚刚写完一部文学批评专著，她很希望我给他们的专著写篇序言，还鼎力推荐傅查新昌是一位颇有才华的锡伯族作家。当我读完书稿，深感意外。我国的文学批评往往局限于友情吹捧和过度神化或鬼化的范畴，很少看到这样尖锐的批评专著，还没有开创出一个公正的批评空间。因此，向辉和傅查新昌的《失衡的游戏》是一部值得关注的批评专著。而向辉生活在上海，傅查新昌却长期生活在边远的新疆，他们用对话的形式，竟然探讨了那么多别人不敢正视的社会问题和文学创作的时弊，这真使我非常惊讶。

由于年事已高，我很少看当代中国作家的作品，只知道一些作家的名字和书名。在《失衡的游戏》中，他们围绕文学研究在“历史”这个维度上出现的令人忧虑的贫弱化倾向，大胆援引东西方先哲的经典，寻找东西方文化差异，指出文学创作中存在的现实问题，这都有理论意义和现实意义。有几篇文章提到了作家的“精神撒娇”，我被作者敏锐的观察力所吸引。我喜欢这两位作者的心灵风度，当今的中国文坛上，还存在着很多问题，如“身体写作”、“妓女写作”、“胸口写作”等等，而这样的作品总是被炒得天昏地暗。文学创作中存在的这些问题，使我形成了这样一个认识，从事文学批评的人，应该是敢说真话的人,尽管有艰难险阻,但他们的书写与言说,至少在学术上捍卫了批评者的责任感。《失衡的游戏》不仅要和广大读者见面,而且很可能引起学术界的广泛关注。我想,这部批评专著之所以引起我的关注,是因为它表达了我对当代文学创作的一些观点和看法。我希望这部书尽快出版发行,以此作为开创中国文学批评新空间的前导。

2005年3月25日上海

第 一 部

1. 我们是否属于自己的时代

向辉:我这次来新疆的主要目的,想和你交流一下对中国当代文学现状的认识和看法,这是我近两年来的一个愿望。如果你不介意的话,在切入主题之前,就从你最近的创作状态开始吧。据我目前所了解到的情况分析,你的文学创作,从《毛病》和《时髦圈子》开始关注现代人的生存焦虑、人性裂变、物质欲望、身体语言。以我的阅读感受来看,你最近的创作,从描绘人类苦难的小说创作,逐渐转向了对伪崇高和流行文化时尚的反讽与批判。比如,从余秋雨、贾平凹、周涛等文化人,到语言交际问题、卖淫嫖娼、爱情关系、网络文化、社会制度或经济关系,以及中国人的基本生存状态。还有一个问题是,你平时不参加任何文艺圈子的活动,一直隐匿在时代的边缘进行个人写作,是什么力量在支撑着你,使你能够进入这种状态的?

傅查:是造化的力量。大约二十年前,我还在尴尬的青春期里,像快乐的牲口,沉浸于灵魂的自我拯救时,就从马尔兹的《你的潜能》里,找到了自我意象,或者说,找到了“我属于哪种人”的自我观念,它建立在人们的自我信念之上。此外,还要保持精神愉快的思维方法。过去的十年里,我关注于民族的苦难,以不尽的高扬意志,寻求一种写作良途。由于时代的急骤变迁,我对现实人事的思考与感悟,历史和价值在心灵中被分裂,打破了内心与外界的和谐,从理智上疏远了中国的文化传统;但从未停止小说创作,只是在向关注现代人性的转型中,间隔着一场人生的大困顿。困顿所带来的往往是迷惘和幻灭。在这样的时刻,人会不由自主地去寻求一种精神归宿。读中国的古书,常常使人能安静下来,陶冶情趣,也可获得知识、见解、文采和消遣。但这只不过是儒融合于人际世俗,庄融合于自然山水而已。迷恋了这美的意境后,它势必会消融你身上的狂气,吮吸你仅有的感性生命,不知不觉地使你变成一个中庸的、圆滑的、彬彬有礼的、富有传统美德的绅士。我的曾祖父、祖父和父亲,都生活在纯朴而健康的锡伯军营里,他们那种粗犷而旺盛的生命活力,给了我赤诚和热情。

向辉:你是新疆作家,又是少数民族,但在思想上,你往往是西方化的,是以西方文化为参照系对中国文化进行剖析批判。在比较、剖析和批判之中,难免引起内心的快乐与痛苦,这快乐来自知识,来自写作本身,而痛苦来自批评的艰难,来自你的批评话语、现实生活和异常思维,不能摆脱现实社会的制约和规范。中国有一个怪现象,国外流行什么主义,国内很快就有人奋起响应，原本集体意识很强的格局突然变得一盘散沙，要么板结，要么全盘西化，这至少是近代社会不断重演的现象。

傅查：在当代中国，有一些作家丧失了灵魂，扮演着特殊类型的滑稽角色，用国家级的煽情伎俩，给一些庸众带来了非常恶心的阅读快乐感。另一个层面，还有一些像张承志一类的作家，与这个时代、一些庸众格格不入，内心充满激烈的冲突。有位大学教授说得很形象："心情不好，回到家中可以看李清照的词。"什么样的好事，也感动不了心情不好的人。比如，霍英东重奖奥运健儿，获得金牌的体育明星，如此感动所有中国人的事，也打动不了心情不好的人。只有谈起"文化中国"的理念，谈起儒教、新儒学，谈起佛教、伊斯兰教，谈起自己的文化理念，才能展示他们对人类文明有所贡献。不光是中国有怪现象，外国也有怪现象。记得美国人类文化学博士帕克木对我说过："你们中国人很怪的，恪守礼节，办事缺乏精确。"我对他说，你们美国人比中国人还怪，就以艾兹拉·庞德为例，他迷恋中国古代诗词，痴迷于汉字研究，达到了疯狂的境地。在《比萨诗章》里，他把汉字直接搬进英文诗行间，有几个美国人读懂那些醒目的汉字呢？那么，研究现实之外的学问的意义何在？帕克木博士耸耸肩说，中国有的作家一旦出了名，就弃笔从政，圆升官的冷酷迷梦。不要各种名誉的是张承志，在远离现代文明的古城与废墟之间自由行走。

向辉：对一些普通读者来说，张承志的冥顽不灵、不识时务，让人啼笑皆非，因为他们对张承志的敬仰，仍然徘徊于对他的《北方的河》和《心灵史》等作品的审美层次上，还没有意识到在他敏锐的思想、犀利的文笔、锋芒四射的人格魅力的背后,隐匿着“在哲学思考中一直处于无家可归的精神状态”,而且他“糊涂、顽固、出奇地不懂政治”的隐退行为、反思深度和批判精神似犹在我们之上。在文学创作、文化批判、历史研究和宗教信仰等诸多领域,他获得了一个选择机会:有所不为才能有所为,可能张承志正是在某些方面无所求,所以才能无欲而刚,保持了虔诚的“圣人之心”。他的《以笔为旗》和《谁是胜者》,实际上是从对人文领域的哲学考察开始,逐步走向对中国哲学传统的批判思考,最后则日益自觉地推进到对中国文化传统本身的彻底反省。颇让人寻思的是,张承志离我们这个躁动的时代越来越远了,他是不是从所谓的“语言游戏”、“问答逻辑”、“活的隐喻”、“消解方略”,转向力图在物质欲望和世俗观念的重重包围下杀出一条突围之路?

傅查·柏拉图说过:“哲学是人的思想的本性。”我们不能按一个时代的审美趣味,来阐释一个作家卓尔不群的生存状态。在康德的时代,欧洲曾流行着一句绝妙的双关语:“No matter, never mind(没有物质存在,别介意)”;真正的作家在困惑面前,不是放弃文化批判和哲学思考,而是期待转折的发现。我们所处的时代,对一些庸众来说,成了滚滚而来的财富的庞大储运基地,这为人们心中蛰伏或诱发出来的各种欲望的实现与满足,提供了丰厚的物质保证。但欲望追逐的复杂性,呈现出散发着一股呛人的血腥味的精神图像,人们的价值观、情感、心绪随之发生了巨大的变化。人与物质的分离,从物我转向纯精神状态,是没法活下去的。张承志的“隐退”,或许对这个物质时代做了某种暗示,就像苏格拉底所说的那样:“任何实际的品德、勇敢、节制、豪爽、谨慎、友谊都不足以定义‘善’,如果离开了本义的‘善’,其他品德也可以转化为‘恶’。”在一个充满物欲、情欲和私欲的时代,张承志是一个值得重视的作家,他回避传统的“人伦”与“事功”,甚至文明、法律和社会控制,试图重建现代人格和宗教信仰的构想;另一方面,他反对“教授阶级”(Professorist)的专业局限,重视发挥知识的社会作用,倡导综合性文化批评,努力调解着过渡时期的思想冲突,宣扬宗教意识和现代精神合一,以承受现代生活巨变中的压力,维护文明的秩序与统一。

向辉:在我看来,张承志现在的主要努力,就是想要把我们从所谓的“形而上学”中拯救出来,从独尊话语的牢笼中走出来。维特根斯坦说过这样一句名言:Don't think, but look(不要想,而要看)!这个“看”与胡塞尔的“直观”极为相似,而我们借用哲学家“本质直观”的目光,来审视中国社会时,发现从孔孟时代以来,在整个封建时代,知识权力一直跟政治权力联姻,使我们多少代中国人无法摆脱独尊话语的桎梏。相比之下,竞争成了商业社会的灵魂,但随着物质欲望的满足,在文学领域开始出现了“欲望化叙述”、“身体写作”,以及“局外人”形象的再度出现,他们是叛逆的、另类的极端,既是对传统叙述的反动,也是对现代叙述的艰难扩充。以韩东、朱文、卫慧和棉棉为代表的“晚生代”作家,作为文学传统的叛逆者,他们不再写国家命运、民族苦难、社会道德、人生态度和文化审美等内容,而男欢女爱、日常生活、身体感受、个人欲望占据了主要的内容,所以许多评论家认为他们描写的是“个人的性状态”,是“格调低下”或“不道德的文学”等等。韩东们的言说与书写,是不是在打破知识权力的控制,争取思想的更自由的呼吸空间？或者把这种“低调写作”视为一种物质时代的病态写作？

傅查：要做到彻底的叛逆，就要有睥睨一切的傲世勇气，那种知天乐命的顺世者，或是玩世不恭的游世者，是当不了传统文化的叛逆者的。勇敢等品德不仅可以来自知识，而且来自情欲和疯狂。对“晚生代”制造的文学现象，李敬泽、葛红兵、谢有顺、宗仁发和吴炫等评论家有专门的著述，我在这里就不必赘言。从伽达默尔的“悟如何可能”出发，或者援引庄子的“小知闲闲，大知间间”，我们可以诊断出知识权力系统的各种历史症结。在这种独断的现代语境中，朱文、韩东们开始重新认识自己，把来自知识权力和政治权力的“集体意象”，那种“遵命写作”的东西，一骨脑儿全都“悬搁”起来，就像德里达“涂掉”所有概念一样，寻找贴近时代的、内心深处的、更直观的表达方式，探讨比逻辑思维更深一层的生命意识，而且比传统认识论意义上的认识、意识、反思、我思、自我，以至心理、内省、性体验都更深一层的“可以领悟的存在”。所以，他们是敢说真话的人群，说出了某一个领域或阶层的生存状态，读起来既可亲又可爱。荷尔德林说，语言是最危险的东西。说漂亮话、恭维话和唱赞歌时，语言极其动听悦耳，正如海德格尔说的那样，语言是“既澄明又遮蔽的东西”。如果“遵命写作”者善于用语言的“澄明”部份的话，那么“晚生代”则用语言的“遮蔽”的部份，后者的心智洞见、精微感觉和怀疑、批判的精神，正代表着他们的高度成熟——他们克服了理想的冲动，倾向于体验和表达现代生活的多元性和复杂矛盾，更加深入地开挖意识的“秘密深井”，提高对人类处境的认识和预见能力。

向辉:在卫慧和棉棉眼里,大城市的生活变得愈来愈纷繁紧张了,那衰竭的神经全靠强烈的刺激和纵情狂欢,才能振作一点,而每当这样做过之后,又变得更加衰竭和劳累,随之各种"问题人"就出现了。她们的作品,也不再给人们以美感享受,她们所关心的都是一些能引起争论和最能挑惹起各种刺激的问题。她们挑动肉感,促使人们追求物质享受和肉体快乐,让人蔑视一切基本的道德准则和所有理想的需求。她们描述病态行为和性变态者,把有关龌龊的、恶心的、反叛的种种古怪的问题塞到人们的脑子里。电视节目、各类广告、流行音乐也使出浑身解数,以最为刺激的表现形式,刺激着人们的感官。创造性艺术也发生大转变,开始偏向那些丑陋的、讨厌的和暗示性的东西,它抗拒现实,毫不迟疑地把生活最丑陋的方面呈现于我们眼前。

傅查:中国有句老话,家丑不可外扬。我们这个时代的毛病,像一只漏水的船,千孔百疮,危机四伏,新贵们却福上加福,平民们则穷途末路。海德格尔说过,哪里有危险,哪里就有拯救。"晚生代"的反叛就是从这里开始的:时代的毛病,只能用最纯真的活动,改变人类的生存方式来治愈,文学问题的毛病,要以改变人类思维方式和生活方式来治愈。相反,文字游戏因此而失衡,就像膨胀而空虚的气球在空中飘荡一样,文字的意义比泡沫更像泡沫,谁还去思考蒙田的哲学,关心个人无德的现象呢?深层的意义,已成为中国文化的盲点。

向辉:心理学家荣格曾经预言,心灵的探讨必定会成为未来一门重要的科学,因为心理学是一门人们最迫切需要的科学。荣格的预测，如今逐渐成为现实。时至如今，心理学已不再是只有专业学者才能问津的深奥学问，它已日益大众化，深入人们的个体存在和日常生活。于是，大众的审美情趣，从敬仰学者、专家和艺术家逐渐转向影视明星和歌星，谁都知道消费自由没什么错。但由于人性的异化，文化根的断裂，现代人的孤独焦虑，在精神上逐渐雷同于世代流放、归宿不明的犹太人。在这样一个瞬息万变的时代，知识与权势的结合，文化名人同学院派汇流，学术思想借助发达的大众媒体直接左右社会，那么他们作为现代人的精神导向，与社会分享自己独有的合法荣耀时，是否能担当现代人的忧患与警惧？当我们谈到时代这一话题，由于不同社会阶层的存在，知识结构的落差，以及城乡经济与文化的差异，我们将面临无数令人尴尬、困惑、迷惘、孤独、失落和痛苦的反应的时刻。你作为一个具有现代意识的作家，你在自己的文学评论中多次提到作家和时代的关系，那么在你看来，当今的中国，谁是时代话题的热切的审美主体？谁又是“局外人”——对时代这个审美对象麻木不仁的是哪一类？

傅查：我们所处的时代与鲁迅的时代不同，他处在“不是死，便是生”的大时代。中国知识分子面临着艰难苦痛的自我嬗变，承受着双份的重负，不仅社会环境的外部险恶，也有文化传统的内在黑暗。而我们却面临着多重屏障，从孔孟的“人伦”与“事功”，到被经济体制异化的和谐意境，这体现于文化心理的知、情、意结构，其认知方法为实用理性，情感态度为乐感文化，行为模式为中庸主义，而最高的理想境界是天人合一。从梁启超到陈独秀，都在民族救亡、争国权的呼声中，放弃了个性解放和争人权的呐喊，传统的文化心理，使他们没能超越时代的局限性。轮到我们这一代人，显得越来不自在了，心中的惆怅堆积如山，肩负的重任越来越沉重起来。因此，我们只能提醒自己，存在本身就是意义了。每个时代都有其喧哗与骚动，像孔子、孟子、屈原、李白们，或者鲁迅和老舍，哪能体验到来自物质时代的现代痛感呢？

向辉：如果把历史倒拨回二十年前，当今中国的知识界、学术界和文艺界的权威们，可没有如今的显赫和光彩。那时他们都是受迫害者和流放者，就像秦始皇“焚书坑儒”那样，受尽政治犯式的摧残、压制和残杀，有幸残存下来的，也充满着心灵的委屈，人格的污辱。他们当中的一些人坐稳了权威之椅，内心深处的耻辱，演变成政治制度下的理性工具，学术上不诚实，道德上不负责任，世俗、圆滑和练达集于一身，丧失了学术立场，就像王朔说的那样：“大家在一起骗来骗去，你给我抛个媚眼，我给你送个秋波，我给你挖个陷阱，你给我下个绊子。”（摘自王朔《美人赠我蒙汗药》第123页）

傅查：严格地说，生活在底线的劳动人民，永远是每个时代的审美主题，劳动者是快乐的，他们是我们赖于生存的生命根基。你刚才提到的“局外人”，或对这个时代的审美主题麻木不仁的是，有些身依权椅的恶棍，他们对百姓的上访、诉讼、痛苦、呐喊，充耳不闻，整天想着香车美女，勾结奸商称兄道弟，突出“豆腐渣”式的政绩，上蒙党中央国务院，下骗善良的老百姓，赤裸裸的腐败，难以言表。这种中国式的“局外人”，比加缪笔下的“局外人”更加麻木，更惨无人道。在当代中国，这样的“局外人”正在导致新的心灵灾难。

向辉：几千年来中国人的人生价值观都是在儒道释的熏陶下形成的，最近几年在文化界又出现一股复兴儒家文明的思潮，你认为儒家思想的影响力在现代中国消减了还是增长了？你对儒家思想持何种态度和观点？鲁迅在《坟》中阐述了这样一个观点，他认为整个中国历史就是“做稳了奴隶的时代”和“想做奴隶而不得的时代”，一乱一治的转换，都没走出奴隶时代。你认为我们现在所处的时代是否有所改变，中国现时代的特征又是什么？我所居住的上海，是一个国际现代化大都市，像“老爷”这样的称呼竟在许多场合竟又沉渣泛起。你对此有何感想？

傅查：你既然提到鲁迅，我就拿鲁迅的话，回答这个问题。鲁迅说，中国的书很多，都是治老百姓的。对历代中国的鱼肉百姓来说，“多磕头，少说话”是一种习惯于被压迫被摧残的、奴才意识与处世态度，他们很会利用孔子所说的“有道则见，无道而隐”的屈伸之道，把顺时应势作为自己的人生哲学。他们认为，与其对抗权力系统，苦海里挣扎，不如苦中作乐，悲中求欢，享受“做哑巴”的顺俗乐趣。到了我们这个时代，奴性社会的礼俗观念，没有一点改变。有多少“外化内不化”、“顺人不失己”的文化人，在精神层面上保持人格的独立、个性的自由，而在现实层次中又明哲保身，随遇而安，依违于无可无不可之间。这个时代的特征，林林总总，无奇不有，但总体上主要反映在经济学与科学领域，现代技术革新与物质成就，改变了人们的思想观念和人生态度。对“老爷”这样的称呼再度使用，也体现了对权力与独尊意识的无限渴望。

向辉：“老爷”这个称呼，毕竟体现了封建社会的独尊意识,是权力欲望的渴望。我去过很多有钱人家,他们喜欢收藏书画,家里的装饰品,古色古香,有的新贵在客厅里摆佛龛,他们每天都举行一种烧香拜佛的仪式。这种行为与“老爷”重新使用,都是一种复古行为,渴望返回能够充分展现父权、君权等独尊意识的时代,重新享受权力和地位带来的人生快乐。只追求生存的意义,不注重生命的意义,会不会陷入一场生存的战争呢?

傅查:在一些单位,一般的处级干部,都非常自然地称一把手为“老大”或“大老板”,这说明官场在金钱万能的物质社会,人的价值观、道德观、人生观都随着时代的变迁,发生着深刻的变化。那些手握大权的,想方设法满足着物欲;有钱的新贵,却渴望着权力,用间接曲折的方式,崇尚儒家文化,怀抱早已消弭的家族制度的古老残余,其目的就是满足极度膨胀的权力欲望,想建立一种新的家族制度和专制制度,厚古薄今的目的,在于恢复礼俗社会。从儒家文化的角度来理解,“老爷”就是长老、权力和天理,所谓“存天理,灭人欲”,就是把人的生物性存在,以及个人欲望视为罪恶和淫邪;而“老大”却意味着官场的龌龊和黑暗。几千年来的儒家文化,可以说是官场的经典性教科书,即使人类步入了信息化时代,贪官污吏们一直从灵魂深处崇尚儒家文化,他们将“人伦”与“事功”等世俗理念,与现代的领导艺术融会贯通,营建了“现代人伦”和“现代事功”,把单位制度视为家族专制制度,把权力视为“父权”。所以,部下们乐意溜须拍马,低三下四,称他们为“老大”,这是象征意义上的君王和父亲。

向辉:你是不是介于“乡愁”与“异化”之间,感悟着中国的“君子市义”，目睹了金钱和财富的人们冒险、征服、掠夺和厮杀的精神图式，因而痛惜青春的梦想受挫，对父母的亲情丧失，产生了一种“树高万丈，叶落归根”的情结了呢？在此，我建议你不要戏仿陶渊明，中国的世道人心，王彬彬在他的《拍马小史》一文中写得淋漓尽致：“在中国，一个完全不懂拍马术的人，是会生存得很艰难。最无耻最下作的拍马，并不是那些仅仅为求得一点残羹剩饭或几枚硬币的乞丐做出的，而是出自那些衣锦食珍者之手。形容溜须拍马的成语在中国可真不少：卑躬屈膝、摧眉折腰、低声下气、低眉顺眼、低三下四、掇臀捧屁、阿谀逢迎、奴颜婢膝、奴颜媚骨、攀龙附凤、强颜为笑、曲意逢迎、趋炎附势、搔首弄姿、偷合苟容、投其所好、胁肩谄笑、摇尾乞怜……而这些成语的产生和流传不衰，说明类似的现象之普遍和久远。中国的正史和野史里所记载的古官场上的拍马故事之多、拍马手段之精，恐也是世界第一的。”（摘自王彬彬《为批评正名》第3章第17页——18页）

傅查：这就是儒家文化对中国的政治、经济、军事、教育、文化艺术等诸多方面的渗透与影响，尽管我们走进了一个重物质、重实利、重规律、重现世的繁荣时代，那种根深蒂固的家族观念和封建专制理念，仍然左右着中国人的行为模式和人际交往。去年，我曾看过中央电视台记者采访一个放羊娃，记者问他养这么多干什么，他说卖了后盖房子，然后娶媳妇，生儿子。记者接着问他儿子长大了，你还让他放羊吗？他回答的还是卖了羊后盖房子，然后给儿子娶媳妇。在中国十亿农民中，有多少人还处在人背马运的原始思维状态，有多少人接受了现代文明的洗礼？尽管物质时代的现代文明以惊人的速度冲击着中国的每一个角落，尽管大众媒体把现代文明渗透到社会的每个阶层,儒家文化的幽灵,还在中国大地上徘徊着。在当今中国,在诸多家庭和单位,这种低级的理智感和礼俗观念,已经提升为一种“新儒学”,融于社会各种阶层和学科领域,比如,像李泽厚这样的儒学家,你做学问做得再精致,做人时还是无法摆脱儒家的“人伦”与“事功”,你要生存,就得面对由各种脸面、情面、桌面构成的新的礼俗社会,他办自家的事,不找关系,不去求别人,或请客送礼?这“三个面子”是中国人的生存哲学,不论在农村还是城市,你无法拒绝“面子哲学”,拒绝就很难活不去。王安忆曾在某个场合这样说:“我对生活采取了认可的态度,生活应该是这样的,我认为一个人能心平气和,承认现实,面对现实,就行了,就胜利了。”我不知道,她认可并承认的现实,是什么意义上的现实,她说的“胜利”是反讽,还是曲意迎合现实人事?

向辉:李泽厚等学者认为,农民一直占中国人口的大多数,他们不一定知道孔夫子,也不拜孔夫子,但他们的生活方式、人生态度、价值取向、思想方式、情感表达,全都受儒家影响。他们重视家庭生活、孝顺父母、拜祖先,慎终追远,这都是儒家思想,尽管他们本身不一定知道。他在《新儒学的隔世回响》一文中说:“我认为儒学是已融化在中华民族——称他们为汉族、华人也好——的行为、生活、思想情感的某种定势、模式。我称之为‘文化心理结构’。我认为儒家最重要的是这个深层结构。”而萧功秦、吴予敏等学者却从人类文化学、人类生态学、社会经济学角度,用现代性的目光审视并阐释了儒家文化在中国近代衰败的历史原因和客观因素,他们认为:“中国文化并非先天就具有僵化凝固的物质,在中国漫长的历史发展流程中,儒家文化所制定的政治制度的模式,人际关系和行为的规范,道德信条,思维图式和社会理想在维护国家统一和社会稳定方面都曾发挥过积极的功能。然而,近代以来,儒家文化在西方资本主义文明的挑战面前几乎丧失了应付的能力。它的一整套价值观念和思维模式,竟然反过来压抑了中国人的现实感,理性变成了非理性,成为中国民族进步的巨大精神屏障。”可是,为什么独独儒家文化被历史选为中国观念文化的主干,为什么到了近代又遭到历史的淘汰?

傅查:恐怕不会的。从我们出生到现在,就在这种文化中泡大的。在生命遗传学和文化传播学意义上,我对李泽厚的“新儒学”的观点,采取否定的态度,很赞赏萧功秦、吴予敏等学者的批判精神,儒家文化的确是中国汉族文化的主干,但这种思想观念,限制了人们对人性、生命本质、自然科学的终极探索。你想想看,中国是一个农业大国,自古以来,依靠经营农业谋求种族的生存繁衍,家族是从事生产的基本经济组织,也是构筑民族整体的基本社会组织。建立在血缘的宗法名分制度是限定协调人与人之间的权益,维持社会的基本制度。进入商业时代后,如果我们仍然把人局限于“经”与“权”的原则性上,注重日常生活的表面性的礼节,不树立科学意识和法治意识,这才是真正历史意义上的淘汰。

向辉:的确,儒家文化是家族制度的观念形态的反映。读研究生的那几年里,我匆忙地读了一些儒家的东西,大概知道“它所树立的礼义规范、名分责任观念、亲亲和尊尊的原则,以及仁爱大同的理想、笃实进取和谦恭俭让的人格等等,都为家族制度的巩固和延续,提出了理论的依据。因此,儒家思想最大限度地适应了家族制度下生活的人们的普遍的社会关系形态和精神心理状态。显然，建立在家族制度基础之上的封建中央集权，只能选择儒家文化来作统治的思想，使之成为社会各阶层共同信奉的价值体系。家族制度和中央集权专制政体是决定着中国文化主导观念的选择的关键因素。”你出生在新疆的边缘小村，是否受过儒家文化的影响？

傅查：我对儒文化的不满意是多方面的。礼俗方面就不苛责老祖宗了，但关于儒家的思想，我不能不抱怨几句，那种思想把我这个马背民族的后代搞得苦不堪言。我喜欢西方的罪感文化，而西方文化和中国传统文化的对立，实际上是先进的法治社会和落后的礼俗社会的对立。我想，儒家文化的价值观念和思维方式，典型地反映了礼俗社会的固有意识，以群体的和谐生存作为最根本的社会理想，不重个体生存的意义。但是，随着我对儒家文化体系的逐步了解，在积累了一些使我自如地孤身思考的经验之后，我又发现在儒家文化中，人把自己在既定社会关系中形成的角色身份，天真地视为人的本质，因而否定人的天赋平等的权利。这就是儒家文化，一种以“崇尚远古传统、长老智慧和习惯经验、用这些来检验规范人的认识、不重个体的独创经验和理性良知”的古老文化，这种文化的深度，我们似乎难窥其底。

向辉：谈起儒家文化，你好像喝了蒙汗药似的，瞧你这副玩世不恭的神态，如果你这辈子当不了教授，下辈子也肯定当不了教授。李泽厚教授说：“孔、孟都讲‘经’与‘权’。‘经’翻译成现代汉语就叫原则性，基本原则必须遵守；另一方面，‘权’是灵活性，要你动脑，要有理智。有经有权，才真正学到儒学。”我认为,儒家文化起源的内在因素,与当时的经济条件和有限的科学知识,有着直接关系。

傅查:你说的很对,儒学以家族制度的健全建立,构成了一个非常复杂的控制机构和政治权威,继而把等级森严的国家制度融合为一个庞大的家族,进而从家族到国家都将具有强化族体凝聚力的祭祀、文教、文艺作为政治权威的补充和辅助,不妥地将法律依附于伦理道德系统,这个系统又将法律片面地限制为刑律,然后主张“均平”、“节欲”、“揖让”、“明道非功”,遏制人与人之间的欲望竞争,以牺牲优胜一方的清规戒律,谋求族体内部固有的心理平衡。这个系统本身就与人的本性相克,它只标举人的自省、慎独、修身养性,以私德作为评价善良善恶的唯一尺度。今天,我们用现代性的目光审视儒家文化,发现“它是适应于农业自然经济水平的、与家族制度和封建专制相配合的、重在协调控制族体内部人际关系的、以维护群体的天然和谐生存为目的”的观念文化。

向辉:除了创作小说以外,你写了文学评论集《零点思维》,其中至少有4篇进行反讽“撒娇”和“媚俗”的文化人。新疆诗人周涛的诗在你看来属于过渡性的、特定的抒情时代;那么,贾平凹、余秋雨的作秀是否反映了时代的一个侧面?你所尊崇的文豪从中国的林语堂、胡适、叶公超到叔本华、尼采、柏格森、乔伊斯、卡夫卡等,他们的作品和思想同现代人保持的距离是近还是远?

傅查:撒娇是人的天性,是一种生理需求。小孩子撒娇,天真无邪,以其纯洁的童心,得天独厚的情趣,颇得成人的喜欢。而文人撒娇,纯粹出于生存伎俩,一种卖笑心理,一种私欲和野心。因为,我们生活在一个受到心理制约的时代。我们一直误以为应该用聪明才智指导生活,而非听从直觉判断,殊不知我们只是用自作聪明的方式,逃避人性的罪恶感。一个容易被人忽略的事实是,精神撒娇同样对周涛进行着侵蚀。这种侵蚀一般是在写作状态之外进行的,而且更容易被周涛心甘情愿地接受,与排斥与钳制比起来,成就感当然更符合周涛自我实现的愿望,也更能体现他个人的尊严。在过去十多年间,贾平凹和余秋雨似乎给人耳目一新的印象,其实,贾平凹小说的色情著述,余秋雨散文的故弄玄虚,有太多俗事隐含其中,离这个时代相隔甚远,成为物质时代"精神撒娇"的开路先锋。更令人遗憾的是,文学界逐渐承认,我们仿佛还活在死人的时代,读死人作品,与自己熟悉的时代隔离。中国的林语堂、胡适、叶公超也好,外国的叔本华、尼采、柏格森、乔伊斯、卡夫卡也好,还完整地存在于我们这个时代。他们的作品,给人真实感,讨人喜欢,成为对生命的沉思,并非悖离。除了教授和学者外,现在谁还去想卡夫卡和乔伊斯?人们不停地挣钱,不停地消费,很想把自己也消费掉。这就是商业时代,随时随地都可以开房间做爱。

向辉:对许多人来说,成人撒娇是一种极其无法接受的心理现象,也是一种极其下作的行为表现。所以,我们要痛斥成人撒娇。正是这种痛斥行为,致使我们持续自我批判,以及我们与自身和他人的隔阂。作家对心性经验进行阐释时,不是依赖地域概念,而是依靠心灵在场的写作状态。写作纯属个人的事情,不需要任何人给作家施加来自现实人事的压力,当下的社会意识本身分歧就很大,不同的社会阶层,不同的知识结构,不同的利益集团,不同的地域和教育阶层,他们各自的信仰、信念与趣味都有很大的差别。就文学而言,最大的差异在于作家与评论家之间的文学观和审美趣味大相径庭,他们之间很难找到共同点,这不仅仅是代沟问题,是源自不同的价值观念、信仰体系和利益期待。如果你的观点与现实能够吻合的话,那么一个缺乏“主流思想”的时代是令人担忧呢?或者是件好事?

傅查:在中国,不缺乏“主流思想”,缺乏的是辽阔的自由。我们的挫折来自各种欲望的压抑,在物质时代里,我们很难抵达无欲的境界,无欲即无挫折,没有挫折,就没有愤怒,而愤怒是一种自发性的内燃,对世事的观念受到现实的挤压,就会有愤怒。一个关注人类命运的作家,不管他身处何方,他的灵魂是属于人类的,不是属于他个人的。像卡夫卡、福克纳、安部公房、萨特等作家发出的声音,是人类的声音,不是当下中国作家的“精神撒娇”。我一直处在边缘地带,享受着电子技术的新成果,没有“今不如昔”的怀古情调,空气再沉闷,金钱再诱人,我也不会变得麻木不仁,对“主流思想”或“人文精神”之类的争论,缺乏热情和兴趣。这些问题是专家、学者和教授们去研究的事情。

向辉:克洛德·西蒙说,作家是上帝的选民集团,但他们没有一位可以指望凭自己的价值或工作跻身其列。正相反,工作被视为有损名誉,像在旧日贵族眼中一样。当今的中国文学,在很大程度上是一种挑战话语霸权、名利和权威的文学,我们从一些前辈作家身上,可以发现一种腐朽的心态,尽管他们曾有过集体的辉煌和个人成就,在政治体制和经济环境中,他们的社会活动能力比写作能力强一百倍。

傅查:的确是这样,我把这类作家视作新世纪的精神侏儒。他们只是凭名气在写作,既没有激进的文学观点,又没有人文情怀,疲倦的、呓语似的、玩世不恭的写作态度,成了危害西部文学健康发展的精神障碍物,他们的心灵是被"文革时代"残酷地扭曲的心灵。这些人,在那种统一的意识形态领域,靠写作出了名,享受着话语霸权的快乐,像一座座大山一样,用精神阴影笼罩着整个西部文坛。贾平凹给中国文化人发明了"作秀"与"炒作",昌耀只有怀疑论的、疯癫的、放肆的激情,用滑稽而病态的情怀,写了大量即兴民歌式的西部诗,他的诗艺表演,充满了毫无妥协的苦行主义色彩,没能写出真正诗学意义上的诗。张贤亮已经在不倦的发财之路上,学会了自我膨胀的技艺,以及非理性的美学,他主导不了什么,他的存在,只是像一次洗牌的过程;周涛由于他学理的不足,以及知识结构的纰漏与缺陷,写了一辈子散文,还没有形成他的散文世界,所以他只不过是一个过渡性作家。

向辉:后于他们成长起来的西部作家,应该具有现代人文情怀的抗议激情,让作家的文学良知恢复它的原创力,重新审视这些"精神权威"的存在,清理被他们污染的精神空间,以科学的人文态度和宏阔的视野,重新梳理西部文坛,营建新理性和道德。这是我们每个作家所面临的不可推辞的义务和责任,沉默和忍让,并非是一个有文学良知的作家的心灵品质和人生态度,而是扼杀激情的危机。

傅查:马尔克斯曾站在瑞典文学院的诺贝尔文学领奖台上,向整个欧洲发出了一个作家的恳求:建议文明的欧洲,用文学或哲学的名义,挽救腐朽的拉丁美洲人民的灵魂。萨特曾以"拒绝一切来自官方的荣誉"的理由,拒绝接受授予他的诺贝尔文学奖;帕斯捷尔纳克则代表苏联公民,拒绝了诺贝尔文学奖;而美国第一位获得诺贝尔文学奖作家刘易斯,在他的获奖演说词中,鼎力推荐比他更年轻的美国作家,希望年轻的作家早日站在这个神圣的位置上,向人类发出更年轻的声音。但在中国,我们很少听说或见过这样德高望重的前辈作家,中国的前辈作家多半都想把生活变为艺术,热衷于存在伦理学,很少任何让我们尊敬的经典行为。所以,我们的写作充满了激烈的申诉,因为我们生活在理性与非理性、现代与后现代、豁达与偏执、肯定与否定的怀疑时代的夹缝中,像一个无家可归的精神弃儿。

向辉:根据我个人的观察,发现进入本世纪以来,一个明显的特征就是,人的物质欲望越来越变得明朗,毫无掩饰。尤其自 20 世纪 80 年代以来的文学的"现代性"的叙事,是在特定的历史发展流程中自然生成的,并且是被历史语境中自然规定了的。在今天,当文学已经成为了一种市场产品的时候,许多作家都以其独特的转型形式,回到"民间叙述"来生产和销售,这已经导致了一种新的匮乏。因此,我觉得有必要重新思考有关文学的概念,并且对于文学的"本质"进行新的阐释。在这个理解层面上,你作为一个作家,是不是从概念到观念,从个人到社会,以及从科学、道德、艺术哲学这种现代知识合理分化的思考中,同时又在这种现代合理化充满了矛盾对立的紧张关系中,追溯到康德和席勒的美学思想,通过对唯美主义的重新解读,通过"为艺术而艺术"的创作行为的仔细分析，结合身边的现代世俗化和媚俗化，一种反抗现代功利主义的批判精神，一种反抗合理主义的思想凸显出来。你在长篇小说《毛病》中借主人公之嘴说，“这是一个直奔主题的时代”。在这个直奔主题的时代，你是否肩负一种使命感？面对压力、不公、物质的诱惑，你能坚持多久？你今后的文学创作会不会荣登“作秀”的舞台？

傅查：我所处的时代，促使我去反思文学，或者从更广泛的意义上去反思知识。从根本上说，我经常怀疑我是不是知识分子，我对于自身的文学立场与现代知识，是不是还缺乏一种足够自觉的反思能力与立场，我的知识结构是不是在意义结构的深层已经彻底崩坏了？这种不断斥责自身行为的心念，偶有消失之时，但时间甚短，不足以让我与体验调融，与生命合而为一。但在这种理性的反思中，一种新的人文意义的结构，已经在焦虑中分娩了。当我进入写作状态的时候，实际上，一种新的意识形态，已经成为支配我写作的精神力量。我在《解构精神撒娇谱系》一文中说过：“我的批评在秘密中使语言的苍白性，有意无意地蜕变成知识的快乐。”这既体现了对于权力话语的尖刻怀疑，同时也反映了一种对人文学术化的理解。我不是将现代性和人文性作为一种不断进步的历史发展的口号和宣言，而是把现代性和人文性作为一种不可忽视的特殊范式来理解。我不是将现代性和人文性作为一种普遍的目的来宣示，而是把它作为特殊的具体的历史实践来理解。我经常怀疑我的《毛病》，有人说这部小说是败笔，我接受了他们的批评。这种怀疑毁灭着叙事本身。我经常怀疑我的思想，这种怀疑埋葬着思想本身。正如毕加索的绘画，毁灭了毕加索肉体的永恒一样。我也在通过写作来毁灭着自己的一生。至于作秀,我这辈子学不会。作为一个反思的作家,应该使写作回到它本身的意义和价值之中。

2. 失衡的游戏

向辉:从我们诞生之日起,我们就囚禁于“人伦”与“事功”的游戏之中,丧失了生命的抗议激情,在人际交往中,如果小有不敬,就在一种近乎天命般的牺牲中,体悟到理性漫长而隐秘的道德禁锢。我们像孤独的哑巴一样,渴望在失礼的游戏中尖叫。请你说一说,无谓的尖叫,盲目的牺牲,是不是激发了你的愤怒?现在,希望你勇敢地面对这样一个问题:假如你是一个性灵崇高的人,你就不应该愤怒。看来你毕竟不是那么崇高;还是别显现出这股愤怒的好。

傅查:有时候,人的心念里面,确实有愤怒、贪婪、色欲和无知。这些都不是坏的东西,因为这些念头都是深入觉察自我的大好机会,并认清这些念头并不代表全部的自己。在我的生活环境里,我只是一个人性符号。所以,我平时挟紧嘴巴。当然,激烈地咆哮,对压抑性的抗争,对道德的拒斥,对自由的渴望,对极端体验的迷恋,是让人欣喜的。但是如果从卡夫卡笔下的人性因素、生存焦虑和道德尺度来衡量,游戏还没有结束。从生存意义上来说,一些游戏并非我们的有意选择。我们在现实生活中所表演的各种人性姿态,则令人惊喜地埋伏着所有人性因素的最初种子,我近二十多年的写作,正是从失衡的游戏上发芽的。所以,我希望阿Q应该反问鲁迅:“尊敬的鲁迅先生,你为什么写我?”

向辉:你别拿阿Q穷开心,人家阿Q比你名气大,他的名字响彻了整个中国。在当代中国社会,一个普通人就能读懂阿Q,就像西方的一个普通读者能欣赏巴赫和埃舍尔的作品一样。阿Q的生存境遇,与我们的生存状态相差无几,是具有普遍意义的,人们能够感受到鲁迅所要告诉我们的有关存在与社会秩序的问题,也能从中获取生存的伎俩。你没有钱,所以你有仇富心态;你没有色胆包二奶,所以你嫉妒人家狎玩小妓,这也算是一种生存游戏吧?或者说,这种游戏传达着一种重要的人性因素,至于究竟什么是你所理解的人性因素,我也不知道,你也没有告诉我。在你的作品中,是否具有这样"好玩"的游戏?

傅查:有啊。应该说,我的信念是寻求内心的真实。正是由于我不满足于已有的个人经验,才与魔鬼搏斗,想以此摆脱意识形态的动力装置,凭借个人的态度、认知能力和审美趣味表现生活。这样一种重要的理念确定下来之后,想在这个日益浅薄的时代寻找内在的真实,目的是为了更好地接近这个时代的精神核心。这种艰苦卓绝的努力,把我成功地带到了现代生活的精神圈内,使更多的中国人知道自己当下独特的生存境遇,并由此赢得他人的尊重。所以说,你既是导演和演员,又是心灵纷扰不休的观众,也是诸多人性因素的文化代码。当代中国百姓的畏缩、失落、困惑、空虚、无奈和悲观的状况,以及现代人内在的精神本质,我连摸都没有摸到。我这样说,不是指责自己在日常经验的表达上,或者在一个事件、一个人物的陈述和描摹上无所事事(恰恰相反的是,我在这些方面往往有不错的表现),而是表现出了中国百姓独特的精神世界和心灵苦难的情形。

向辉：在你的一系列中短篇小说或长篇小说中，绝大部分经验都是由卡夫卡、克洛德·西蒙、普鲁斯特，福克纳、博尔赫斯等外国作家的文本经验直接诱发的。从中，我并没有看到你对中国现实人事的深切体验，也没有属于你自己的对小说人物真实性的清晰态度。所以，你笔下的人物与现实产生了一种虚脱感，并意味着统一道德范式的解体。正是各种哲学观念的冲撞，你对文学观念的选择陷入不可抉择的困境，因而你时而写电视剧本，时而从事文艺批评，把原有的审美参照系弄得错乱无序，没有任何人文思想的根基。这不怪你，应该怪你的认知能力，或者怪中国现实社会的复杂性。在你的小说作品里，对于那些生活在生命底线的小人物，是持批判的态度，还是沉湎于反讽玩味之中，我是很难说清的。这样的写作是不是忽略了这样一个重要问题：你笔下的小说人物，是作为一种文化代码体现了另一种文化的瓦解、传统人伦文化的断裂、生活中的焦虑与无望？我想问问你，你的小说人物和现实中的你，存在着怎样的精神差异？

傅查：我过去很傻，见谁跟谁亲，把自己一丝不挂地袒露出来，对任何事情，有一股打破砂锅问到底的傻蹦劲，后来却成了一个自以为是的人。对此，有人还批评了我，说交人要交心，尽管交的心，也不能将心念全盘托出，还得留一手。中国人很圆滑，表面笑纳一切，内心充满羡妒，甚至背信弃义，弄得你哭笑不得。后来，有位中国商人告诉我说："与人交往时，多说对方的优点，尽量降低自己的身价。"中国人之聪明可见一斑。文学博士施津菊说得更尖锐，她指责我说，我笔下的小说人物都像德国哲学家。这是多么痛苦而残忍的事，我对自己施以这项酷刑，佯作自己是不错的人，生得片段，活得局部，浑然不知生命何以如此沉重。在中国，无怒是了不起的修行，可在现实生活中，我一天至少愤怒七八次。不是我鼠目寸光，招灾惹祸，而是别人暗藏杀机，惹我生气，使我经常感到一种分离感，觉得生活是分裂的、破碎的、悖论式的，不是以“绝对理念”的方式出现在我眼前的。当然，我和外国作家确实有某种相似性和共同性，但不能忽略其中的差异性，即认知能力、感悟角度、表达方式等诸多方面的差异性。在我的诸多小说里，我侧重表现了对现代人性因素的深切体验，这是在一个虚拟性的结构与环境中展开的。骗你不是人，我记录下了我所处的这个时代的真实，即我在此的内心的真实。

向辉：听说你信仰上帝？你认为上帝存在吗？换句话说，为什么卡夫卡笔下的甲虫比你笔下的人物还要真实呢？你为什么把阿古古塑造成一个愤世嫉俗的大酒鬼呢？确切地说，从阿古古身上可以看出两种关于真实的概念：一种是你所看到的现实人事的真实，另一种是你个人所体验到的内心的真实。或者说，这两种真实都能引出你当时的写作心态：你之所以在你的作品中不断地丑化鱼肉百姓的真实性，是不是因为你太自信、自大和自恋？你的心灵与小说人物的心灵有没有冲突与矛盾，阿古古是不是你写作中给你自己的心灵做出的定位？

傅查：为了完整地存在，我才信仰上帝，想做个完整的人，活得完整，死得也完整。《圣经·马太福音》的开头一句是这样说的：“太初有道，道就是上帝。”我有一个美国朋友，他到新疆考察西域文化时，我曾请求他开示，帮助我解脱被人陷害的痛苦，并对他说："我想寻求上帝的真道。"他沉默半晌，态度慈祥地指着我说："你就是道！"认知自己就是道，一切皆是心念的反映，每一个体验都会成为从自我牢笼释放的机会。卡夫卡写的是人类不可企及的东西，他把人类的生存焦虑，表现得淋漓尽致，而我的小说人物呢，只是大师抬头看见的一只哈巴狗，正好跳上你家锅台，偷走了一块猪肉。阿古古的形象第一次出现在我的短篇小说《醉汉阿古古》里，发表在 1986 年 5 月 25 日的《伊犁日报》副刊上。当时，这篇小说给我带来了很多麻烦，害得我差点妻离子散，愤然走出家园，客居城市。现在，我可以说，阿古古的形象是比较成功的，既可爱又可亲，因为在他身上毕竟有我思想的影子。尽管我生活在垃圾掩埋场里，但我不能欺骗我的读者。那时候的我，对自己的心灵还没有充分的把握，进行定位。在写作的时候，我替阿古古表演，他的姿态、心理和行为，都是在愤怒中完成的。所以说，我跟阿古古没有任何冲突与矛盾，对于经历了二十多年的写作历程的我来说，以单一模式的人性因素为中心的现实主义，肯定不会再给读者带来阅读享受和快感。我的写作经验表明：只有符合逻辑学的超越的想象力，才能使作家的体验可以深入到时代的灵魂。

向辉：在生活中，你是不是满脑子困惑和自疑？是不是经常为自我辩护而反驳别人，或为退缩而顺从对方？在写作中，你纵有自省，是否往往仅止于抱怨走霉运，认为深入世道人心，未免太痛苦了呢？检视你与现实的紧张状态，就会发现你不拘小节，吸纳百川，但又流露出你对世事无常的厌恶，那么，你对自身的经验和记忆，以及传统的艺术习惯负责吗？你想过没有,你在这个世界上能活多久?面对那无法掌握的下一刻,是否总是蹉跎拖拉,还是表现出豁达与睿智?你不惜背叛传统,在小说形式或思想表达上实践得非常新颖甚至乖张,其实是为了更好地描写中国人的真实形象是吗?

傅查:我的生活很简单。有太多的自我,我是不希望去经历的,像是恐惧、愧疚、愤怒、困惑和自怜,太多的自我怀疑,太多的软弱的藉口。受这般荒诞的心理制约,让价值观在心中彼此发生冲突,所以我会觉得人生如此不完美。一会儿,想放手去干某件事,一会儿又觉得不能这么做,把我弄得支离破碎,急于防卫那个让我害怕的自我。我变得不敢跟任何人说真心话,甚至跟自己的妻子也不说。我害怕他人,怕自己不被人爱,或不值得被人爱。我活在世上,自有我的意念,剔除杂念,便规避了完整的我。所以,我必须掩藏部分自我,然而这种自我保护,其实是自我禁囿。你想想,一个人有多少思维和幻想,梦想和恐惧,想跨出家门。对我而言,这是多么难堪又可怕的事?他想亲近的人,远离我,排斥我,甚至算计我,陷害我,这与他人的心灵,造成了多远的距离?这种游戏有几个人肯参与?但是你想想看,能够无所隐藏是多么自由的事啊!能够预见他人的野心,我同样感到不安和疑虑,这是多么奇妙的经验啊!所以批判是我的天性,我不怕得罪人,好批判的人才肯放松钳制,看穿隔阂造成的幻想,带着幽默感,笑傲人类心念的疯狂。也许,对于我所处的时代的大众而言,他们所看见的依然是不够清晰的、不那么完整的我。对传统艺术习惯,我持怀疑态度,剔除内疚和自利的部分,对任何作家来说,任重道远,甚至忍辱负重。这不是一个简单的艺术形式的变革问题,而是与我们的精神体验有关。你再看看那些“美女作家”的作品，卖弄风骚，像十足的性变态者！你叫我怎样负责任？最近，有人又提出“胸口写作”，愚蠢极了，简直是在性发泄！

向辉：那么，你为什么还继续写乱性？你不会是一个心智高明的疯子吧？我认为，你所触及的真实也许反映了物质时代的本质。所以，很多读者都认为你是“流氓作家”，想把你送进监狱里，让你看不到明天的太阳。但是，有些人认为你所提供的有关民族精神的信息要比有些作家多得多，把握了你所处的此时此地的独特性，以及所谓的原生态。其实，你也是一个没有出息的，属于和大众一起带着人类脑袋跳着白痴舞的人。我劝你远离大众，远离陈旧的信念和习惯，因为大众只关心他们的生活，从来不关心艺术。

傅查：你别怂恿我。经你这样一说，我不禁纳闷的是，一旦我感受到的东西不合宜，看见了自己的恐惧、厌恶、内疚、自利和怀疑，我还保持心灵开敞吗？一旦性乱成为一种瘟疫，我们仍能开朗地接受当下的一切道德吗？会不会就此逃到外婆的炕头，与原始初民相安而居？我们对自己太不仁慈，太少下批判，在内心那个空间包容自己。我们怎会对内心受煎熬的那个人如此缺乏怜悯？假如我们不带自艾自怜地完全认知自己的痛苦，很难因此去关心和同情自己的福祉。我们被迫逃避自我，按另一种生命特性去生活，如同活在地狱里。这是一种抗拒的表现，但我们人生的一大半，都是活在这种地狱里。你不说，我也明白，因为我没有像大众那样对中华民族的苦难和血泪史丧失记忆，也没有对现在的诸多过于合理化现象失去一个正义者的愤怒，更没有对我个人或民族的未来失去信心。我只是觉得,有时在我身上,大众的情感太具体化了,比如我被压抑而烦恼,为得不到别人理解而生气等,所以我毕竟不是那么崇高,也渴望脱离束缚,尽情虐待一番自己。后来,我对自己有些警惕了,不再单一地、简单地、匆忙地进行写作了。文学应该具有超越性,不能再投合大众的媚俗趣味。对我来说,写作就是一种发现,并用文字将这种发现记录下来,这是一件把知识变为快乐的事情。

向辉:你为写作而虐待自己,为愤怒、怀疑、恐惧和嫌恶等念头自责之后,不为责怪自己的这副德行而后悔吗?可以想象,你拿自己与孔子和老子比较,与耶稣的形象加以比较,结果发现你还差好几截,发觉耐性只是不断注意生起的念头,欲望的本质就是寻求,达到理想的目标。因此,你希望自己博古通今,奋笔疾书,以求解脱大欲。但是,这种解脱本身,也可能制造新的陷阱,因为深层体认的渴望,会减缓放弃一切走向本性的过程。最近,你是不是在写作问题上遇到了困难?从你最近的创作状态上,可以看出你仿佛有意识地在"隐退",想转换一下你的写作状态是吗?

傅查:有时候,我们过分认同自己的作为,认同为自己设定的模式,以致面临灾难之际,变得极度缺乏安全感。我喜欢爱因斯坦,他把宇宙视为"比空还小"的一种执系,使我明白了欲念是多么痛苦的事,贪执渐渐减少,已略知生命究竟是什么东西。我讨厌孔子,他的说教局限于日常生活,不论走到哪里,他热衷于溜须拍马,给当官的送重礼,而且官欲特大,所以他的生活相当顺遂,有过不大不小的官职,学生也听话;他注重"人伦"与"事功",还没有达到"天"的境界,对死亡一无所知。耶稣的心灵,要比孔子开放坦然得多,他倡导人与人是平等的,还教育我们"爱你的敌人",甚至还给自己的学生洗脚。在我看来,可视世界是可以被认知的,我也一直培养着认识世界的信心与能力。基于此,我写下了我所处的这个时代的各种现实人事,因此我对写作,从来不困惑,渴求过多,痛苦就越重。我能活多久?我为什么要写作?写给谁看?从这种思考出发,可以预见我的心灵要遭遇怎样的痛苦。检视在世界上轻盈行走的可能性,就是认知生命不必是苦,不必贪执,把生命变成一种艺术,以印弟安人所谓的"奉戏态度"生活,培养对生命的热爱。

向辉:有些人说,一切都是虚空,忙碌一生何苦呢?所有的满足都是白云苍狗,不会给你留下任何完美而充实的东西。所以帕斯卡尔说,人是一根会思想的芦苇。面对生命的短暂与脆弱,你不觉得人活着很可怜吗?人的真正的悲剧是什么?当然,对作家来说,痛苦也是一种写作资源。我觉得,你应该与现实和解,别再那么自大,写些轻松一点的故事吧。

傅查:每个人都从虚空到存在,如果我们感知《圣经》上说的"你们不要忧虑说:吃什么?穿什么?你们需用的这一切,你们的天父是知道的",那么我们所渴求的满足,其实是一时体验到潜在的广阔无限。突然间,拨云见日,欲望的痛苦不存在了,心念在这一瞬间体验到完满。人的可怜,无时不在,例如今天早晨,我送我妻子去住院时,在公交车上,我听MP3 轻音乐,突然看见腾出个空位,便侧身跌坐下来,没有想到这个空位是有人让给一位老太太坐的,一车人都骂我缺乏教养,不是东西。我急忙赔了礼,道了歉,还是不管用。这正是我与现实的冲突和矛盾的存在，使我没法与现实和解。我讨厌虚假的东西，比如像俗丽的女人喜欢矫情、煽情和做作，甚至卖弄风骚一样，在文学界，也有很多故作高深的作家，他们对现实丧失了愤怒的立场，缺乏不懈追索的信念，热衷于一些无意义的现实，对俗常经验的推崇等等。经过多年的思考，我开始放弃了一些沉重的概念。

向辉：关于概念的问题，如果继续探讨下去，我会丧失跟你对话的信心。在你的小说里，几乎所有小说人物的形象，就内在而言，一种旧有的价值图景瓦解或破碎之后，面临着一种新的现实境遇，这就要求你要具备新的认知能力，来传达小说人物的肉体与意识的实际经历。

傅查：是这样，每个人身上都有极端抽象的一面，而作家不可能做到极端写实的地步。有时候，面对现实，我会变得愚笨，丧失想象力，遇到"心理马戏团"现象，缺乏自卫能力，突然变成卡夫卡笔下的甲虫，并以百姓的好恶习性，判断由经验积累起来的执念。这说明了一个问题，你觉醒时，庸众不觉醒，因此我的困惑不仅来自我个人，而且还来自于我所处的这个社会，以及对物欲失去信心之后的某种思想。对这些问题，我不想多说，说假话不如做个美梦。这让我想起卡夫卡的小说，他在作品中确立了人性异化的尺度之后，就凭他的想象力，写出了我们无法超越的《变形记》。

向辉：怎么会变成卡夫卡笔下的甲虫呢？你在养尊处优的税务局工作，怎么会以变异或破碎的形象出现的？从你身上体现的由变异或破碎而起的一幅幅人性图景，是不是恰当地表达了现代人不同的精神境遇？相比之下，你给我带来的游戏，无非是关于人性的游戏，以及传达这一人性的手段的游戏。

傅查：卡夫卡的内心很诚实，他笔下的甲虫是一种高度浓缩的真实。萨特说过，不是人在变化，而是我们身边的事物在发生变化。他说的事或物，是抽象的，不是简单的现实人事。在我看来，人活在现实中，无论他活得怎样，他的心灵总会被现实中的事物所改变，或者说他会发生某种变化，某些东西很容易变异或破碎，我们不能用简单的审美标准来约束或要求自己。没有一个作家天生就喜欢抽象主义，这是因为现实太繁杂了。在卡夫卡看来，现实是残酷的；在克洛德·西蒙看来，现实是抽象的；在加缪看来，现实是荒诞的；同样的道理，在我看来，现实是非常模糊不清的，如果我不抛弃有关现实主义的一切陈规陋习，就很难表现一直都在变化的现实人事。在现实中，我们的心灵没有变形？没有扭曲？有时候，我们会变得面目全非，好像我们就是卡夫卡笔下甲虫。所以说，作家通过参照日常生活的外部逻辑，在哲学意义上揭示出人类精神的本质。你还记得吧，在我的长篇小说《毛病》里，有一个最典型的例子，当阿古古跳下班车帮别人灭火时，他的行李也被别人从班车里扔了下来，而他却遭遇了荒诞的、非人的苦难。所以，他望着逐渐远去的班车，发出了这样愤怒的谩骂："我操你们一大群！"他以前是宽容大度的，不是恶语伤人的人，但他面临那种境遇时，才感到现实在改变着他。

向辉：你对人性的内在体验，是比较诚实的，这成了艺术真实的主要依据。即使在《愤怒的南瓜》里，在你那冷静而客观的小说外表下面，仍然流露出关于人性因素的多元冲突，以及对一个民族生存格局所寓示的现代性体验。换句话说，你为什么在非常简短的篇幅里，想把人类所遭遇到的异化问题突兀地表现出来，使之变得非常的尖锐呢？

傅查：因为事物在变化之中，甚至人性也在变化之中，这就是我遇到的最大的困难，就像耶稣传道时那样，困难是无处不在的。面对困难，我不会学孔子的说教，他的缺陷是不容置疑的，“事功”的观念到现在还影响着我们。耶稣是伟大的，他提倡“爱人如己，”也提倡“要有爱敌人”的心。所以，耶稣以自己的死，来完成了自己的真诚。我爱耶稣博大的精神，他是我眼前的灯，脚下的路。在中国古代思想家那里，只是说出真理，从来不身体力行，而在耶稣那里，思想渐趋真实后，真理成为对罪恶的辨析过程。细心的读者可以注意到，在《圣经》里，耶稣的思想没有任何加强的幻想成分，只有肯定真理的勇气与能力，而孔子只强调感性主义、道德规劝、人心的失落，他的说教所带来的结果，就是面对变化的事物使人失信或失语，进而使人活在亦真亦幻的荒谬境遇里。对于这一点，孟子分析得最为清晰而客观，但孟子渴求的是君主需要什么样的人民，并不渴求人民需要什么样的君主。

向辉：在我还不认识你之前，我以为你是个高尔基式的作家，通过与你接触后，发现你已经表现出了人类社会的复杂性与人格的分裂性等特征。你笔下的阿古古，仿佛都是似是而非的，甚至许多读者都无法在真实的你与虚构的他之间，判断出一种语言所建立起来的真实景象，从而将他的存在消解掉了。难道他是一个局外人吗？你深知人的存在是有限的，甚至是无意义的，为了消除这种生存的恐惧，你在《解决》、《河边的尴尬》等小说里，将人类精神的无限性蕴含其中，你自己坐在乌鲁木齐的某个地方，或在某个特定的时间里，看见了许多只忙于生活的阿古古们，这是多么让人激动的事情啊——仿佛到处是阿古古。

傅查：我在现实中经常看见阿古古，就像毕加索把一个人突然看成大鸡蛋一样，我也经常把一些人看成阿古古。乌鲁木齐对我来说，很重要。我要守住这个真实中的乌鲁木齐，这座城市给我很多谜一般的幻象，这得需要付出巨大的心智力量。可以这样说，我的写作是一次重新活着的过程，目的是为了像耶稣一样活出属于我自己的真理。很多人都在活着，他们试图告诉我，在写作中建立起来的现实，以及追忆赋予事物的美好属性是真实的。

向辉：在你的长篇小说《时髦圈子》中，为了突出人性的冲突，小说中的各种人物都是被利欲熏心的，真诚被蒙上了一层阴影。中国人喜欢讲合情合理，十分爱面子，干什么事都有“三思而行”的行为习惯，强调情中有理，理内含情，而你有点“独断专行”，认为人有了绝对的权力，一定会干坏事。

傅查：是的。实际上，我写的不是现实的表面现象，这是因为人的努力总是落空，理想总是在破碎，异化成了我无法回避的写作现实，但它还有更深一层的意图，简单地说，希望是在绝望之后产生。梅里美的时代已经过去，我们应该思考美国人的“汤姆叔叔”，享受一下赖特式逃跑的快乐，但中国人就连逃跑的勇气也没有了。

向辉：这并不难，你在《时髦圈子》里，主要表现了人的内在痛苦，以及真实背后的梦想。它至少告诉我，价值核心在丧失，使现代人的生活越来越追求物欲的刺激，文学也在追求一种外在的形式推演。在你的作品里，人的品行成了焦点，人性的复杂因素，使阿古古的形象露出了破绽。

傅查：你是说，我没有把握这个时代的精神特征是吗？或者太简单了，不值得一读是吗？在这样一个冷漠而缺乏诚信的时代里，作家要冷眼静观，不能盲目地顺应时势潮流而瞎胡闹。不管写什么，不能没有精神信仰，也不管在什么样的制度形式里，你的信仰应该是最清晰的，显现在同时代人的情感里。靠着这种信仰，你就会在精神上不断强大，不论情感和心灵的冲突日益尖锐，只要你是一个真正有信仰的人，上帝会恩助你，成就你。

向辉：上帝在哪里？今天，人与人的交往越来越冷漠，社会上任何一个人的存在，首先解决的肯定是生存问题，以及生存欲望活动的各种游戏。这个游戏的进程，在孔子的时代已开始，到了弗洛伊德的时代，感官被极度推崇，性被解释成人类前进的一切动力，快乐神话便开始在人们的生活中悄悄登场，人们也修正起自己情感的逻辑，不断地放低道德标准，超级消费，放纵享乐，替代了人们“安分守己”和“安居乐业”的旧观念。你说，这些都是阿古古之所以成为阿古古的人性条件吗？

傅查：对信仰上帝的人来说，上帝无处不在。因为，生命的进程与基督教历程关联密切。我认为，长期以来我们把道德和良心的反省，以及对人类蠢行的思考中，将性放在了生存的中心位置,从而最终推论出性具有奇特的诱惑力,它散布于人体全身,这一切缠绕在人身上的禁锢太久了,限制了人性的正常发展。弗洛伊德的性学理论兴起后,人们原先企图压抑的东西,最终却得到人们的鼓动。在《醉汉阿古古》里,阿古古试图用一种放纵欲望的醉酒状态,来推翻压在自己身上的强制力量,以求获得理想中的自由。但他没想到,最终走向的却是深深的厌倦和绝望。不久前,一个读者问我,性是不是罪恶。我说我所读到的有关西方性革命的著作中,性从罪恶变为乐事,从秘密低语变成了愉悦精神的话语。性的压抑,会导致许多生理疾病,轻者会变态,重者会犯罪。在公民共有的道德规范中,还有一种个人道德原则,这是人际关系模式赠给我们的礼物,它超越于强烈的情感之外,每当你心灵破碎的时候,那份漠然,那份迷茫,那份内心的寒冷,迫使你去想,人生多么像一个迷宫,在这个迷宫里,你也许会迷路。

向辉:我曾经也许是一个迷路的人。当我认识你之后,我作为一名大学教师,内心充满了困惑,因为我没有找到接近本性的喜悦。在你的诸多小说中,人的激情正在消逝,以性为内容的享乐思想也渐渐地变得乏味,因而新的问题出现了:由于道德的松弛和性的放纵,艾滋病正在人类社会蔓延。在你的长篇小说《时髦圈子》中,人们随意乱交,随意交换性伴侣,一种新的享受方式开始风行于世。人们想用冒险的方式,来填补内心日益增长的空虚和绝望,结果换来的却是更深的恐惧。你希望建立新的道德标准,希望找回人性的纯朴和本真。在《毛病》里,你向大家呼吁:"把你送回原来的地方。"然而,有人却这样警告你说:"你不要热衷于色情著述好不好,除了性之外,人就没有别的情趣吗?"乱性导致了灾祸,人们在混乱的激情中,丧失了原有的幸福。

傅查:实际上,社会一直在进步,人的情感、爱欲、友谊和梦想,有其固有的恒定结构,以特有的自然属性,适应着社会的发展,而体制是主导结构,个人的幸福,受体制的习惯性局限。你想一想,在现实中有多少人渴望冲破道德的虚伪性,渴望一次彻底的放纵。对于这一点,我不愿意轻易地做出道德审判,因为这对于我了解时代本质有益。谁也无法否认,爱情是人们向往幸福生活最基本的信念。就像马尔库塞在《爱欲与文明》一书里所说的那样:"在以往几个文明发展的阶段,由于爱欲受到双重的压抑,因此文明本身不遭受灭顶之灾,压抑就不能消除,爱欲就得不到解放。"显然,我们不能把爱欲与性欲放纵混为一谈,幸福只是一种感觉,不管是穷人还是富人,他们都有获得幸福和操作幸福的原则。

向辉:你的长篇小说《时髦圈子》,也是一部对现代人欲望生活的多元描述。说句实话,你一直渴望能扮演这样一种角色,以真正的色鬼的方式,了解我们这个时代内部的性爱细节,了解现代人内心中每一次的性欲波动,结果你把一些人写得太残酷了。在你众多的小说篇什中,有些人物压根儿就没有享受到爱情的快乐。但在你的笔下,你作为一种高贵的精神景象,虽说源于虚构,但你在抵达人类内在的真实上,有着难以言传的深邃思想。我希望你在以后的小说中,把人物写得更圆满一些,把他们在现实中的挣扎、陷落或者反抗与觉醒,用真实性的姿态书写出来,以达到他们在情爱体验上的深刻变化有一种全新的理解。我还觉得,爱情是一个永恒的文学话语，是最富有存在意义的，也是了解人性因素的一个最理想的解码口。

傅查：我喜欢你的真诚，正如我喜欢有梦想的女人。因为女人是我记忆的影子，也是我梦想的摇篮。我是一个“敢于爱和恨的作家”，我的写作在“敢于爱和恨”中展开的。我的意思是说，假如一个作家，对置身其中的“爱和恨”没有切肤之痛，那么，他的任何记忆和梦想都是可疑的。你不要大惊小怪，说起“爱”这个词，人们总感到有点别扭。毕竟，我的内心总是处在一种愤怒状态，这种状态使我不轻易凌空蹈虚，相反，愤怒使我对现实人事敏感起来。

向辉：你别生气，我的本意是，想和你找一种真正有意义的对话方式，我的质疑，是针对把爱情日益物质化、情欲化和粗鄙化的潮流。在这里，我只是希望你恢复你原来的模样，重新找回你的人性光芒，通过文学作品，慰藉这个时代众多失爱的心灵。在现实中，很多人不但没有享受到爱情的甜蜜和慰藉，内心反而感到悲凉。我想问你一个问题：你为什么总是把女人置身于那种破败而绝望的爱情现场呢？

傅查：在我的好几篇小说中，女性几乎都从美好的人性细节展开的，她们是富有良心的女人，充满女性必需的智慧，喜欢助人为乐。但在日常生活的冲突与矛盾中，她们的美好属性很快就被瓦解，或者破碎，以致走向崩溃。恶魔性因素成为她们灵魂中的阴影，所以她们将爱情彻底带入了黑暗之中，并丧失了理想的爱情。在《解决》中，阿古古玩弄他的情人之后，又玩弄情人的女儿；在《毛病》中，阿古古一天跟两个女人做爱，一个是歪鼻子的小情人，另一个是妓女露露，弄得自己满脸是经血,他堕落了,没人赦免他,如果他想活下去,他就去找上帝!

向辉:在《圣经》里,有一句话告诫我们说:"爱人不能虚假。"可是在你的诸多小说里,人们仿佛在进行着一种荒唐的游戏,或者是一种匆忙的肉体交易,给读者的印象是存在的荒谬感。刚才,你说对了,在《解决》这个中篇,写出了人的存在中极其内在的复杂性,是我提出质疑的原因所在。人民教师阿古古爱上了一个女学生的母亲,为了免于爱情的折磨,他决定免费给女学生辅导,希望她远走高飞。没想到,他的真诚在她心中变成了爱情,随之而来的是她对母亲的复仇。她成了他的小情人。他在别人的怀疑和嘲笑之中,最终却陷入了更深的痛苦之中。

傅查:阿古古活得无奈而沉重。在《解决》中,他为生活付出了代价,而他的尊严,在无言的悲怆中,在爱的慰藉中,在绝望中应运而生。性在爱情和婚姻生活中占据一个什么位置?你不可能以某种高尚的理由,忽视身体的正常需要吧?我的意思是,人要尊重自己的身体。没有身体就没有爱情。所以说,爱情受身体的限制,许多爱情都是身体之外制造的幻觉而已。这说明了这样一个问题:有些时候,不要轻率地对身体参与爱情的行动,做出道德的审判。

向辉:在你的小说中,你蔑视了女人的身体,你显得很虚伪。你想想看,每次女人的身体有激情的时候,就为读者敞开了她们人性的另一面,并对她们的情爱关系,进行了深刻的讽刺。比如《河边的尴尬》的最后,当巴梅费尽周折,终于接受了阿古古的爱时,你这家伙来了深刻的一笔:她是阿古古的同胞妹妹。你为什么把性爱命题处理成游戏和暗示呢？

傅查：很多人都在游戏爱情，并在游戏中失爱了。良心的重担越来越流露出存在的荒谬，而对性的张扬，使许多人戴着道德的面具，把爱情的美好属性构成一种破坏力量。因此，俗常意义上的爱情分解得面目全非，让人感到迷惘，也只有到这个时候，我们才会强烈地想起，人是需要爱和被爱的特殊生物，无论你多么反叛，失意和受挫，人的第一生存需要，必定是来自爱的慰藉。

向辉：在与你的对话中，我学会了交往行为学，人性的变化在什么地方是可能的和可欲望的，怎样确定这一变化应该采取的确定形式。我们知道，富裕社会自身也在要求人们“追求审美，渴望一致”，恢复“天人合一”的理想境界。在这样的期望中，人们所依赖的是道德，不是由科学技术的发展，来维护爱欲与文明的秩序。随着科学技术的发展，人的本能也好，文明的心理机制也好，都在外部势力的影响下，发生无法抗拒的变迁。

傅查：是的，这样的变迁，在我们身上也能体现出来。在过去，我们的爱欲被政治化，使我们很少思考存在的本质，必须服从政治理性，“阶级斗争”取代了快乐的游戏，并在集体主义理想中，文化的爱欲消失了；在过去，性是我写作中的一个主体，这个主体成了一个多样性的自我构成，有人把这个构成看作是我个人的写照；另一些人把它看作是自动言说的操纵者；还有一些人则把它看作是小说的作者。在我最初的幻想中，性的人应该是信息方式的一种策略，在这种语境中，我们可以找到最广泛的阐释领域。从今年起，我想转换一下我的写作领域,描绘女性的智慧、伟大和博大的本性,用另一种信息方式,告诉人们:母体不是迷宫。

向辉:我理解你。你说的"信息方式"是指什么?难道人身上就没有取代性的东西吗?你对人的性爱,太残酷了吧?人类习俗是可变的,性爱可以让人快乐,而不会引起不安。

傅查:好了,在性问题上,你别再纠缠我了。性是关起门来探讨的话题,因为人在谈性时留意每一个掠过的念头,但从不忘记自己。通过今天的对话,使我认识到这样一个道理:不仅人类习俗,就连人类生活的基本行为,都是历史对象。我们应该从中认识到,我们存在于人的生物本性中,保持一定的美学距离,观察着这一纷纭世界的每时每刻,也可以说是我们活着的每时每刻。

3. 抒情时代的失语症

向辉:在20世纪50年代,我们的父辈们通过政训、道德规劝和狂热的劳动,创造了一个红色的抒情时代。他们纯朴,思想单纯,没有任何私欲,整天以"天大地大,不如毛主席的恩情大,爹亲娘亲,不如毛主席亲"来抒发自己的感情,听毛主席的话,做老实人,说老实话,干老实事,如妻子不听毛主席的话,丈夫理直气壮地提出离婚,甚至夫妻端着饭碗为发现"阶级斗争新动向"而吵得水火不相融。朋友或同事相见,第一句问候语就是"吃了没有?"接着,相互背诵一段毛主席语录,就去各忙各的事,强化"阶级感情",淡化亲情和友情,一个时代的失语症,就此诞生了。失语症的观念是由两个方面确定的，一方面是某种道德定义，另一方面是那个抒情时代所包含的一切游戏规则。在那种失语症中，我们发现了一个人所能产生的关于自己的各种狂妄想法：有些人自以为是革命英雄，便模仿英雄的形象和行为。有些孩子认为自己是毛主席的好孩子，因此避开父母亲，去帮别人做好人好事，唯恐自己落伍；有些人畏惧被打成反革命，然而他们却往往更容易致使自己的灵魂夭亡。还有一些人在想象中认为自己犯有某种罪行，每当有人走近他们，他们就惊恐战栗，以为来者要逮捕他们下狱和判处他们死刑。一个时代的失语症不是与世道人心始终孤立隔裂的。你说这种失语症，会不会损害理智整体？我甚至还注意到，我们的父辈们除了对当今社会有所抱怨外，宽厚仁慈，办事小心谨慎，通情达理，要比我们这一代人善良得多。

傅查：是这样，那一代人的精神特征性清晰而一致，没有蕴含不稳定的自由境象，即他们的思想具有特定的框架，是可以衡量的。如果我们仔细研究他们的思想、言语、情感和行为，我们会发现，他们的全部激情都被狂热的劳动替代了。比如说我的父亲，劳动的天性，是他显著的天赋，像个有思想的理性工具，对孩子不发怒，从不恶语相向，以与家畜共存为乐。当工业文明逐渐替代人背马运的生产方式之后，他就变得沉默寡言，仿佛被置于失语症的概念里，除了把恪守礼节与独尊意识固执地放在一起外，他迄今还没有意识到他依赖于新贵们的“剩饭”了。到了市场经济时代，他这个昔日的“劳动模范”，更加不幸了，他的生存状态，已经到了“苟延残喘”的地步。一种胆怯的性质，成为沉默的主要特点，成为其有别于躁狂症、独尊和痴迷的实证价值，成为其总是忘记戏剧因素，陷入无足轻重的事实领域。尽管我在经济上经常资助他，让他过轻松的日子，但他完全沉溺于一种“想法”之中。不到几年，他又把“想法的重心”转移到恐惧和悲伤上，总认为能够以此解释那个时代的部分特征。我把他接到城市后，他终日烦躁不安，吃不香，睡不好。一天晚上，他终于对我说：“儿子，你把我送回家吧！”其实，他并不是喜欢独处，躲避人群，而是更沉溺于他们那一代人的生存环境，或屈从于支配他们的感情。与此同时，他似乎对城市的一切都无动于衷。这种失语症被我所发现时，不是出于更严密的观察，也不是我的新发现，而是根据一种意识传递，从某种生存原因传递到对实际行动的明显感知。

向辉：在很长一段时间里，关于人性的讨论局限于“阶级立场”及其性质的说法中。那一代人普遍认为，劳动者是快乐的，因为劳动可以创造人们所需要的物质，而物质本身具有各种稳定的性质。在我看来，失语症与失落和迷惘相关，与一种“观念、习性、生境的”变化过程相关。你父亲的孤独，使他感到自己的身份，在归属中出现了断层。这个断层可以逐渐扩大，直到使他对真理系统的信仰完全崩溃，最终陷入一种无法克服的心理迟缓，这就是中国农民的悲哀。但是在20世纪60年代初，爱因斯坦就说过：“我是一个真正的孤独者，从未全心全意地属于国家、民族、友情的圈子，甚至不属于狭义的家庭。对于所有这些维系，我有一种从不缓解的异类感。”爱因斯坦是否患有失语症？是否必须具有忧郁气质的人，才会患失语症？你父亲的孤独与爱因斯坦的孤独有什么区别？难道它绝不会是思想观念造成的吗？是两种生态环境在起作用吗?

傅查:在计划经济年代,我父亲的物欲很淡,主要原因物欲逐渐被"集体主义思想放光芒"的一种运动所替代。这些性质通过媒介便直接从肉体传送到灵魂,从血液传送到思想,从器官传送到行为。除了这种集体狂热外,他视公家为自家,经常把家里的贵重物品送给公家,常被我母亲骂得狗血淋头。后来父亲对沉默上了瘾,变成了没有任何想法的人。譬如,我和我哥与别人合伙偷公家的西瓜,调戏民办教师的漂亮女儿,他也从不教训我们。这种冷漠会产生失语症的症状,其麻木不仁与我们的野性游戏成正比,而我们童年的野蛮行为会扫荡任何道德力量。例如,在冬天里,我们班的所有男生围绕教室里的铁皮炉子,取掉炉盖,集体往炉火撒尿,一股难闻的烟灰像原子弹爆发一样,弥漫整个教室,吓得女生们抱头逃窜。他们向班主任告状,甚至向我们的父亲告状,我们的父亲就其本性而言是不易愤怒的,而一旦陷于失语症反而更严重,面对我们的恶劣行为,无计可施。班主任说:"女生受男生残酷的愚弄和强烈的骚扰,若不好好管教他们,会偏离自己的天然素质。"但是,我们的父亲无动于衷,骑着马去放羊,以此逃避各种人性冲突。显然,一种性质会在自身发展过程中发生变化,成为与自身相反的东西。从爱因斯坦身上可以发现,复杂活力有助于异常思想的涌现,他曾经这样描述过自己的童年:"正常的成人从不为空间和时间问题劳神,在他看来,所有关于这个问题的思考,都已经他童年时期完成了。但我的发育是如此缓慢,以至于我只是在长大成人后才思考空间和时间的问题。因此,我对这个问题的研究,比曾经有过一个普通童年的人要深入得多。"他进入思考状态,他的孤独是属于思考性范畴的，而且处于异常灵敏的沸腾状态，并没有转变为冷漠的失语症——这是我父亲的孤独完全倒置、陷入权威的看法之后的生命感应。我父亲的冷漠却是无节制的热情宣泄殆尽之后的通常后果。这里有一种本质的辩证法。这些性质一旦摆脱了物质的各种束缚，摆脱了各种预定轨道，就会产生颠倒和矛盾。最后，性质会因偶然事件、环境和生活条件而改变。例如，我们的父亲一次走进我的书房，直愣愣地看着我的电脑液晶显示器，好奇地问我："儿子，那张白纸是怎样塞进这个机器里的？"他好像生活在孔子的年代，好可怜啊。再如爱因斯坦在谈到他自己时，那样精彩地表述了构成他思想革命的酵母的那种异类感、孤独感和不满足感。

向辉：能否这样说，受过正规教育的人们欣喜地发现，孤独发现者的时代一去不复返了。比如说，我们的父辈们在脱离了限制性的计划经济时代之后，他们的忧郁和冷漠，在经济大潮观念转型中起一种复杂的消极作用。一方面，他们动不动就给后代描述那个时代的集体奉献、狂热之后的悲伤、天真与纯扑、迟钝与呆滞等症状与现象。另一方面，他们经常提醒我们人事的一种因果原则。这种因果原则不再是生命学，而是关于某种固步自封的礼俗观念，忧虑意识和恐惧状态的病理学。这种病理是对现代文明的困惑不解或迷惘的原因造成的，也是运载物质时代的各种文化现象，无法感知的内在与外在的原因。但是，他们有自身的认识、理解和接受的原则。正是这种原则自身的神秘逻辑，而不是科学的人类文化学理论，支配着失语症患者的长期忧郁。这一点，你父亲的个人经历已经证明了。

傅查:乍看上去,你的分析在逻辑推理上是合理的。其实,我们的父亲也有过安不守己的时候。有一年,他头脑发热,承包了养鸡场,人工孵小鸡,由于他是个杰出的文盲,不懂科学,整天光着上身,在简陋的鸡棚里瞎忙,那股热情,比爱因斯坦研究相对论时的热情还高得多。闹鸡瘟时,他把瘟鸡宰给我们吃,弄得我们一见鸡肉就浑身发颤。但他阐释失败的原因时,完全怪天气及养鸡场的风水不好。从那以后,他变得更加寡言少语,甚至与家人也没有相对言欢的时候了。由此可以看出,失语症是一种"高烧和狂热"之后的结果,但伴有恐惧和悲伤的疯癫。如果把它仅仅归属于外来的困惑,或者一种与真理的根本决裂的话,那么其根源在于社会的失序运动和大脑的先天性缺陷。我们小时候,我们的父亲"唯我独尊"意识很重,他做什么事,无论成败与否,谁也不能对抗。有一年,他跟谁也没商量,就买了一只毛驴,我们的母亲骂他独断专行,而且买来一只有病的毛驴。没过几天,那只毛驴果真病死了。父亲的恐惧和焦虑,仅仅用母亲的责备能解释得了吗?是否存在着某种恐惧机制和悲伤所特有的元气运转呢?你从小生活在城市,这在你看来是不言而喻的,但是我们能理解我们的父亲。不能像看待神经病 、白痴、傻瓜那样看待我们的父亲。甚至不能简单地把他看作一种低能,尽管我们的父亲后来喜欢上了城市生活,把城市和农村视为邻居,来去从容,而且要求越来越高,每顿饭都要求有好酒喝,出门乘出租车,回农村时要乘飞机。这种高级消费理念的产生,使他见谁都夸我多么有出息,还拿着我出版的新书,像农村广播员一样四处游说。我成为他的抒情对象,可能是一种自傲的心理活动紊乱;用机制失调很容易解释这种心理过渡现象。但是，当他发现村里人对我的著作没有任何兴趣时，他又变得沉默不语，表现出独具一格的悲伤和恐惧心理。

向辉：我读初中时，“伤痕文学”、“知青文学”和“寻根文学”特别走红，使许多作家完全陷入反思的躁动，但这是一种微弱的躁动，没有任何狂暴的力量，而是一种软弱无力的激动。这种反思不是人文历史的途径或公正的途径推进，而是通过不断歪曲事实的虚构流行于社会。但是，他们的反思并没有在其途径上游荡得很远。一旦躁动减弱平息，喧哗归于冷静，创作元气也就萎靡不振，反思就停止了。因此，当年走红一时的反思作家们放弃各种指望所共有的骚动，销声匿迹。于是，出现了另一类失语症患者。他们的表达是软弱无力的疯癫，自相矛盾，是书写与言说秘密变化的结果。那一代作家，普遍渴望具有近乎立竿见影的快速成功和绝对的自虐性。然而，在失语症里，他们则被物欲渗透，他们的记忆和心灵，变得模糊、浑浊和幽暗。他们曾传递给我们的声音，被“物质时代的阴影”遮蔽。他们变得沉重，近似于一阵狂风，而非纯粹的心灵在场的书写和言说。这是那一代人的悲哀，而不是王小波式的悲哀。因为王小波是疯癫性的，甚至不能静下来，但他的书写却很反动，投读者所好，以多元交叉的性事，歪曲了那个动荡的时代，所以产生了很大的影响。当我们深入研究时，在其作品里除了一点无用的发泄外，什么也不会留下。如果说王小波敢于说真话，使人联想到知识分子的狂乱，激情剧烈不息的现象，使人联想到躁狂症，那么自杀的海子和顾城不也具有失语症的特征吗？如果我们想探寻病症的真正理由和原因，那么我们就应考虑这种从抒情上升到反思并逐渐衰变为发泄和颓废的内在流程。从表面上看,许多评论家的分析偏重于一种自由言说的气质、一种书写方式的变化。但是,实际上,主要思路是由失语症痛苦症状的直接性质提供的:软弱无能的混乱、头脑的昏沉、侵蚀着思想和情感的酸苦。因此,我们不是对失语症的解释,而是他们反思之后的反思,是一种思考方法的研究,一种对抒情时代再次阐释的行为学。

傅查:是的,方法很重要。大约二十多年后,除了王安忆和梁晓声等少数作家外,许多知青作家丧失了文学上的优势地位。丁国强在他的《知青作家的失踪与写作激情的流失》一文中,以"先天的精神缺陷"、"混乱的角色转换"、"匆忙的话语转型"、"过于舒适的生活"来阐释了知青作家的失语症。显然,正是在时代大变革中,他们的灵魂、精神、才气、想象、记忆和各种感觉,以及他们的心灵品质和写作激情,受到了物质时代的严重损害,不能再自由而适度地抒情了,所有的高贵气质都发生了变化、败坏和减弱,乃至完全毁坏。舒婷、北岛和顾城的所谓"朦胧诗",充其量不过是"高级抒情",写的都是平凡的情感。如果顾城向读者传达的是一种愈益减弱的、沉重而受到阻滞的情感,如果海子是很艰难地渗入了生命的人性细节,而王小波需要歇斯底里的宣泄才能维持言说活动,那么他们的思想表达,就会造成不幸的梗阻。由此便可以解释抒情时代的失语症。在此,丁国强所阐释的基本性质,依然停留在表象模式上,成不了进行分析的指导概念。对顾城的解释,应该转到从"神经质"的状况和言行中,去感知他颓废的心理机制上。但是,这种理解依然居于表层,并不能胜过理论逻辑。海子是典型的失语症患者,对他的自杀,可以通过科学的医学解释,研究其起源于"高级抒情"之后的神经忧郁症。

其过程是一个特别强烈的感觉，刺激了他的神经纤维，结果，他和现实的关系紧张起来，思想变得僵直，最终选择了自杀。相反，顾城的行为，是先杀妻后自杀，惨无人道，比海子更加疯狂，以致人们不能接受。

向辉：正是这种颓废，而不是忠实的抒情，使我们重新发现了失语症的症状和表象模式。可是在当今社会，像悲伤、失落、孤僻、迷惘这样的现象，主要体现在"美女作家"和"身体写作"上了。在五年前，凡是写性体验的疯癫作家往往被归入"另类作家"和"美女作家"。另外，早在陈忠实的《白鹿原》中就已描述了大量的性事。"另类作家"不愿抒情，除非受到别人的强迫。她们绝不回避性，当人们批评她们的作品时，她们似乎心不在焉，而且表现出若无其事的样子。如果说她们反映了某一阶层的真实生活，在生活中异化和迷惘十分突出，并能因此而诊断中国人的社会心态，那么她们向我们传达不仅是疼痛、倦怠和孤僻。但是，读者不会不注意到她们的躁动不安，也不会草率地诊断为曾患过失语症。

傅查：富裕的物质时代和男权社会，使她们有了强烈的"被看心理"，进而有了身体的表演欲望。她们为欲望而狂躁不安，这与失语症恰恰相反。失语症患者沉溺于省思，或无所事事的状态，而失语症患者的想象则被蜂拥而至的浪漫奇特的幻想所充斥。卫慧是奇特的才女，贪物寻乐，描绘无爱之性，为出国而写作，而棉棉更大胆，敢触及某些阶层的敏感问题，她是为生孩子没钱而写作。她们共同的特点是专注于某一个目标，并不合理地夸大这一目标，丧失了与他人的和谐能力，总是表现出放肆和忙碌。作为不连贯思想的物质基础，她们写了肮脏的举止和别人不敢说出口的性事,从而称为"另类作家"。这些"美女作家"肯定患过失语症,因为她们无力阐释民族苦难,回避宏大叙述,宁愿标新立异,制造"文学事件"。她们的眼睛呆滞无神,毫无光泽。她们麻木不仁,面容阴沉。

向辉:通过这种现象,作家之间的差别变得明确了。这些差异组成了一种严格的对照:除患失语症作家外,许多作家都渴望其作品在社会产生共鸣,因为商业社会过分注重经济地位,囊中羞涩的生活,使他们的神经纤维过于松弛,或者因为过于紧张而变得僵硬。我们看到,近十多年来,"古装戏"和"搞笑戏"充斥着电视屏幕,严肃的"历史戏"早已隐退幕后,这些歪曲历史的"古装戏"与中国人的"乐感文化"是相吻合的。比如《宰相刘罗锅》中的刘罗锅,既滑稽又廉政,满足了中国百姓对现实不满的情结。与此相反,电视剧是通过媒介传播的,百姓和孩子以为中国历史就如此滑稽,如此搞笑。而且,正是这种现象反而使中国百姓变得麻木,不是他们的那种厌世情结麻木,而是由于"泡沫剧"造成的混乱麻木。无疑,这就是商业时代的物欲造成的原因。这也就是为什么尽管现实世界仍在挫伤他们,他们却用"搞笑"取代自己的挫伤。失语症不是由某种异常的判断失误造成的,而是感觉印象传递给大脑的过程中的缺陷、传导方面的缺陷造成的。在这种病态心理学中,旧的真理观念,变成了关于某种共鸣的隐喻。

傅查:无疑,这是个社会问题,人们忘记了自身起源的环境,这种由厌世情结造成的现象,不仅仅是表示怀旧,而且也表示一种文化堕落。为了满足一些庸众的厌世渴求,在港台影视文化的影响下，由一种商业和文化艺术联营关系体系而造成的各种“泡沫剧”泛滥成灾，把百姓的心灵腐化得极其透彻。这样我们就从一个简单的纯理念的描述，进入到一个性质领域。这个领域表面上不太严整、比较简单、没有太严格的界限，但是它完全能建构整个影视文化领域中，实际出现的可认识和感知的各种单元。你也知道，生活在商业时代的人，都在忙忙碌碌中度过一天的，现实中交际是很累人的，有时是阴沉暗淡的，这给人们罩上阴影，形成一种晦暗的涌流。反之，他们回到家中，不希望让思绪沸腾不息，使烦恼循环往复，消耗更多的脑力和体力。所以，以收看“搞笑片”的方式，放松自己，并与“泡沫剧”有一种明显的亲和关系。这不是经验所联结起来的亲和关系，而是更强有力的媒体，在想象画面中更为明显的亲和关系，这种关系把观众和“搞笑片”统一在“第二现实”之中，像你刚才说的那样，满足了中国百姓对现实不满的情结。

向辉：如果用现代性来审视“泡沫文化”，它像血液的浓重一样，阻滞了新文化的发展，那么它会不会造成更强烈的冲击？人们受到的刺激越强烈，就越有市场，因此越容易愚弄百姓呢？这种愚弄会不会使“浓稠的血液”更猛烈地倒流？这种文化运动越来越强烈，很快就卷入一种躁狂的骚动。这样，我们很自然地从一种充血的理性过渡到急速流血的感性中。

傅查：不会有好结果，这会导致压抑循环。只能让那些忠实于这种娱乐功能的作家们，再次经历苦难，让他们晕厥和歇斯底里惊厥，既贪食又呕吐，小便又急又多，萎靡不振，视力减退，神经衰弱，使他们不得不接受艺术良知的修正和治疗。我建议他们,读一读冯尼格特的小说《囚犯》和《第五号屠宰场》,好让他们懂得什么叫理解和反思。

向辉:我们从逐日的观察中发现,受媚俗影响而创作的作品,是一种私欲结构,而不是一种美学意义上的理念体系,甚至也不能给人一种美感享受。与此相反,正如在感性认识中那样,性质的转移并不影响图像本身的完整性。重要的是,观察没有发展成对解释性意象的建构,相反,意象加强了综合的主导作用,它们的组织力造成了一种感性认识结构,在这种结构中,人们最终看到其重要价值,并成为可见的真理。

傅查:要回答这些问题,只须简单地考察一下中国的历史文化。中国百姓对西方的"罪感文化"并不感兴趣,他们喜欢平面化、庸俗化和漫画式的影视剧。历代的志怪小说,都以滑稽的娱乐功能来取悦读者,并把它们列入精神消费的范畴。看来,中国剧作家都是孔子的忠实信徒。葛红兵在《横眼竖看》一书中研究过孔子,说孔子的说教局限于日常生活经验上,并非抵达"天"的境界;而我在论述孔子的《我的怀疑》一文中,给孔子起名为"滑头老师"。在孔子的一生中,亢奋的交际精神,受到仕途幻象的压力,从而造成一种思想家的假象:不是在沉默中爆发,就在沉默中灭亡。这种说教在精神方面表现为歇斯底里惊厥。反之,在"滑头老头"眼里,由于人的欲望有害于和不适于统治阶级,因此提出了以"礼"治国的主张,以泯灭人的欲望。所谓的真理,不是说出来的,而是活出来的。

向辉:在现实生活中,你没有虚伪的一面吗?在你所分析的文化现象背后，是否有一种缓慢的努力，正在控制精神的外溢和消耗？你给我的特殊感觉是，思想的成人，交际的婴儿，给人一种“受到冤枉”的印象。你说的《囚犯》，我也看过，书中常读到带祈式感叹语气的同一句子，比如“用不着大惊小怪”、“这世界多么小啊”、“活到老，学不了”等等，其幽默和夸张，讽刺和鞭挞，耐人寻味。可我还是说一句不敬之词，你缺乏美国作家的“黑色幽默”，给人一种悲剧性的虚伪印象。

傅查：我虚伪不起来，一旦虚伪就脸红，虚伪和脸红逐渐被我纳入人格领域里了。在中国，虚伪的名声很坏，就像是人已半入地狱一般，它必须承担无数次良心的谴责。如果我母亲无意中怀胎，生下了我，而我父亲不想生我，那么怪我母亲，还是怪我父亲？假如既不怪我父亲，又不怪我母亲，只能让子宫受到冤枉。我不想掩饰自己的存在，明确地说，虚伪成了各种不切实际的想法的容器。虚伪不是父母给的，也不是天生就有的，而是本来无知却装作高明的人的。在新疆，交际是最头痛的事，因为这里鱼龙混杂，居住着为生存而来的全国各省的能人，老乡观念极强，办什么事都找关系，走后门，我学不会阎连科所说的“坚硬如水”。

向辉：如果说“失语症”的概念，确实起了一种默契的混淆作用，那么它也造成了当代文学中的一个关键性区分。一方面，出版部门非常易于随波逐流，即他们十分看好性的人，性的社会，只要作品好看，有经济效益就行；但是另一方面，作家们也有一个敏感的灵魂、一个躁动不安的心，对周围发生的事情极易产生强烈的交感。这种全面的共鸣，感觉和身体活动兼而有之，构成了这种失语症的首要决定因素。女作家的

“个人隐私”,很容易引起读者的关注,男作家们因此更易受到商业大潮的侵袭。但是,这种过度宣泄有其特点:它会减弱甚至湮灭灵魂的感觉;仿佛灵魂的感受力不堪重负,并且自己留下了因自己的极度活跃而引起的良知丧失;处于这样一种自利和“作秀状态”,不能将自己的个人的道德体验传送给读者;他们的思想都是混乱的;我不能理喻他们。当然,在当代的批评中,对这种文学现状几乎未加道德方面的阐明,所以,依然混淆不清。

傅查:要阐明这些问题,这不是我要做的事。现在的作家,有几个注重其作品的历史价值,包括那些资深评论家们,由于步入经济价值和友情吹捧的两大误区,不断推出一些莫名其妙的“著名作家”。正如我们已看到的,一个时代的失语症的基本特征是谬误和梦幻,即盲目。只要能挣到钱,或是奇妙地与市场达成一种交感状态,即便导致良知的减退和丧失。但是,一旦对金钱过度敏感而变得盲目,游戏就失衡了。但是,另一方面,这种失衡赋予文学以新的内涵,即放肆、道德观下滑,以及不正当的竞争,而这种内涵根本不属于理性主义的体验,还使非理性担负起这些新的价值观,使某种道德过失的行为产生经济效果。由此危及了以往创作经验中的根本要素。以往被视为不道德的将变为时尚的,以往被视为谬误的将变为有价值的。总之,构成失语症结构的整个纵向体系,从物质原因到超越物质的狂妄,原有的道德价值开始瓦解,并流行在社会心理学和伦理学争相占领的领域的整个表面。

4. 女性写作与性迷惘

向辉:当今的世界正急剧地发生着变革。在这个空前的大变革中,人类显得越来越渺小,它赖以生存的空间愈显得拥挤和狭窄。面对这些人事,面对科学和经济的飞速发展,人类越来越关心自身的许多问题,开始进入一个空前的反思状态,这不得不首先使人注目于自身的性爱、家庭和社会等诸多问题,围绕着人类自身所产生的一系列探索和反动。自卫慧和棉棉之后,需要我们特别注意的是,又出现了以描述“性”在社会环境和女人自身生活的小说,所谓的“妓女写作”成为另一股文坛暗流,其代表人物是九丹和木子美。对于九丹和其作品,社会上曾引起过争论,你有什么看法?她的《乌鸦》等作品,为什么会得到普遍接受?

傅查:九丹以移民的身份,闻名于中国文坛,她跟一批令人刮目相看的“晚生代”作家群体不同,她的小说的特点表现为在一个“生物权力”的男权社会中,作为女性对一种贬值的价值模式的精神撒娇,这种贬值在主人公方面主要表现为真正的价值,自愿而疯狂地降低、削弱及其作为明显现实性的消失。《乌鸦》里的小龙女,说穿了就是“另类三陪”小姐,九丹反复咀嚼、书写和回忆的是:纵情、乱淫、做人流、再乱淫、再做人流,以及对金钱毫不羞耻的占有欲。物欲横流激变的事实,在九丹的脑海中刻下了对世道人心嬗变的直观理解,对此她试图从新启蒙的时代大潮中获得一种个人自由和人性解放,但是她又缺乏行动的能力和智慧,强烈的占有欲、生存的焦虑、名利、犹疑、性的渴望、文字的表演性、身体的姿态性,使她迷恋于小资的价值观和物质成就,她似乎深谙圈子里的弊病,因而有力量游离于圈子之外展示出一种嬉皮士的颓废特征。

向辉:正如德雷福斯所说的"加工自我和回应时代"一样,福柯曾将波德莱尔提倡的"花花公子的苦行主义"作为加工自我的一个现代例证:"花花公子将自己的身体、行为举止、感情、激情以及生存状态变成了艺术。"九丹的写作就是这种文化痼疾的产物,对于这种叛逆的文化现象,孤芳自赏的道德情结,评论界却袖手旁观,甚至有些人以颠倒的艺术审美标准,对这些无意义的、有障碍的、逃避时代总主题的文学作品,投以几乎是"献身"的激情。比如,卫慧的写作和存在都是一种"垮掉"的、"另类三陪"式的、性游戏的姿态进行的;棉棉的写作中充斥着性话语的意象,精致而带着反抗情绪,近乎美国的色情小说;九丹的写作是一种极端的虚无主义和堕落的浪漫主义的混合物,她跟这些自称"美女作家"的女人一样,不同于陈染和林白等人的感性写作,那种将审美作为一种生活理念的写作态度,在"身体写作"者心目中已经消失不见了,没有社会责任感之表现的写作,已经蜕化成一种极端个人话语的写作激情。对于这些女作家来说,生存困惑不仅来自个人,而且还来自社会。在她们的世界观里,人的存在是无意义的、没有任何价值的、女人的行为是被动的,充满犹疑的、心理结构是缭乱的,所以,这样的作品还没有具有陈染、林白式的书写张力。在这种情形下,评论界的那些唱高调的乌鸦权威们反而处在一种无奈的瞌睡状态中,促成了一种玩世不恭的堕落性的写作气候和阅读市场。

傅查:在九丹的《乌鸦》中,充满了阴影、丑陋和堕落,而她却媚俗地将之奉为神明，向我们娓娓道来，“卖身”居然成了一种荣耀，似乎人类世界不再有真诚、虔敬和信任，人类的美好属性是否已经丧失殆尽？对于九丹的《乌鸦》，我的阅读行为中存在着不少偏颇的情绪。首先，在对违背传统人文研究的“身体写作”现象进行致命抨击时，却发现了另一个极端的社会现象——女性写作与性迷惘。有迷惘，才会产生表演欲望，并且需要表演技能。她的“友人”又是一副怎样的滑稽心态捧场的。她的友人说：“我听说王朔对你的这部长篇小说非常欣赏，还非常喜欢你的另一部长篇小说《漂泊女人》。你这两部作品出手不凡，所以获得了一些人包括李陀等人对你的比较高的评价。”九丹却这样说：王朔为什么喜欢我的作品，我也说不清楚。

向辉：在《漂泊女人》的后记里，九丹重复地说了三遍：“我是中国最好的女作家。”读到这段文字时，我不禁发出了笑声，对这样一种狂妄自大的观念，我想留以后再加详细评述，现在仍看看九丹的另一个“新奇”之处。九丹说：“掩卷而思，却不敢以一个女作家的姿态出现于读者面前，因为从严格意义上来讲，中国似乎还从未出现过女作家。”，这确实对近年的中国文学面貌有着某种程度的蔑视力量，确乎写出了一部“很有可能作为一部经典而留存于中国的文学史中”的作品，确乎像李陀等人所说的那样“代表了全人类的作为弱势群体的女性向整个男权社会和金钱社会发出的一声呐喊”。对于这样的议论，是未来的文学批评家们不能忽视的。

傅查：李陀是中国文学评论界的权威，余华远不止一次地在各种场合说过：“李陀在我们这帮文学青年中，是精神导师那样的人物,哪个年轻作家只要被李陀看上了,那肯定就出名了。”我不知道李陀是否真正“看上了”九丹,如果李陀确实说了那句“很可能成为经典”的话,那么对九丹来说无疑是一种巨大的恩宠,一种天大的幸运,一种绝妙的机遇。然而,对严肃的文学评论家来说,这一点并不重要。重要的是在评论家眼里,何种作品才能称为“经典”?是否评论家确认的“经典”就是经典呢?李陀试图建立康德式的界限,试图使理性的使用合法化。但李陀努力想展示的一点:理性的这种批判性使用就是它真正的普遍性本质所在,在我看来,并不那么具有独创性,那么重要。我并不否认,面对形而上的瓦解,李陀努力想保存理性的规范地位。但李陀并不认为九丹写出了“经典”作品,相反,李陀把九丹的《乌鸦》当作是一个特定历史背景与文化现象的人文诊断。九丹只是以“犹抱琵琶半遮面”的姿态,向男权社会和金钱社会放声唱着阴柔赞歌。

向辉:木子美被称为是一个反动的“网络作家”,她几乎没有什么才华,知识浅薄,行为不正,但她的《遗情书》贴在网上后,引起全国各界人士的强烈抗议,中央电视台也曾跟踪报道过这一堕落现象,后被有关部门查封她的个人网站,禁止发行《遗情书》。尽管禁止了,但街头书摊上到处可见《遗情书》,在网上还可以读到她的新作《喝水那样日常的事》、《美人焦》、《容器》、《一个人车来车往》,读她的这些所谓的“网络小说”,最深的感受是:乱性、乏味、苍白、浅薄、混乱、虚假、做作、了无新意,可以说当下一切色情小说的坏毛病,都让它占全了。她的作品吸引网络读者,不是出于正常的审美阅读,或出于一种眷恋、慰藉和缅怀,而是出于惊愕、好奇和试探,渴望读到一些现实生活中听不到或看不到的“个人性事”。女性写作，庆幸它从商业时代中获得了极大的成功，但它传递给我们的是一种单向度的性迷惘，一种对性解放的期望，一种衰败的道德理念。

傅查：小而言之，木子美丧失了人格，这种写作除了反叛的激情外，没有什么价值可言；大而言之，她的写作是危险的，衰败的，给社会道德秩序造成了极大的危害。在这里，我绝对不能以“网络作家”这个概念来界定她，尽管她具有“晚生代”的共同经验，“即70年代中后期政治激情的废墟却成了他们成长的共同背景，在他们的成长中激情、理想、正义……统统成了贬义词(葛红兵语)。”木子美也“长于理想破碎的年代”里，她渴望小资情调，渴望养尊处优，渴望被人爱，渴望金钱，几乎先天就是反理想、反道德的女魔，她把目光投向现实人事时，寻找的是非历史性的意外事件、下流、肮脏、微不足道的邪恶、婚变、乱伦、狂热的煽情和毫无节制的性欲。木子美与“新新人类”相比，不能从决定性意义上认同，她只能说是对边缘人整体感的一种毫无意义的追寻，热衷于描述性的人，性的社会，性的家庭，在一种非历史意识中隐藏着“性解放”思潮的纵情、享乐、煽动，以及对金钱毫不矛盾的占有欲。

向辉：在描述性迷惘方面，是不是贾平凹的《废都》开了色情著述之先河，我们是不是借以理解女性小说的性描述呢？木子美的写作观是卑劣的，不是缠足老妪脚步般谦逊或谨慎意义上的谦卑，而是非道德的、堕落的、足以瓦解一切自命不凡的伦理道德的卑微。然而，对木子美来说，物质时代激变的事实，在她的脑海中烙下了对历史嬗变的直观理解，但对此她又没有切肤之痛,20 世纪 80 年代新启蒙的时代大潮给了她一颗追求个人自由、追求人性解放的心,但是她又缺乏行动的能力。在同一个层面上,贾平凹是个极为练达的操作高手,他的《废都》以下流的陈词滥调,描述了“性都”的色情故事,通过商业炒作的手段,被装扮成一部非道德的“经典作品”。于是,他的《废都》顿时成了鼓吹“性解放”、指导青年作家著书立说的“行为指南”,但这一色情估计可能过分乐观,因为后于贾平凹的“新女作家们”,几乎把笔下的女人们视为“业余妓女”的温床,那些年轻美丽的小说人物不但有闲情,而且全无生活目标,物欲成为她们唯一的心事,为此女作家们挖空心思地准备,钻研种种取悦男人的写作才艺,她们看似相当“前卫”,但她们身上有着一股令人气馁的过渡性,人格及野心的矛盾,美貌、财富和成功的犹疑,渴望养尊处优的小资情调,除了把身体作为本钱,进行出类拔萃的表演性和姿态性外,没有别的才华,则唯有迷恋西方的颓废思想和物质成就,在这种语境之下,木子美们“闪亮登场”了。

傅查:木子美的《遗情书》连一部低级庸俗的色情小说都算不上,从她的叙述、对话模式、心理描写、粗糙的文体、苍白无力的词语和文体结构中,处处显露出她的知识结构的单一和狭窄,以及才情的不足。不难看出,她是一种历史虚无感和感伤的享乐主义的混合物。在她自传体作品中 ,她与男人不断地上床。而男人,只要上床的目的达到,谁有闲情逸致来看她的身体,就像她提议让男人陪她看月亮一样,他嫌耽误工夫又不创造任何效益。她的叙述话语倾向于一种性乱的表层,飘浮于拥抱接吻,抚摸和做爱,从腰肢到肚皮,从大腿到私处,了无意义、空洞乏味的、色情著述之中,没有潜入存在的深渊:

即女性的痛苦、困惑、孤独、失落、悲伤的心灵所在,则回到女性的身体性存在,一种感性主义的写作态度。当然,木子美的心灵是被扭曲的,从小生长在恶俗横流的环境里,耳闻目睹了贫贱与愚昧,贫民的各种顽恶习气,贫富差距的悬殊,影响了她心灵的健康,整日周旋于多元交叉的性事中,主体意向都是个人与性的和社会与性的关系,将审美作为一种生活理念的写作态度已经消失不见,那种将文学当作社会责任感之表现的写作已经消失殆尽,只是把写作的重点放在了一种性欲的情绪与感受上。这和她所受到的贾平凹式"性解放"思想的影响息息相关,同时也和我们这个时代的市场化处境相联系。也许可以这样说,这是一部无主题的小说:性紊乱和被虐症(在19世纪末,由奥地利的一位警方精神科医师克拉福·艾宾在其所著《性心理变态》一书里首先加以定义,这本讨论病态性行为的专著,较庸俗而刺激的篇章被译成拉丁文,很快成为所有色情刊物参考的圣经,但是"性紊乱"和"被虐症"这两个性学术语却颇有意味),作为一种新世纪的凌乱无序感、被虐待和折磨的爱、自我妄想的成分要多于虚伪,表明木子美的思想是混乱而杂糅的。我相信,任何一个具有学养、有社会良知的人,都无法破费精力去读木子美的。

向辉:在中国当代女作家写的小说中,一些女作家所描绘的种种性生活细节,充其量是须媚男权社会的志趣所在。以卫慧的《上海宝贝》为例,不管是由于历史的巧合还是历史的必然,快餐式后现代文化、泡沫影视剧泛滥成灾的当今中国,也正是女作家们作为"集团军"而大举闯入文学制造和文学消费之时。与贾平凹80年代的《浮躁》和90年代初期的《废都》相比,这些生于70年代的女作家们更沉溺在这个世界的感性之流中,她们不再囿于“嫁汉吃饭,生儿育女”,则重点由“性游戏”的闲逸、柔弱、高雅和普通女性的贞洁、仁爱、谦卑转向多元性的妇女形象,一时各种各样无拘无束的色情小说纷纷应市,在中国文坛上大出风头。最近,有人在上海又提出“胸口写作”,作为一个男作家,你如何理解“胸口写作”呢?

傅查:“胸口写作”也是属于投合市场、漠视男人和消费写作的范畴,她们似乎隐约看到了这个世界的症结。但是,她们对这个恶俗横流的世界,解构得不够深,审美角度不够到位,似乎不能看到这个世界的前方,还存在着人类孜孜不倦所追求的东西。对于她们笔下的小说人物来说,人的存在就是一种“性游戏”,是一群没有生活理想的、被动的、犹疑的、缭乱的行尸走肉。我们可以闭目回顾,在中国性史上,女人一直处在被动的地位,与此相应的缠足、守节和牌坊,就是一种为了取悦或满足男人而饱受皮肉之苦及行动不便的怪异产物。如果用西方人的眼光来衡量,这种独特的习俗与中国人的性心理有密切关系。“在解剖学上,据医学家研究,缠足后的妇女,为了好好站立行走,两腿及盆骨肌肉要经常绷紧。这些摧残女性的恶习,在更深层更隐晦的意义上,是为了满足男人的性快感(蕾伊·唐娜希尔《人类性爱史》第103页)。”而一些女作家为了让笔下的女人更具风骚,或者讨好图书市场,忽视了中国女人从“缠足之美”和“守节牌坊”嬗变过来的性心理。福柯曾这样说过:“在我们的梦境中,难道中国不恰恰是一幸运的空间地吗?在我们的想象系统中,中国文化是最谨小慎微的,最为秩序井然的,最最无视时间的事件,但又最喜爱空间的纯粹展开;我们把它视为一种苍天下面的堤坝文明;我们看到它在四周有围墙的陆地的整个表面上散播和凝固。即使它的文字也不是以水平的方式复制声音的飞逝;它以垂直的方式树立了物的静止的但仍可辨认的意象(福柯《词与物·前言》第7页)。"在中国历代性史中,都能反映出男人视女人为玩物,以女人的病弱膨胀自己的优越感,这种习俗一直漫漶到新中国成立,而今天的中国传统女性无疑尚不具有像苏新我这样的"性解放"意识,中国女人对性欲望的表露,是含蓄的、隐匿的、被动的、间接的,不是直截了当的。这种情形下,女作家笔下的女性,都是胡编乱造的中国女性形象,所以她们的写作具有一种无奈的味道,只是提供了一种独特的时代性的阅读和欣赏的标准:个人隐私、性交经验、玩世不恭的感性。写作不是对世俗意识的附庸,而是从应市欲望出发,站在消费主义者的立场上观望这个世界,如果仅仅局限于这样一种审美平台,那么她们看到的只是物欲横流的花花世界,那是一种不断重复的、单调乏味的、缺乏道德的、尔虞我诈的可视世界。

向辉:正像"巴比伦"就是早年英国伦敦色情行业云集地区的昵称一样,最近提出来的"胸口写作",也是她们自行勾搭的嫖客,然后带到她房间春风一度的象征,她们作为名正言顺的女性写作者,虽然不是专门做观光客生意,但她没日没夜处在一种自淫、乱伦和勾引的色欲幻想之中,那是一种典型的弗洛伊德式"愿望达成"幻想。这些女作家一点也不含蓄,她们对社会问题冷嘲热讽时,所惯用的漫画笔法,真可谓是一针见血。

傅查:"胸口写作"者,是靠新爱情来维持生活的,这些"性解放者"的白日梦是暧昧的、倒影的,悲剧和虚无、丑恶和平庸、性欲和暴力并存,沉浸于把男人分为"五式九品"之中,究其优劣。汉朝著名女学者班昭所著《女诫》一书上说女有四行,一是妇德,二是妇言,三是妇容,四是妇功。所谓"妇德",并不是指女人的才智优越,而是指个人品质的幽静贞静,行为上既规矩又礼貌;所谓"妇言",并不是指提倡能说会道,善于辩论,而是提醒未经考虑成熟的话,绝不轻易出口,平时也绝不可多言;所谓"妇容",要求不必过分追求外在的颜色美丽,而是指一身整洁,楚楚动人;所谓"妇功",不必工巧过人,而在于专心工作,不要随时随地嬉笑,要做到以礼悦人,以奉宾客。这是中国人心目中的一个"好女人"标准,也是中国"女教"的重要内容。在"胸口写作"者身上,几乎找不到"女有四行"的任何一行,读她们的作品,除了恶心外,还把人带到一种毛骨悚然的情景之中。

向辉:梅特尔·阿米斯在他所著的《小说美学》一书中这样说道:"一部小说就是一种人生,而最好的小说就是那种能引向最完美人生的小说。"他接着又说:"读完一部小说,不论情节多么曲折引人,但经过时间的过滤,最后给人留下深刻印象的,不是具体的情节,而是一个个有灵魂的人物。"读完一些女作家小说后,唯一能记住的是细节。现在已经是"唯利是图"年代,人们习惯了圆滑、世俗、阴谋、丑陋,并且将种种顽恶习气奉为神明。在这样一个物欲横流的时代,人们的心目中是否还有真诚与虔敬,是否还有对道德的信仰?是否还有对真、善、美具有理性的追求?区别于贾平凹的写作,这些女作家的小说是一种零乱、琐碎、粗糙的应景之作;是一种有阴影的、只凭个人主观意识的、不那么隐秘的、具有赤裸裸的感触的、审美情趣是黯淡的应景之作;是一种与深度思考有着隔阂的、废话连篇的、心灵被曲解的、盲目死亡的、情感倾向于阴暗的、讨好市场的应景之作。

傅查:从许多新一代女青年作家的作品中,可以看到一种玩世不恭的、不负责任的、孤芳自赏的、阴暗的、非道德的、平面化的、颓废的、模糊的东西。性,在陈忠实那一代作家的写作中是人性分裂、家庭矛盾、社会变革、道德沦丧的审美参照,而在"身体写作"者眼里却成了黑夜、宝贝、归宿、糖果、点心、迪厅、酒吧、宾馆的代名词,写什么都跟男欢女爱联系起来,带着透明的色情意味:性的人,性的黑夜,性的家庭,性的社会,性的阳光,性的月亮,张开的性的嘴,流血的性的伤口,性的快乐,性的隐痛,以及奔跑的性,淋病的性,梅毒的性,艾滋病的性,她们只对危险的性进行多重叙事,没有哪个作家进行过科学而理性的情绪梳理,整个小说被一种"危险的性"甜蜜蜜地占用了。

向辉:对于女作家来说,周密思考一下什么是价值是有好处的。如果仅仅凭有限的才华,则没有一种人文情怀大叙事的写作态度是不行的。正如海德格尔指出的,价值是对象与主体之间的一种关系,其中包括审美快感,也包括了具有一定深度的情感和思想。而写作是一种苦差事,作家在写作中,无法驻足守望什么。现代主义文学巨人、语言魅力的实验大师格特鲁德·斯泰因一生未婚,她身处各种文艺流派的发源地巴黎,集时代风气于一身,却超于一切流派之上,独树一帜,成为最有艺术魅力的文学大师之一。看到中国当代文学的一些混乱局面,我想起以色列诗人耶胡达·阿米亥说过的一句话:

"诗应该像科学一样精确,诗人只说'好',而不说'很好'或'非常好'。"

傅查:在另类作家的小说中,看不到一丝为写作付出痛苦代价的挣扎过程,却是被忙碌性和功利性抽空了价值的再现。一种没有道德思考的生存方式,一种应市的写作行为,一种无端的消费意识、与严肃文学的隔阂感,是无法写出具有深度的大作品的。我认为,"身体写作"者身上具有一种"性幻想"的特殊气质,她们不像中国优秀的女作家,如残雪、海男、林白、陈染等,倾向于对人类隐蔽的世界进行分析性写作,也不像"美女作家"热衷于形式与结构的大胆实验。如卫慧和棉棉等人,她们借鉴并摹仿美国的冯尼格特、纳博科夫等后现代作家的作品后,在心理上形成某种丰厚的文化资源,这种文化资源给她们一种稳定的、坚实的、靠得住的艺术气质。而九丹等女作家却亵渎着文学的严肃性和价值性,逃避人文情怀的深度思考,这是因为她们没有广泛的阅读,她们心中只有一个目标:为满足出版商和大众读者而写作。

向辉:性,不是不能写,而是有一个为什么写性的尺度。这几年来,许多女作家在性事里找到了甜蜜蜜而无意义的色情著述,并把个人性事视为一种回环往复的文化符号,来势汹汹地制造了一部又一部嬉皮士、麻药式的、迷惘的、颓废的、毫无自持的低俗小说,加上庸俗大众和伪评论家们一派喝彩,连连再版,一时洛阳纸贵,享受着国内最畅销小说之称。不但女作家们生怕落在了时尚后面而趋之若鹜 ,那些道貌岸然的学者和教授们,也纷纷为其中的"反秩序、反理性和反道德"的反叛行为写评论助威。于是,一种病态的、陷于情欲的、自我堕落的话语狂欢，以自恋狂的方式，实现着书写与言说的欲望。而性的问题，成了身体的问题，生活的问题，最终成了社会的问题。在一些女作家的小说中，存在着一种将性写成无处不在的幽灵式的冲动，这种冲动不是真正意义上的人源自性，而是在享乐中发现了性，回到性本身，但是人最终死于危险的性，这不是在存在本体论上找到了性美学，而是人亵渎了性，使其成为危险的性。

傅查：审美经验是对价值的思考。她们仿佛生活在一个自由开放的社会，她所追求的“胸口写作”不会将性当作压抑的手段，性就是“天性”的意思。因此，她们渴望男人对待性的态度，也像她们一样都是自由而随意的，没有一点人的羞耻感，就像卫慧描写性快感时所说的那样：“趁我还年少时的激情，我愿意！”而“胸口写作”者缺乏卫慧式的疯狂、愤怒和绝望，她们在某种程度上受到了一种失控的自由言说的迷惑，将易于迷乱的、官能享受的、病态的、非道德的、颓废的东西当成了美感。

5. 质疑的道德底线

向辉：看来，自爱是你最大的奉承者，你有点蔑视女性的心理，是不是受叔本华的影响太深了？拉罗什·福柯在《道德箴言录》中说过，我们对自爱的探索中只是达到这样一个发现：自爱对我们依然是一个未知的世界。他还说，我们所谓的德行，常常只是某些行为和各种利益的集合，由天赐的运气或自我的精明巧妙地造成。男人并不总是凭其勇敢成为勇士，女人也不总是凭其贞洁成为贞女。近年来，社会媒介经常披露一些影视明星的个人隐私，比如张国荣自杀、毛阿敏高龄分娩、那英与高峰的曲折恋情、以及艳遇、情变和家庭暴力事件充斥报刊的醒目位置，透过这些现象，我们是否意识到，一些影视明星的社会良知下滑？据说，国产故事片《手机》放映前后，制片商曾花200万人民币，在各大媒体进行"炒作"，这部具有现实主义特色的影片，同样具有专守于世俗消费理想的一窍。所以，我批评《手机》是必然的。从文艺理论角度看刘振云的《手机》，它只是大众性的思想，他探讨的是当代婚姻的道德问题，不过是对快餐文化的积极附和。

傅查：刘振云是个对现实非常敏感的新写实主义作家，他的中短篇小说都是前瞻性的。比如，他的《一地鸡毛》，反映了中国百姓在特定时期的观念转型，他的小说与贾平凹的小说不同。贾平凹不断给我们的媚俗社会提供毫无意义的庸俗小说，身处信息化时代的普通平民，虽然不谙这些世俗的或"炒作"和"作秀"的问题，但也并非不懂这是一个庸俗小说充斥人们的心灵与头脑的恶俗横流的时代。刘振云的《手机》给我们带来了什么启示？大众的观念和社会心态，为作家提供了世俗写作的语境，因为大众社会原本就庸俗。你说的影视明星的绯闻、情变、暴力等现象，说明影视业已经走上了一条更世俗、但更现实、更实惠的路，那就是"炒作"。没有"经典"的作品，不等于没有大的名声，以他们已有的名气、影响和周围一圈人的捧场，作品的质量已显得不那么重要了，就像一块肥肉，能嗅到的苍蝇一个也不会落下，而群蝇的嗡叫足以影响人们的听觉，群蝇的飞舞足以扰乱人们的视线。炒作成全了影视明星，有的明星可谓是炒作的旗手，而那些名气不够大的影视演员和歌星，或者是准明星，或者是流浪艺术家等演艺圈内的人士们,比读者更早地领悟了"大腕们"如此神奇的"秘诀"。而贾平凹曾说:"作品的好坏需要时间来检验,读者的眼睛是最亮的。"

向辉:可以清楚地看到,自王跃文的《国画》问世以来,许多作家开始注重以"道德关怀"作为核心问题的小说传统,而我对他作品的阅读与评价,是与作家对自己所生活的中国现实社会、时代的看法、市场的估价、道德与良心,与他的生活理想、思想深度、文化内涵以及政治选择和仕途幻想,紧紧联系在一起的。王跃文的官场小说,在现代中国文学界,特别是在为世俗意识而写作的青年作家心目中,已经成为不可少的"经典",而不管对他的评价如何,尽管他的多部应景之作,即《国画》之后的所有小说作品,都是"道德关怀"的必然产物。两年前,李建军等批评家们对当代小说的道德意识提出异议,即文学作品为启蒙的发展和道德的进步做了什么贡献。在当今中国社会,关于道德问题的论争已不再是于理性与非理性之间进行了,而是在道德学与社会行为学和人类文化学之间。我们要论争的问题是,肇始于《国画》之后的"道德关怀",是否已经结束?回顾一下李建军提出的道德规范的论证过程,我们就会发现《废都》之后的"色情著述"被一个事实所掩盖,即俗丽的包装全然没有那种经典式的清高姿态,却露骨地透着讨好市场、挑逗读者和商业炒作的媚俗趋向,因而"色情著述"构成了中国绝大部分作家小说传统的心脏。在这种情况下,后于贾平凹的作家们因固执于轻浮而不成熟,尽管他们是现代的,正在做着贾平凹式的世俗之梦。因此,对错综复杂的现实人事的观察、体验、感悟、认识、理解、描述是不够理智的,世俗意识疯狂绵延，因而对道德情感不负太多的责任，也不承受太大的写作压力和痛苦。严格地说，这些作家都不成熟，他们遇到的问题在于道德学与社会良知之间，在于写作态度与情怀之间。正如王跃文的《国画》为我们展示的那样，确实存在着一种伦理的和知性的问题。尽管这些问题极力反对以宗教、道德、法律、科学或哲学为依据去将一个人的行为合理化，但他们确实想象寻求建立一种生命的新型伦理形式。

傅查：在董立勃的《白豆》里，又出现了新的悖谬，仿佛人类的一切道德追求都归于虚无，或者在孜孜不倦的追求中半途而废，因此发现那原本认为理想的目标居然毫无价值可言，或者追求的结果即将到来时，一切理想都被人为的和自然的灾难毁灭了。那么，人类究竟该不该继续为追求理想而生存呢？放弃对理想的追求，还是落入平庸？这是作家们思考的问题。作家在思考和关照人类的道德情怀时，应该先思考和关照他们自己：他们的“色情著述”，是否与贾平凹是尴尬的相遇，随着商业大潮中精神危机的出现，以及对名利的追求，许多作家经历了真实的精神蜕变，甚至应变为“市场需求”的附庸者。所以说，《白豆》是一部典型的反抗权力意志的“乱伦小说”，也是最典型的步《废都》后尘的应景之作，绝不是什么“罕见的西部经典”之作。对于《白豆》，有机会我们可以专题讨论。

向辉：可以这么说，人的虚伪伤害着人本身，虚伪往往会颠倒人的德性，至少动摇人的道德底线。董立勃本来想在小说写作上进行一次深刻的探索，使自己的探索的深层结构逐渐趋向成熟，并吸引更多的读者（更是为了图书市场），显示其极富潜力的写作前景。仿佛是个宿命,董立勃在文学上的探索,充其量不过是探讨"感动读者",浮躁多于实验性,视野则更加狭窄,尝试着贯平凹式的"有意味的形式"。然而,董立勃的这部小说,不会成为《白鹿原》式的关注热点;《白鹿原》的形式探索有新的成果,陈忠实把民族苦难、战争与和平、生与死,以及社会的媚俗、人们的顽恶习气等深入开拓使他一举成名。而敏感的董立勃感到隐隐不安的是,仅仅写出"被人看好"的小说外,能不能写出像《白鹿原》那样的大作品,更重要的是,董立勃的这种"道德反抗"意义上的探索,很有可能导致他与社会的有机联系的削弱以至消失,更可能压抑了他对性文化的判断能力。

傅查:我们在劳伦斯的《查太莱夫人的情人》中看到,色情只是性矛盾的一方面的极度表现,是现实状况不能释怀的一种表现,真实状况就是地地道道的"猥亵"。然而性问题本身难道不是一种强迫发生的物质变化过程?在《查太莱夫人的情人》里,劳伦斯描写了英国中部的一个普通故事,拉格比庄园的主人查太莱夫妇生活平淡乏味,没有生气,没有幸福。瘫痪的丈夫没有生活热情,美丽的妻子在寂寞无聊中打发光阴。后来,查太莱夫人遇上了家里雇用的看林人麦勒斯,并深深地爱上了他。随着岁月的流逝,拉格比庄园的贵族家庭在几经波折后宣告破裂,查太莱夫人和看林人,终于实现了自己爱的理想。劳伦斯笔下的性,是具有美感和诱惑的,是一位普通女人对没落贵族阶级的理性反抗,如果仅仅把性当作独立的例证,当成其他所有现象的不可简约的现象,那是十分荒谬的。

向辉：在有些文化里，性行为是没有终结的，但没有把性事看作一种能量的释放、用力迸进、不计成本的生产或对身体的卫生处理，我们要么不理解这样的文化，要么隐隐约约地感到同情。道德与死亡的关系，自古以来就引起哲学家和神学家的兴趣。古希腊先哲苏格拉底在被处死前说了这样一句话："好人无论生前死后都不至于吃亏。"(《苏格拉底的申辩》中译本，第3页)，他死得大义凛然，毫不畏惧，道德归根到底是人生态度。在苏童的早期小说里，只能容得下欲望的整个自然化过程，欲望要么受制于生命的冲动，要么受制于简单的纯机械性操作，但首先受制于压抑与解放的想象界。可以看出道德观的基础是强调人的绝对自由，就是正视自己的责任。不自由的人是不负责的。然而，道德又是一种对于他人的态度。我们在《圣经·创世记》里看到，亚当和夏娃在伊甸园吃了知善恶果之后，第一件事就是用无花果叶将下体遮掩起来：他们意识到了人的罪恶，由此产生了羞耻之心。

傅查：是的，我们为自禁爱情而感到压抑，并施之于自身的强暴，往往比我们所爱的人的严厉更为残忍。有些作家企图告诉我们，一切与道德无关，一切与压抑有关，一切与羞耻无关，一切与解放有关。其实，所有形式的解放都是压抑促成的，而解放的逻辑无一例外地是：所有的力量或所有解放了的语言形式，都是权力螺旋结构上的一道回环。因此，所谓"性解放"的奇迹，就是通过把压抑的两种效果——即把解放和性整合为一种革命理想而实现的。一个现代作家，按照个人的逻辑，把性资本作为自由言说的心灵隐喻，即把道德与性行为隐喻为一堆垃圾。陀斯妥耶夫斯基说："每一个人在所有人面前都负有责任。"道德毕竟是自身的态度。在《活着》里，余华通过不断死亡的遭遇,告诉我们这样一个简单的道理:道德不是永恒的,而且必须与死亡结合起来。

向辉:在这里,我们暂时把余华悬置起来,等有机会再谈他的小说。我要批判的就是,目前那种"非道德"的通俗著述。为什么性事在许多作家的小说里占据如此重要的位置呢?你曾说过,性是关起门来说的话题,因为性与道德系统相关,与这种道德相应的是,性也经历了同样的轨迹,在歧视和压抑的曲线空间里,"性话语"被设置为一种长期的策略,作为新的游戏规则以生产性,却忽略了伦理道德。司马迁对此作过非常精彩的阐述:"夫妇之际,人道之大伦也。礼之用唯婚姻为兢兢。夫乐调而四时合,阴阳之变,万物之统也,可不慎与!"他又进一步指出:"妃匹之爱,君不能得之于臣,父不能得之于子,况卑下乎?既欢合矣,或不能成子姓;能成子姓矣,功不能要其终。"显然,在一些当代作家的小说里,色情在故事美学范畴内失去了意义,是一件值得警惕的事,我只是提个醒罢了。对权力的阐述最终也未能使权力自身抹除,或证明权力未曾存在。

傅查:对叔本华而言,女人是男人的玩物,作为一个以人生与社会为研究对象的哲学家,他曾说过非常粗鄙的蠢话,表示他对女性怀有歧视的偏见,他在《女人论》一文中这样说道:"她们是满足男性不可或缺的一层阶级。"他又说:"女性的美感只存于性欲之中。"谈到性道德,我们不免要提及起着最终决定作用的写作态度。根据中国当代小说提供的"色情著述",我们可以判断出这样一种因素:他们讲述的故事,不仅仅是一种话语陷阱,而是对一种视觉仿真,他们并不比贾平凹所积累的色情故事更真实，那实在是一个天大的陷阱。对作家来说，一种真实的或可能积累的公理和神话，主宰了他的写作态度、审美情趣和书写方式等一切方面，可是作为一个小说家，他并不知道什么东西会积累起来，而且积累之事像现代都市或超载的记忆一样，是自行消耗的。可以说，写作比权力更诱人，因为它是一个有意义的生命过程。如果一个作家，为了名利而写作，没有比这更糟糕的事情了。总有一些东西通过词语得到阐释：那就是作家的社会良知，那就是道德情怀，那就是预期的人文关怀的积累，那就是写作的人文态度。

向辉：但是很遗憾，当代文学的情况并非如此。写作的情怀和态度，是自我调整和训练的，也并不是说写性就意味着庸俗，而是指描述尺度，就像柏拉图所说："并非每一领域都在高尚的意义上成为美的。"我们从我们的所需起始，就为传宗接代的情欲驱动，那情欲一开始乃是性欲；渴望性交起初仅仅是为了缓解欲望，但此后便是获至不朽的方式。它自然可能停滞于这种低级的水平，取得一种弗洛伊德的特征；不过，一种升华物却摆在前头。纳博科夫在《洛丽塔·小引》里，特意说明他的小说出奇的干净，绝无一般色情小说使用的陈词滥调。他对色情本身不感兴趣，对以色情来证明艺术的自由似乎也并不关心，因为后者对他来说，早已是天经地义的事情。正如人们通常所说的"色情"，不一定就是"不道德"，"不道德"也不一定就是"色情"，彼此相当，因而大呼上当受骗的读者，恐怕只能怪罪自己。作家的色情著述是不道德的，这跟他们的人格立场毫不相干吗？

傅查：过分的善与恶，已经超过了我们的感觉范围。在远古时代,某些凶恶的品质造就了伟大的才能。但在我们所处的现代社会里,对于道德情感的获得,正如我们被告知的,还有其他的途径去获得不朽(通过著书立说和远扬名声),故此存在着超越性欲的各个层次的对美的渴望。而在一些小说里,虚构的性事与现实相对立,面对饥饿状态,那些"作家们"不能抱着敬心朝这个方向去思考,却把自己抛到淫欲里,像畜牲一样纵情淫欲,违背天理,既没有忌惮,也不顾羞耻,竭尽全力地捍卫群婚制(只是性解放的实践):性被自由化、性被制度化,性被解放、也被庸俗化和恶性循环,最终被推向无道德化、无中心化和无疆界化。"嫖客们"的这种政治诡计很容易使伦理关系陷入圈套,失去原有的道德原则,因此,"贞女们"的理性反抗,最终不可避免地使性与生命一起归向坟墓。

向辉:如果说以上的判断,是着眼于道德的范畴而强调当代小说当下的意义;那么另一种判断思路是,虽然我们不能对当代非道德小说进行简单的否定,对当前兴盛的物质文化也应该肯定他的批判精神。"但毫无疑问,当前现实社会和文化中的不健全因素是很多的,尤其是以封建文化的实质和物质文化进行合流,促进了社会的腐败和动荡,使金钱中心的消费主义彻底占据了社会文化领域,刺激了各种欲望的畸形膨胀、道德风尚和意义的下滑,就是不良文化刺激的直接结果"(贺仲明:《再思启蒙—兼论"五四"文化批判传统》)。作家最致命的局限远远不止是狭隘民族主义,而是与我们所处的这个时代的隔膜,是潜伏在作家文化心理中解不开的村庄情结,是工商业文明强力冲击下的农业文化的自卑、自闭和自大心态。

傅查:的确,在康德眼里,所谓的德性往往受利欲所牵,融入了各种恶,其根源或许是根深蒂固的自爱。在一个偶然的机会,我认识了陕西女作家唐卡,并读了她近期出版的长篇小说《你是我的归宿》和《荒诞也这般幸福》。这两部小说纯属带着个人情感的、文学传统的背叛方式,显得无病呻吟,缺乏作家"心灵在场"的人文情怀和态度,既不严肃,也不纯洁,更谈不上人性的演进与思索的代价,人类理智仿佛已经冲破封闭的循环,使性史走进了"新阶段"。

向辉:从理性和现代性的角度,对中国当代非道德小说进行公正的界定,是我的希望所在,因为从小说美学意义上阐释非道德小说,是一种荒谬可笑的理论动作。然而,在我的阅读感受中,一些女作家在某种意义上确实是反叛的,这种反叛就是对人类美好属性的亵渎,这不是分析人的情绪、激情以至疯狂,分析人的精神、理智和判断力,探索人们言行的动机,而是以颓废的、荒诞的、令人作呕的性事,丑化并贬抑了当今中国人的生存状态和文学艺术的实践。小说是表达一种道德美学的一种艺术形式,这是作家对可视世界进行一番冷眼静观之后,经过哲思和感悟人物命运之后,把握人物的时代命运、生存焦虑、物质欲望、生命过程和人生境界,然后再清晰地表述出来,这是出于文学艺术自身的原因,而不是外在的原因,这种目的是崇高的,也是对人类具有终极关怀的一种个人情感。

傅查:萨义德在《世界·文本·批评家》一书中说:"批评必须把自己设想成为了提升生命,本质上反对一切形式的暴君、宰割和虐待;批评的社会目标是为了促进人类自由而产生的非强制性的知识。"出于一种严肃的批评原则,我的文学批评,一直犹豫到今天的这个尴尬境地,因为在一些作家眼里,我作为一个作家是不自觉的,我的写作本身就是一种“非道德”,充满着被虐待和被宰割的感情,如果从道德意义上去思考,对作家来说,思索应该大于一切,如果仅仅是为了表达自己的情感,对复杂的现实人事置之不理,或者处于一种过度的“清高状态”,那么这种写作是毫无意义的,甚至是有害无益的;如果我是一个具有天赋的作家,我就有能力完全将其思索具体表达出来。我说我不自觉,是因为我将自己与莫言、陈忠实、阿来等作家进行了一次心灵深度的比较,有比较才能显示出价值的所指和能指,同时,我还思考了良知的判断能力和自发性的本能。怎么说呢,尽管我处在“弃儿状态”,但我没有丧失一个作家的良知。

向辉:对于良知问题,柏格森曾说过:“良知的表现方法多种多样;良知的表现形式灵活;良知使我们处于小心翼翼的警觉氛围之中,从而保持着一触即发的智力姿态。良知在关心现实和执著地贴近现实这两方面与科学相似,但良知所追求的真实的种类不同于科学;良知并不旨在取得普遍的真实,而只追求当下的真实,而且良知不向往一劳永逸的道理,而是希求不断地获得新的道理。”也许,你只看到了人类已经踏上了高度文明的道路,当你面对自我的时候,那种原始的、自发性的本能,以及性爱的美感和艺术思考,在“新理性精神”中整合了,并把感觉和思想混淆了,以前在你感性状态中真实的东西,现在只作为一种观念存在着。在你的写作中,理性的分裂不在于外界,而在于你自身,不是作为你生活中的一个实际而存在着,而是作为一种不需要实现的“个人写作”而存在着。在你的小说中，理性的人际交往被打破了，但你不想试图恢复分裂的人性，也不寻求和谐的人性，你只限于阐述自发性的性本能，称其为人的自然属性，并依据她有限的想象来建构它，你的两部小说就是要想达到"畅销"的尝试，表达出一种人性的分裂意识，而理性的分裂，已经将世界变为废墟，人类不再拥有家园了。你笔下的小说人物都是病态的、丧失理智的、被情欲冲昏头脑的现代杂种，他们看似与人为善，心底善良，长得又像美女，但她们与现实格格不入，本质上都是毫无人格的、没有人生目标的淫荡女人，没有通过任何艺术手段剖析她们的堕落原因，因而构成了一种自淫性的个人写作。

傅查：在这方面，我向纳博科夫学习，他是个不重复写作观念的小说大师，在《固执己见——纳博科夫访谈录》一书里，他广泛地谈论了生活、艺术、教育、政治、文学、电影等话题，展示了他非凡的才华和真知灼见，他曾说过这样一段话："我的小说很少给我机会发表私人的观点，于是我不时地表示欢迎迷人的、礼貌的、有智慧的来访者向我突如其来地发问。"不难看出，纳博科夫的《洛丽塔》嘲讽了人类愚蠢，对这一点他很超然，甚至对尖锐的批评无所谓。他又说："不过，当人们高兴地传播说，我在讽刺美国时，我就有点懊恼了。"纳博科夫认为，不能为观念而写作，一旦有了观念、思索、平静和痛苦，创作冲动便永远消失了。作家对自己、对自己的理想目标、道德标准、社会心态和个人行为都有所意识，也就是说，作家应该时刻都意识到自己那种原始的、未遭破坏的整个思想、行为、感受、和表达，具有一种社会责任感和使命感，不能否定人性的美好属性，更不能根据自称为真实的生活（实际上却是对真实生活的堕落，也可以称为现实社会的异化现象),进行造作的揭露,不那么客观地丑化。

向辉:尽管如此,这却不是道德的核心问题,对中国当代小说有所洞察并不需要我们了解所有小说理论和美学,或与之相提并论。当然,天才的小说家对题材是十分挑剔的。但题材的选择不总是最重要的,问题的关键在于作家的写作态度。一个思想平庸的作家,永远写不出伟大的《喧哗与骚动》;对俄罗斯社会一无所知的人,也不能理解《日瓦格医生》和《癌病房》的重要性。福克纳的审美眼光、帕斯捷尔纳克的智性写作、索尔仁尼琴秉承的对人类耻辱史的阐释,对我们来说,都是应该学习的经典。阅读前人的作品,不是让我们领悟了大师就被嫉妒毁灭,而是让我们在丧失人性的社会里不再被别人羞辱:一种我行我素的边缘意识,一种天马行空的性话语,一种想象奇特的性学观点,以闲情逸致的方式,传达着边缘人的孤独、困惑、迷惘、失落、生存焦虑和现实的痛苦。

傅查:一种批评之后的尴尬局面自然会发生。我的批评立场、观点和原则,以及美学观念和学术立场,也许有很多不足之处,因为人在某种时候是无法理智的,在批评和被批评的过程中,理性才是最主要的。然而,在众多作家心目中,批评家就是撒旦,是值得远离或忘掉的人。诡计只是一种贫乏的精明。

第二部

1. 解读精神圈

向辉:在童年时期,我们的游戏就受到社会文化的束缚,正统的教育使我们不得不服从于各种偶像,没法像培根一样觉察到摆脱这些束缚的必要性。个人欲望从灵魂深处消失了。儒道释的思想影响了我们的传统、教育、语言和行为,这些都是中国文化的核心因素。我们只玩孩子的游戏,只说孩子的话,不知道在万里长城的边缘,在各个海峡的入口,展现着另一种海洋文明。为了认识我们自己的传统文化,我们曾经做出了巨大的努力,使我们的认识从社会历史条件下相对解放出来了,从这些认清了历代孕育而成的特权真理。进入今天的商业时代后,这些社会规定性的精神圈,已不再被人们在物质时代形成的复杂过程中,寻找现代合理性的实现条件。多少世纪以来,我们的祖先就生活在“戏剧偶像”的世界里。

从改革开放以来，商业社会用一种奇异的魔法，召唤出另一种狰狞的鬼脸，等待着社会清洗和排斥的习俗卷土重来：卖淫嫖娼，吸毒，赌博等现象普及了所有的城市。但是在新中国成立初期，在全国范围内收容过妓女，禁止开妓院，并向全世界宣布中国是一个没有性病的国家，人们对麻风病的消失感到欢欣鼓舞。如今，在一些城市的电线杆或墙旮旯里，那些醒目的性病广告，是否预示着这种瘟疫的再度泛滥呢？

傅查：如果我们想解读“人性研究”的深层意义，想知道我们的正义要在多大程度上依赖古老的下层土壤，只要回想一下艾德加·莫兰所谓的“内在信念”，即生境、生命、习性与组织等范式中的特征，就能了解我们逆矛盾而存在的意义的本质，这些几乎不可解的概念，至今仍在我们生命意识中起着精神圈的进化作用。我们越是发现，必须有许多偶然的因素、机遇、幸运、不幸，才能把那些使一个人认识到自己的志向，并表达出新思想的全部条件汇集在一起。这就是说，有那么多的人，从小就没有遇到良好的教育环境和在大学教书的机会。对我而言，必须付出惨痛代价的独创性，才能获得安居乐业的生活环境。在我个人的成长过程中，受正统文化的印记影响，不是那么深刻，没有经历异常的“人格分裂”，要想读懂中国的历史与文化，就必须有一种丰富的文化多元主义氛围，艺术家、文艺评论家、作家、思想家都必须达到一定程度的自主化。至于卖淫嫖娼的现象再度出现，并逐渐扩大，说明贪欲的人们对真理系统的信仰开始崩溃，一种“不良种子”，一种很难克服的物质欲望，一种病态的行为，对商业时代的异常思想提供了有利条件。

向辉：艾德加·莫兰说："一种文化就是开发认识的生物——人类学潜能，又关闭这种潜能，它为个人提供知识积累、语言、范式、逻辑、图式、学习方法、研究方法、检验方法等等，通过这样的方式来开发的实现认识的生物——人类学潜能，但同时它又用它的规范、规则、禁止、禁忌，用它的种族主义、自我神圣化及它对自己无知的无知，来封闭和压制这种潜能。在此，开启认识的东西仍然是封闭认识的东西。"通过比较，我已经看到了文学创作的源泉和观念、艺术信仰和人格立场、话语组织的生命之间有一种原始的统一性：根据我个人的解读与分析，认识的多重声音与多元逻辑，也在作家的作品中表现出来；我还看到观念、信仰、象征和神话不仅是一些力量和认识价值，也是社会的联系力和凝聚力。但你一直保持着沉默状态，一种新的认识模式，是不是从沉默中诞生的？

傅查：尼采的"以鸽子的步子前进"提示了我，对尼采这个人，我只喜欢他创造的"哲学上帝"，不喜欢他的极端哲学"上帝死了"，他所处的那个时代，还没有理顺认识、文化和社会这三者有着难以区分的共同根源。福柯弥补了这个大缺口。福柯说，人的大脑拥有一种遗传记忆和一些先天的认识组织原则，从人在世界上的最初经验开始，人的大脑就获得了一种个人记忆，并把社会文化的认识组织原则纳入自身。中国的历史文化，为我的思想的形成、构思和概念提供了丰厚的现实条件，这不仅意味着，即使是最微小的知识也包念着生物、大脑、文化、社会、历史、艺术的构成因素，而且尤其意味着，即使最简单的观念也同时需要生物人类学的极端复杂性和社会文化的超级复杂性。如我们物质社会中看到的复杂性，这些共同生成知识的结构之间有着互补的、竞争的、对立的、循环的和全息摄影的关系。在生活中,我们把认识的产物渗透到了个人知识中,塑造出个人知识,同时管理着个人知识。你在前面所说的"内在信念",不是一种外在的社会规定性,而是一种内在的精神建构(文化和以文化为中介的社会处在人类认识的内部)。

向辉:个人的认识行为本身就是一种文化现象,集体文化复合体中的任何因素都要通过个人的认识行为来实现。所以我们不难发现,任何一个人都通过积累多年的内心经验,把社会历史彻底引入个人认识,包括我本人的认识。由此可见,文化参与生产每个人所感觉、所理解的那个现实。我们的感知是受限制的,特别是艺术视觉受到分类、概念化、公理化的影响,这些都会对识别和辨认颜色、形状和物品起作用。在现实生活中,远古的文化现实被实体化,与眼前的现实人事相分离,世界观得以建立,真理、谬误和谎言变得具体。

傅查:确实如此。比如,《论语》是一本以记录孔子言行为主的书,从记录的称呼和语气上分析,是孔子弟子(包括再传弟子)根据自己的记忆或传说写出来的。其内容涉及政治、教育、文学、哲学以及立身处世的道理等方面。从任何理论角度来看,孔子的话语都与历史知识、文化结构、个人经验和艺术实践相联系。他的言说也受限制,代表官方的意志,以规范百姓的行为,来达到治理国家的目的,将家庭内部的孝敬意识,提升到了国家意识。这种倾家爱国意识,形成了文化决定论中的精神圈,并代代相传,直到现在。每个中国人,都生活在这种精神圈内。科学认识的历史鲜明地证实了这一点:知识永远都是,处处都是通过个人精神来传递的,个人精神拥有一种潜在的自主性，这种潜在的自主性在一定的条件下可以转化为现实，变成个人思想。

向辉：由中国集体无意识的范式、学术权威的认可、伪文艺评论家的胡乱界定、既定的真理等结合在一起的“作秀现象”，以及虚假的力量决定着认识的套话、未经考察的因袭观念、未受质疑的愚蠢信仰、无可辨驳的荒谬性，以文学艺术的名义对文学艺术的玷污，这种附庸风雅的邪恶力量，在任何地方都造成了权威话语的一统天下。那么，我们怎样理解现代性呢？传统文化中是否发现属于未来的东西呢？

傅查：在中国，人们习惯于把一些具有现代性的文学艺术家视为先锋，并拿西方的现代性衡量中国的现代性，缺乏科学的审定和定位。就拿苏童、格非、余华等作家的作品来说，不少人说他们的作品具有后现代性，从来没有把现代性的功能视为一种文化反思，一种文化批判，用简单的、大一统的审美观念，搅浑了一种新理性的推动力。这些作家的作品有清醒的传统状态，使其具有不断清理自身矛盾的能力。文学艺术的先锋是不存在的，因为在追求新理性的时候，文学艺术陷入双重困扰，即再度突破和零点思维的个人矛盾，这种个人矛盾又造成精神危机，而精神危机会刺激反思性，并且可能引发对新的解决方法的探索。

向辉：我们的文化任性而不自主，像古人创造的意象之物，细看又像我们的母亲和姐妹，让我们敬仰或同情、思考或审视、质疑或融通。这种超现实的理念，迫使我们回想起记忆中的老庄哲学，以及柏拉图所谓理念不仅是一种独立的现实，而且是世间万物的最高现实。在黑格尔那里,观念是在历史中自我规定和自我实现的主体;而荣格从另一个角度建立了他的原型观,原型是一些潜藏在每个人精神中的先验形态和原始形象。作为集体潜意识的普遍模型,它们指挥和控制着我们的梦想和神话。

傅查:我们不能总是被"精神圈"引导着,问题的核心在于,我们要弄清楚我们要做什么?在弗雷泽看来,思想既不是外部世界的事物,也不是内心世界的表征,而是一种性质的现实。实际上,在一些天才艺术家眼里,抽象就是简单,简单就是抽象:由精神事物、文化遗产、话语、概念、理论以及客观知识组成的世界。实际上,在一个精神圈,精神以自己独有的生命,从人类社会的全部活动中突现出来,但同时我们也承认这种突现本身具有不可简化性。

向辉:你是怎样发现精神圈的,作为锡伯族农民的儿子,你又是怎么理解你自己的精神圈?如果我没有记错的话,傲慢的乾隆皇帝用一纸手令把你们锡伯族从东北派遣到新疆的伊犁,这是一个不祥的文化信号:远离了文化之根。但是,我不止一次地听说锡伯族是一个翻译民族。在新疆的各民族中间,你们形成这样一种移民情结:命运如同一叶小舟,被遗弃在浩瀚无际的欲望之海上,兵荒马乱的不毛之地上,理想的海市蜃楼中或完全陌生的世界中。为了生存,你们完全听凭智慧的支配,或者扬起民族的精神风帆,迫使自己学会各种民族语言。徐迟曾认为,移驻新疆的这批锡伯人的智慧倾向来自生存环境,并说:"天上的白灵鸟,地上的锡伯族。"边疆的冒险生活,听凭亲和理念的指引,世代相传的秘密,对家园的眷恋，以及纯朴、勇敢的锡伯人的形象，使你重新获得了对家园的眷恋与理解。在你的文学作品里，只是用歇斯底里的疯癫性人物、变化无常的政治气候的影响，来解释锡伯人的忧郁性格。多民族杂居的生存环境，使之变得聪明而易于学会多种语言。那么，锡伯族的文化是否称为一种移植文化？我认为，勇敢是人身上晦暗的失落感的表征。集体的失落感是一种无序状态、一种流动的文化印迹，是集体记忆的发端和归宿，是与行政命令和个人欲望相对立的：譬如，一个叫安吉福的疯子穿过茫茫的蒙古草原找到了西迁队伍。当他见到日夜思念的哥哥时，他的亲人们都不敢接近他，也不知道他为什么要跟着来。他做了许多奇怪而愚蠢的事，亲人们既感到羞耻又感到恐惧。最后被他哥哥一枪打死在荒原上。锡伯族文化不是来自有着坚固城市的坚实大地，而是来自战乱四起的边疆，来自包藏着许多奇异事件的陌生大地，来自天边的那个神奇家园。

傅查：早在好奇心十足的童年时期，我就沉浸在祖先崇拜的精神圈里，老祖宗的爱国精神、家园意识和那种与现实相符的献身感，都给我留下了一种粗浅或模糊的印记。我的一切认识，包括对锡伯族历史文化的认识，固然都扎根和记录在这个民族的文化、习性、生活环境、以及我所处的社会和民族历史的大背景中，固然也从属于这个特有的文化背景。但问题是要弄清这些文化印记、从属等都是什么，弄清认识和生态观念是否可能在一定程度上自主化，是否可能随着现代文化思潮获得相应的提升和发展，以及在什么条件下有这种提升和发展的可能，这是我多年来一直思考的问题。

向辉：作为一个锡伯族作家，你的使命不在于削弱文化印记或规范,也不在于渴望开展多种文化对话活动,而在于表达与锡伯族有关的异常思想,因为你的存在与这个民族有着千丝万缕的因果关系。显然,你持续表达的复杂思想,虽然不要求锡伯文化印记和规范化的消失,但却要求在印记、规范化、神圣性、教条主义之间展开一种科学的平等对话。如果我们的对话是公正的,平和的,具有学术意义的,以致形成一个规模不小的"精英团体",异常思想很可能会生根发芽,也可能从此变成锡伯民族的主流文化。正如你在新疆大学演讲时提出的,创造性的发展总是以异常思想变成主流思想的方式进行的。那么,你怎样接受新的规范化和新的印记呢?

傅查:在某些情况下,异常被尊称为"独特",这时,尽管它脱离了正统文化的规范,却享有一种高于规范的精英身份。从二十多岁开始,我就热衷于研究东西方文化的差异,潜心研读了孔子的《论语》和世界上销量最多的《圣经》,经过认真细微的比较研究之后,我发现我们中国人非常功利,由于中国社会经历了几千年的封建社会,我们的思想是注重"人伦事功"的思想。有时,我不想有太多的思想,智慧越高,痛苦越深。人的生活,不过是痛苦编制而成的网络。我只是想在一种严密的形式中,把人的痛苦展现出来。所以,我向往着充实的生活。写作不是从事体力劳动,而是一种思想与历史的责任,就像儒尔·勒纳尔说的那样:"文学职业,仍旧是仅有的一个大可不必奇怪的不赚钱的行业。"这么简单的道理,我们有时难以把握。昨天,我路过乌鲁木齐西大桥时,不由自主地驻足停下来,想起我曾有过从这座大桥上跳下去的欲望。那年我29岁,由于朋友的暗伤,世道的阴暗,想以尝试成功的自杀,结束活下去的痛苦,结果会怎么样呢?我突然想起我有一个可爱的儿子,就否定了不负责任的死亡,应该维护我儿子相应的人格;这种人格不管你乐意不乐意,肯定独特地存在。说到这里,我的泪如泉涌,因为我此时的话语,肩负着整个社会的责任。我的儿子明白吗?我活着,并不是毫无疑义,不妨你去尝试一下自杀。

向辉:你是说,幸福不管怎样,都不会维持长久是吗?面对挫折时,人们会知难而上,从中可以看出你自私还是大公无私,残酷还是怜悯?我读过你早年写的散文集《我就这么活着》,了解到你没有秘密的自我,保持了一种难得的诚实和谦逊。刚才,你说你是从孔子和耶稣的身上,找出了东西方文化差距,所以现实生活中的许多人事问题,引起了你的思考,你还跟文学博士施津菊说过"思索应该大于创作"。在思考中,你体悟到了办什么事,都怀着科学的态度。有了科学的态度,还要具备一种比较完善的情怀,这跟一个人的文化修养有关联。那么,你是怎样理解锡伯族历史、文化、教育、宗教等生态学观念,在文化决定论中的断裂、断层和变化的呢?

傅查:由于特殊的历史、地理和经济的诸多因素,生活在新疆的锡伯人,把锡伯族固有的语言、文字、习俗、宗教、饮食、服饰、体育、教育,以及各种传统文化保留并发展到今天的这个状况。两百多年来,移驻新疆的锡伯人,经历了数以百计的战争和自然灾难,用几代人的血泪和生命代价,维护了祖国的和平与发展,在一个陌生的地方营建了新的家园,并在原有文化烙印的基础上,发展和获得了新的锡伯文化。这说明锡伯族不是一个持保守主义立场的民族,我们可以理解,新疆锡伯文化是一种移植文化,是通过坚忍不拔的民族精神来传递的,而民族精神拥有一种潜在的自主性，这种潜在的自主性，在一定的历史条件下可以转化为现实，变成集体的民族观念。尽管锡伯族的“文化资本”还没有转化为经济，但如果我们把资本和其历史联系起来看，这个概念就变得有意思了。可惜的是，面对开放性强劲的后现代文化思潮，锡伯文化却显得脆弱不堪，若有若无，并不是最丰富的或最真的文化，处于一种“弱势者”的文化状态。当然，从民族学的角度，采摘锡伯族历史中的所谓“自豪感”拥有一种巨大的“文化资本”，它包括有关爱国战争、注重文化教育、开发边疆、建设边疆的精神，和对有关狩猎、种植、建筑、渔类、医药的知识，这些传统、教育和语言，都是锡伯文化的核心因素，它们共同组成了我们的生态观念、行为模式和道德范式，以及对民族意识的高深体认。

向辉：在中华各民族中，锡伯族是人口较少的民族之一，但据有关资料显示，锡伯族受文化教育的程度却名列全国第二，仅次于朝鲜族。大体来说，按我们正统的观念，锡伯族文化有一个自然的结构，这种结构根由于锡伯族的人文思想和社会传统以其变迁的弥散性、接受性、复杂性和蜕变性，由于经济的繁荣和大众文化的迅猛冲击，锡伯族的文化在被制约、规定和生产的生态环境中，不仅受到了生理常量的冲击，而且受到了文化量变和历史量变的冲击，在精神文化层面上，视觉也受到了分类、概念化、公理的影响，这些都构成了“弱势者”的文化现状，在“跟着感觉走”的尴尬和困惑中，自觉或不自觉地接受着大众文化的现代性，并且不遗余力地接受着作为现代化之内容的诸多变革，如大众媒体、流行歌曲、饮食文化、影视文化、时尚服饰、现代通讯，都向未来拓展的迅猛进程之中,像我们身边空间的拓展一样,我们不再是“一个历史的种族”,而是最多不过是与其他民族力图达到现代化水准的一群人。与此同时,在文化的比较研究中,差异被看着是一种缺乏,因为缺乏,才要进入所谓先进的科技时代,这便是一个民族求生存的真情所在。

傅查:我原想弄清后现代文化思潮对锡伯文化的冲击,到头来,却不仅发现后现代文化对锡伯族文化的解释力的匮乏,同时还发现我们自己对自身的解释力的匮乏。我们已经几乎习惯用别人的东西来解释我们自己,几乎按别人的好恶来调整自己,几乎习惯既宿命式,又使命式地主动消解固有文化的主体自我,几乎习惯栖身在主体文化的空壳里,把玩失望的快慰,履度单调的宽广。从我们这一代人开始,无条件地接受了各种现代文明的洗礼,现代话语的过度使用差不多使我们这一代人丧失了独立思考的能力,尤其是对本民族的语言文字,放弃了使用的本能和权力。而我们的后代,比我们更时尚,更容易接受后现代文化,无论是吃的穿的,还是行为和话语,可以说是新一轮的解放。从表面上看,一个弱小民族拒绝现代社会里的许多文化思潮是不可能的,从文化传播学角度来讲,我们似乎除了“吸纳百川”,除了被毁损或颠覆,便别无选择。这种颠覆似乎不具有任何建设性的意义,只有为解构而解构的破坏性。另一方面,后现代文化还有一些积极的、甚至是建设性的方面的。从某种意义上讲,我们如何利用“强势者”的先进文化,并为自己创造出一个新文化领域,是我们这一代锡伯人的责任和使命,文化生成的对抗性,将不是直接的对抗,而是采用间接、迂回、偷袭式的“权且利用”的战术。

向辉:在今天,要发展传统的民族文化越来越需要庞大的技术手段,在信息时代的这种条件下,受过正规培养的人们欣喜地看到,孤独者的时代一去不复返了,从西方到东方,人文主义者之间的交流,日益频繁。因此,我们要设想中国文化的未来,不仅要设想中国文化的社会根基,设想认识和社会发展的互动作用,而且尤其要设想一个循环往复的过程,在这个循环往复中,认识是社会文化现实的产物和生产者,社会文化现实本身就具有一种认知维度。

傅查:生活在多元文化中的我们,通过我们的认识模式来发展文化,文化又创造我们的认识模式。当我们看到认识是在怎样的程度上被文化所生产,受文化的支配,被纳入到文化中,我们可能会觉得,任何东西都无法使认识摆脱文化。比如,我们现在进行的对话,不是一种生活手段,而是一种认识手段,面对商业大潮的冲击,我们变得冷漠颓废,将文化的文明丧失殆尽,我们有必要自动出击,无论如何要发表一些东西;这是以后被承认的必要条件。如果我们失败了,必须反复对自己说:我们义无反顾,打破禁锢,坚持到底地尽了力。

2. 怀着仇富心态的局外人

向辉:随着商业社会的发展,贫富差距日益明显,人与人之间的心灵沟通,相互理解与信任,也同样在消退,或许只是稍微缓慢一些;然而,暴富现象加速了弱势群体的仇富心理的萌芽。过去,影视明星的演出都是公益的。现在,有些演员的出场费高达十几万元。在上海,新贵或名人,小有不敬就被仇富者所充斥。原有的“同志情感”退隐了,但是这不仅留下一些敌对心理,而且留下了一些恶俗。这些恶俗不是要扑灭富贵病,而是附着于富人形象上的价值观和意象,排斥富人的存在意义,即那种独占鳌头形象的社会意义。这种形象必须首先划入一个商业时代的圈子里,然后才能加以排斥。这种方式将带着全新的意义在完全不同的文化中延续下去。实际上,这种严格区分的重大方式既是一种社会排斥,又是一种精神上的重新分裂。据福柯分析,在文艺复兴时期的想象图景上出现了一种新东西,这种东西很快就占据了一个特殊位置。这就是"愚人船"。这种奇异的"醉汉之舟"沿着平静的莱茵河和佛兰芒运河巡游。当然,愚人船(Narrenschiff)经过航行,船上的人即使没有获得财富,至少也会成为命运或真理的化身。然而,在中国的商业社会,是不是缺少了一种道德理念和价值取向呢?

傅查:揭示这种仇富心态的确切原因,并非一件易事。有人会设想,随着物欲的明朗化,人心里的一种很普通的分离感油然而生,贫富两极分化日益突出。在中国文化的地平线上,名人的个人隐私,富人的偷税行为,便成了百姓关注的重大现象,其意义暧昧纷杂:既是威胁又是嘲弄对象,既是尘世无理性的癫狂,又是人们讽刺挖苦的笑柄。这些年来,这方面的影视作品大量涌现,产生了一系列的"杀富济贫"古装片。这些作品一如既往地鞭挞罪恶和错误,但是不再把这些全部归咎于傲慢、冷酷或疏于道德信条的操守,而是归咎于某种严重的愚蠢。这种愚蠢其实没有什么明确的缘由,但却使所有的人都卷入某种密谋。对富人的仇视变成了一种普遍的批判方式。在搞笑片中,农民、市民或傻瓜的角色变得越来越滑稽。他们是司空见惯地站在一边的可笑配角,不是作为真理的卫士出现在影视剧里。他们扮演的角色,成了故事中讽刺对象。在一部人人相互欺骗,到头来愚弄了自己的“搞笑片”中,农民就是辅助的喜剧因素,是欺骗之欺骗。而那些富人呢,用十足愚蠢的傻瓜语言说出理性的词句,从而以滑稽的方式造成喜剧效果:他们向美女谈论爱情,向年轻人讲生活的真理,向高傲者和说谎者讲中庸之道。甚至在现实生活,愚蠢的农民形象,变成社会和道德的批判,成为怀着仇富心态的局外人。

向辉:在加缪的《局外人》里,或在贝克特《等待戈多》里,人生的荒诞主题独领风骚。人的终结、时代的终结都带着瘟疫和战争的面具。威胁着人类生存的就是这种万物都无法逃避的结局和秩序。甚至在此岸世界都感受到的这种威胁是一种无形之物。但是在中国当代文学中,这种巨大的不安转向了仇富心理。对弱势群体的嘲弄取代了理想的肃穆。在搞笑片《我爱我家》中,人们发现戏剧地再现农民的愚蠢,就是突出一种无知的局外人。面对贫欲的绝对界限所产生的恐惧,通过一种不断的嘲讽而转向局外人,把纯朴和善良看成一种笑柄,使它变成了一种日常的滑稽形式,使他们再现于生活场景之中,把他们分散在一切人的罪恶、苦难和荒唐之中。良知的下滑已不再算回事了,因为生活本身就是徒劳无益的口角、蝇营狗苟的争斗。新时代的局外人宣告已经来临,这些局外人面对新贵富豪时像一个可怜的奴隶。物欲所掩盖的不过是一个道德面具。要想发现心灵的笑容,人们只能揭掉这些面具。道德面具既不是美,也不是真,而仅仅是愚弄他人的东西。而那些局外人胆怯、软弱和贪婪,甚至出言不逊,他们放弃农活,走进城市环视左右,发现这个世界是富人的。

傅查:除了农民,中国的当代诗人们也成了局外人。艾兹拉·庞德在自由诗最风行于美国的时候,在美国《诗刊》上发表了《内在形式的必要》一文,他说:"我们有两种形式上的出路:如沿用传统的拍子,我们的情绪与思想必然要像拍子一般的模型,否则我们就要创造自己的形式。但是,创造自己的形式是很苦的事,因为它必定要比传统的形式更加严格,严格就是切近我们的情绪的性质。"在中国当代诗人中,哪个注重均衡与对偶的反讽效力,惯用的书写形式具有显而易见的自我相关性质。欧阳江河等诗人的诗,既是强大的精神屈辱经验和历史背景的产物,又是他必须穿越的书写和言说的迷障,既是艾兹拉·庞德所谓的"焦虑的漩涡"精神与语言,又是抗衡这种焦虑的影响,并在诗艺上不断有所突破的依据。面对商业时代,诗人们把诸如虚假的激情、理想主义的戏要、轻浮的情感等概念等闲视之,认为他的诗是标榜英雄主义的赞歌,是难得的文本尝试,开创了一种新文本之先河,其目的就是卖弄知识,或者说是知识消费的附庸。我认为,当代诗歌的形式并不炫目,只限于在王尔德式的唯美主义概念上游荡:不顾一切表达自我的热望与愤怒,他们的抒情是伤感的,过分关注理想情绪的泯灭,沉湎于词语的排列与组合,并渴望以此安身立名。从这里出发,我们首先澄清了原创作品和诗评之间造成的一种价值断层;其次,一些伪评论家在当下"大众写作"和"市场写作"语境中,那种片面性的、玩世不恭的、爱莫能助的阐释模式,被充当话语霸权的个人欲望迷住了心窍,因而严重丧失了美学意义上的人格与立场。在这种语境下,诗人成了真正的局外人。

向辉:在这里,我们没有必要讨伐诗人,新时代的丧钟早已为诗人而鸣了,解读诗人的颓废现象,只怪诗人吗?进入电子信息时代后,诗歌的时代宣告结束了。诗人不写诗,写了没人看,这是一个历史性问题。我认识很多青年诗人,他们清高孤僻,目空一切,干什么都不顺心,特别是对富人,有一种刻骨的嫉恨。这种狭隘心态,使他们丧失了诗学立场,成为另类局外人。爱伦·坡和艾略特都探讨过意义的层次,主题的选择,以及比喻的运用,而我们可以从尼采那里得到一种超验的技艺尝试,针对人类存在价值的普遍空虚,设立一种新的先验:创造性快感的先验。欧阳江河曾经说过的新诗所面临的"深刻的中断",西川对新诗诊断出的症候,说到底就是娱乐文学闯入了抒情诗领域。那么,我们再用现代性的眼光来审视里尔克的诗,并不是尽善尽美的,他只能立于自身之内,发出理性的光芒,却不能长期充满魅力。艾青等老一辈诗人的作品,限于倡扬民族精神的理想主义范畴,带着明显的精神创伤的历史印记,到韩东等诗人闪亮登场时,一些后现代性的情绪在活动,这种情绪太激烈,太模式化,平面化,这些表象化的智性写作,十分明显地减轻了诗歌必须传达的意义本身。我们在歌德的作品里也能看到这种情绪,不过,他的现代意识以超验的方式进入了诗歌语境,这些诗作一旦组合成诗学体系,便在我们的意识中产生强烈的震撼,有着诗学意义上的反讽效果。诗歌的反讽效果大于信息和内容,它一方面是精神的,另一方面却包含了自然中事物本质的解构与阐释。

傅查:所以说,面对商业时代的困惑,伊沙写了《饿死诗人》,这种厌世情绪跟加缪的《局外人》一脉相承。自从艾略特的长诗《荒原》问世后,便为20世纪的文学指明了新方向,致力于揭示西方文明的危机和传统价值观念的失落。《荒原》之后是黑塞的长篇小说《荒原狼》,他形象地把现代人描绘为"荒原狼"——被现代社会所抛弃,无家可归,像狼一样在"荒原"上独行的局外人。而伊沙的创作倾向在某种意义上,也劈向了被摧残了的人类精神领域,这同样要求与一种"迷惘的一代"相匹配的现代眼光。在于坚的诗里,他对形形色色的现代人格腐朽成见的警觉,较之对"异化"的警觉并不显得更重要,二者在他的审美意识里,简直就是一回事。就理性对抗而言,他对抗的所指在现实人事中越来越具有隐匿的,或非理性的性质。所以,他的诗歌探索是一种更内在的、更多和写作自身相关的内心经验。显然,我们不能简单地向读者标示主观的接受边界,还可以从人类的荒诞属性这个层面上,寻找更宽泛的阐释领域。

向辉:诗人是人类弱点的领袖。对伊沙的《饿死诗人》的解读,表明他严重丧失了法国后现代哲学家利奥塔德所说的:"语言的合法性",这种自以为是的信奉和阐释极大地表现出这个时代精神的平庸和苍白无力。博尔赫斯说过:"文字能致人死命,精神能使人新生。"这说明诗人所持的写作态度和人文情怀,都体现在语言本身。所以,不在批评行为的粗暴与强制,而在于对话语空间的文化占领与精神掠夺。在尼采的《权力意志》,福柯的《话语的秩序》和罗兰·巴特的《零度写作》里,都对这一权力意识进行过批判。显然,在许多当代诗人的作品里,隐藏着一种升官发财式的写作野心,其目的就是占领发言权。在一些诗人和作家的作品中,还可以发现争夺对人的灵魂的文字游戏:信仰和偶像崇拜、希望和绝望、慈善和贪婪、贞洁和放荡、谨慎和愚蠢、忍耐和狂暴、宽容和苛刻、和谐和纷争、服从和反叛、坚忍不拔和反复无常、刚毅与懦弱、谦卑与高傲。在新时期长篇小说中，性游戏从平凡的位置跃居前茅。诗人和作家，作为无可争议的代言人，它引导着读者，激励着读者，给读者教着："我是流氓我怕谁……"卖弄风骚的自恋；怀搂下一代的享乐；满腹牢骚的愚蠢；白日做梦的懒惰——这些千姿百态的局外人，难道它不也间接地统治着人的一切美德吗？它不是统治着造就出明智的政治家的野心、造就出财富的贪婪、激励着诗人和学者的贸然好奇心吗？

傅查：在过去的年代，诗人确实具有吸引力，但他们并不蛊惑读者。他们向读者提供着世上一切轻松愉快乃至轻浮的情书，使人们变得"感动而快乐"。然而，如果说诗在人们生活中占有重要位置，那么其原因不在于诗人能够揭开知识的奥秘；相反，如果说诗歌是知识的真理，那么其原因在于知识是荒谬的，知识不去致力于经验诗歌本身，而是陷于旧纸堆和无益争论的迷津中。正是由于虚假的学问太多了，学问才不值钱了。所以，诗人写出了《饿死诗人》之作，博学之上显声名，仰顾先贤知天命，不重典籍轻教义，唯求生存之伎俩。我们知道，作品的内容，可以防止个人情感的轻浮与暴躁，可以使我们保持冷眼静观，而从冷静中伸张我们的艺术知觉和经验意义。当代诗人的作品，我读过不少，他们的所有文字都从现实的巅峰堕落到实用的世俗境地，类似玩世不恭的态度，无疑体现了一种诗学意义上的不妥协精神，其目的在于怀着一种文化狡猾的写作心态，对当下的诗歌写作进行话语捣乱。所以，他们的阐述行为不是沦为意识形态的附庸，就是沦为世俗意识的吹鼓手，但他们的写作几乎没有对这一道德沦丧产生自救行为,反而被一种独出心裁的自夸情绪冲昏了头脑。他们自甘落寞,自欺欺人,成为另一种带着被文字伤害的秘密局外人。

向辉:在现实生活中的局外人形象,与文学作品和影视剧显得极其一致。那么,中国当代绘画和文学作品是否始终相互参照?我们在大众媒介中、在个人演唱会中,在商业化的字画中,一再地发现同样的局外人题材。毋庸置疑,我们不应被这些题材表面上的一脉相承所迷惑,也不应去想象超出历史本身所揭示的东西。再重复贝克特和加缪对以往时代的分析,尤其是关于荒诞题材的分析,是不太可能的了。因为艺术和现实的统一,语言描述和艺术造型的统一,开始瓦解了。它们不再直接共有统一的含义。如果说,绘画确实还有表达功能,用色彩和线条传达某种现实事物的功能,那么我们必须承认,它已不再表达这同一事物。而且,因其本身的艺术价值,绘画忙于出售。这种商业意识将使它愈益脱离现实,不管其题材表面上是否雷同。绘画和文学依然在解说着同一个道德世界里的同一个愚人寓言,但两者的方向已大相径庭。在这种明显可感的分裂中,已经显示了道德经验未来的重大分界线。易英在《金钱的诱惑与批评的失落》一文说:“当金钱和批评挂钩之后,首先沦落的是关于艺术家的评论,这体现在批评独立的丧失,面对市场的时候,批评家不得不谨慎行事,任何正面的评论都可能转化为一种市场效应。”

傅查:似乎矛盾的是,市场的规范化和体制化,恰恰满足了艺术家意义的自我繁衍。这种繁衍编织出数量繁多、错综复杂、丰富多彩的市场关系,以致除非用奥秘的知识便无法理解它们。画家出售自己的作品是很正常的。创作本身背负起越来越多的属性、标志和隐喻,以致最终丧失了自身的形式。问题在于画家和批评家之间的金钱交易,一旦艺术行为和利益挂钩,绘画的意义不再能被批评家所解读,批评家不再表明自身。在金钱的诱惑与批评的失落之间,价值的裂痕变宽了。这就为私欲开辟了自由天地。余杰有一部名为《铁屋里的呐喊》的著作。该书打破了传统的批评模式,超出各种关于理性的教诲之外的友情吹捧、过度神化和伪批评的古怪现象。但是,这种批评就被赋予附加的意义,并促使余杰快速成熟。在中国,年轻的批评家一旦成熟,世俗、捧场、拍马、荒诞也能渗进这种尖锐批评的意义中。可以看到,在中国文学界中,余秋雨式的智慧形象常常用"著名作家"来表现,他的思想从心灵慢慢地升到"作秀",这样这些思想就有时间被掂量和斟酌。这是一个被人们谈腻了的话题,即用一个高雅学术的蒸馏器,一个提炼精华的工具的形象来表现思索的漫长过程。"老滑头"的名气被无限提升,这就是中国人的智慧。

向辉:仇富现象预示着什么呢?毫无疑问,它既预示着富人的智慧,又预示着穷光蛋的无知,既预示着富裕的狂喜,又预示着贫穷的惩罚。金钱在这里能满足人的一切欲望。诚然,在当代中国人眼里,启示录上的梦境并不新鲜,但是它们的性质已与过去大相径庭。在孔孟之道精致的幻想插图上,理想之塔如骰子般摇摇欲坠。我们的文学作品,只是在题材上花样翻新,从表面上看,这不过是对幻想小说的简单批评,但是在这背后隐藏着一种巨大的不安。我们把艺术的创造归因于发狂的想象;所谓画家、诗人和音乐家的"奇思怪想"不过是意指他们的欲望的婉转说法。正是由于这种物欲,另一种时代、另一种艺术、另一种道德的价值会引起质疑,但是,这些想象是模糊的、骚动的,却又在一种共同的妄想中奇怪地相互妥协。一种欲望满足之后接踵而来的是狂妄自大,虚妄的自恋,使他们将各种自己所缺少的品质、美德或权力赋予自己,贫穷却自以为富有;丑陋却孤芳自赏,造成了人最常见的错误。

傅查:金钱很诱人,它各个方面都使人们迷恋。它所产生的怪异现象不是那种转瞬即逝的"押物欲"的表面现象。那种从最奇特的仇富状态所产生的东西,就像一场疾病、一个无法接近的真理,早已隐藏在人们心灵深处。当人放纵其贪欲的专横时,人与物的隐秘的必然性就面对面了;出没于人的噩梦之中的,困扰着他的孤独之夜的物质就是他自己的贪欲本身,它将揭示出病态的无情真理。透过这种意象,那些被仇视的富人们,开始有了对物欲的凶兆和秘密的领悟,而这无疑赋予了这些意象的价值,并且使它们的奇想具有极其紧密的联系。在同一时期,文学、艺术和道德方面,又蒙上另一层截然不同的面纱。以谬误为真理,以谎言为真实,以暴力和丑陋为正义和美。它不反映任何现实,而是秘密地向自我观照的人提供自以为是的梦幻。我认为,《饿死诗人》是想告诉人们,可能有何种邪恶,何种美德,何种恶习;美德或错误会导致什么结果;它谴责了人所能做的一切不端行为。相反,强烈的痛苦被看作是对仇富病发作的阻遏;人们闭口不谈理想与道德,动辄便抱怨社会风气;他要赞颂的不是人类美好属性,而是重新耽于各种享乐的甜蜜幻觉。这种仇富的心态很容易驾驭,也很乐于向富人展示自己的天真秘密,而富人却敬而远之。

他们之所以仇富,是因为他们得不到渴望的东西,一旦得到了,他们比富人更会相互争斗、陷害、游戏、要闹、堕落和腐败。这不怪任何人,而是怪他们自己,这就是时代的特征。

3. 坏心情与可耻的极限

向辉:在读研究生的时候,我曾读过朱学勤的《平静的坏心情》一文,从中感悟出这样一个道理:在一切都显得不言而喻的时候,人要揭穿自己常规的假面,寻常生活的自慰行为,以便看清以往熟视无睹的本质。在陀思妥耶夫斯基的小说作品中,我曾体味过善与恶的斗争之所以那样残酷,是与他的理想和主题表达相联结的。在这里,我要感谢福克纳,是他的一句名言,直接指向我的理解力的惰性和惯性:"有时候,人需要被提醒罪恶的存在,需要去改正,去变革;人不应该永远只记得善与美。"在旧上海,外国租界的公园入口,居然挂着"Interclit aux chinois et aux Chiens"的牌子,直译应为"华人和狗不得入内",我一想起这件事就义愤填膺,因为我痛恨各种禁忌、排斥、设障、各种宗派和不能容忍异己。你有过类似的坏心情吗?

傅查:中国传统文人的自我安慰,只需把自己当成自然生命,根本不把自己当成人,所以,中国人满足于乐感文化的表层,不会痛苦地追问生命的意义。在神话传说里面,华夏文明的最早创始人伏羲,就是他母亲华婿氏履迹而生的。一个巨大的脚印,使环环相扣的中华文化发展史有了一个重要的第一环。华胥氏踩在巨大的脚印上,一阵欣喜,就发现自己怀孕了。这个感迹而生的孩子很有本领,会农业,从此中国的农业文明开始了。在日常生活中,我们经常听到一句话:"我真的不骗你,骗你不是人。"这是我们作为社会人存在无关的结论,换句话说,这不等于说,我们有道德义务把彼此作为社会人来对待,就像康德的无性本体自我一样,是中性的和被阉割的。与乐感文化不同的是,卡夫卡在痛苦中,坚信真正的道路,克尔凯郭尔认为,绝望是信仰的前提,而克络德·西蒙则认为,希望是在绝望之后诞生,这就是西方的罪感文化。至于坏心情,我过去遭遇不少,都是来自误解、歪曲与人身攻击。

向辉:林语堂的《吾国吾民》揭露了中国人形形色色卑微而又扭曲的心灵轨迹。如果鲁迅是一个基督徒,他的绝望就不会是一种坏心情,而是一种痛苦的生存处境,一种从克尔凯郭尔就开始讨论的哲学思考。海德格尔认为,把生存作为一个整体来把握,才能学会爱情,学会痛苦。

傅查:作为一个社会成员,我们每个人都生活在精神圈里,这里面包含着人的生活环境、生命、习性与社会组织。我一想起 1993 到 1996 年自己在乌鲁木齐生活的情景,就不禁打颤。那时候,我生活在一种媚俗的集体文化的复合体之中,总觉得个人精神受各种社会机制的约束和限制,但又滋养个人的多重从属性游戏来实现自主。每个人都可以游戏,就是说人类学因素和社会文化因素之间、在个人和社会之间,确实存在着与个人理想脱节、漏洞和偏差的诸多因素。从一开始喜欢文学,我就审视过鲁迅的作品,对《野草》我当时有一种体悟,其创构和结局都很扎实,二者互为一面现实人事的镜子,就看你能否看出其中的深刻隐喻了。当然,你不能抱怨王朔批评了鲁迅,在王朔身上,毕竟有一种奇特的良知、美德、媚俗和堕落的文化气质。

向辉:“Quid Ieges sine moribus”这是古罗马一条古老的谚语:“没有社会道德,法律有什么!”当然,世界上所有国家都有一种经济和法律秩序。但是,如果没有一种道德上的基本一致意见,没有一种男女公民的伦理,那么,这种经济和法律秩序,将无法在世界上任何一个国家运行。前几年,王朔成了公众人物,有人骂他是流氓作家,有人说他是一个北京痞子,有意跟知识分子过不去。对中国的北方人来说,王朔确实敢说敢做,而南方人就不太理解王朔的“无耻”了,甚至不把王朔当作家看。你是怎么理解王朔的吗?

傅查:王朔身上有一股反叛精神,他说鲁迅毕竟是一个经不起用现代性来审视的“文化偶像”。王一川博士把金庸说成经典时,王朔跳起来了,而北大教授严家炎却捍卫金庸,说金庸很爱国,嘲讽了王朔的愚蠢。对这一点王朔很超然,不在乎什么。在王朔身上,有一种不言自明的特性,即“彻底反叛”的艺术精神。金庸的小说,充其量不过是武侠中的经典,是大众某一阶层的经典,没有必要把话题提升到爱国或人身攻击上。我作为一个北方人,很理解王朔的文学立场。我的个人经历,比王朔更复杂,我不敢说出来的话,王朔替我全都说出来了。至少,王朔不是“消遥文人”,也不是“帮忙文人”,而是一个彻头彻尾的“反动文人”,他的反动在于害怕“文化黑暗”,他跟尼采一样非理性,生存的最大享受和最大秘密,乃是生活在冒险中,就像罗兰·巴特说的:“不停地提出意义,但却一直是为了使其突然消失。”

向辉:英国著名思想家阿克顿有一句名言:“权力会产生腐败,绝对的权力会产生绝对腐败。”王朔的初期小说有一股自由意志,其中有这样一种自信:他在做他认为是他自己的份内事都将不受权力、学院派、习俗和媒介的影响。但是,他进入影视圈子后,开始陷入传统、习俗和伦理道德,有的时候表现为金钱、市场经济和媚俗社会里去了,他那种反叛精神,那种自由意志,在成名后就不存在了。当然,人是社会的人,没有这些东西,社会也就不存在了。我个人认为,王朔代表着一个阶层,是那种受到压抑的消极自由阶层,而王朔既有消极自由,也有积极自由思想,有自己的理想和其认为至高无上的价值追求,虽然他的理想和积极自由同道德联系,而不同于权威性的文学革命。所以,在他的诸多作品里,那些主人公们几乎都是“消极自由市民”,他们的心情极坏,玩世不恭,真理成了谬误,成为一种空洞无限的坏心情。卡尔霍恩说过:“巨大而危险的错误来自于这个流行的观念:人生的自由、平等,没有比起它来更虚幻,更荒谬。”这两年,王朔沉默了,他是不是忍受了太多的痛苦,没有补救,除了反叛以外没有避难所?

傅查:密尔在《自由论》中谈到过,人生来自由和平等。不论是王朔,还是鲁迅和金庸,肯定都为密尔的观点引起强烈的共鸣。一个胸怀坦荡的人,宁愿他的国家贫穷、落后和弱小,无足轻重但自由,而不要被他人奴役。王朔并没有沉默,他在宽容、议论自由、对学术腐败的担心、对体制干涉的提防,“经典”和“偶像”,不是永恒的东西,也不是最高的权威,他的批判精神之真义,有许多东西值得我们去记取和回味。比如,迪伦马特说:“请尊敬哲学家,不要模仿他们;你的出路在别处。”我们最好不要介入任何流派,也不要长期介入任何一种理论。列宁有列宁的面包,我们有我们的白菜粉条。

向辉:有人说,自由是无产阶级的口号,平等是下层阶级的口号。穷人向富人开战,是为了自由和财产权,这会不会丧失真正的民主原则呢?近二十多年来,中国社会的主调是变革和创新,新观念、新名词、新时尚,层出不穷,让人眼花缭乱。特别是在学术界,求新与求异更是蔚然成风。王朔向鲁迅开战,是不是想追求批评领域的某种新奇?

傅查:对于这一点,俄罗斯作家索尔仁尼琴说得好:“对新奇无休止的迷恋,是20世纪的劫难。你说的“民主原则”,对我们中国人来说,是一个老词和冷词,而且是中性的招牌,有时甚至带些贬义。王朔的批评,没有学者拭目以待的幽怀,也没有阐释的体例,但他的批评分明可以感受到一点:我们司空见惯的狂悖的言行,愚妄的举止,粗野的表演,恶心的自恋,无耻的自大,下作的欲望。他不是一个媚俗的作家,不仅具有智慧、激情和勇气,而且不缺乏真诚的信念。所以,他文字透彻,颇有新意。我们如今翻阅他的批评文章,仍感到精神的刺激。

向辉:你不觉得王朔骂人骂得狗血喷头吗?往常说传统的中国社会是一个礼治社会,人际关系和社会秩序是由礼规定的,礼所倡导的就是法制所维护的,礼所反对的也正是国法所不容的,出乎礼则入于法。但是,如果了解帝制中国司法审判中的所谓“情”、“理”、“法”交相互动的原理,对于中国礼治秩序的理解终难免隔膜。王朔除了骂鲁迅和金庸外,还批评白居易养雏妓,说白居易不同情穷人,专门买来十五六岁的少女，寻欢作乐，等她长到 20 岁时，就拿到市场卖掉，然后再买来新雏妓，以便自己长寿。古代的大诗人，怎么突然在王朔眼里变成了一只野兽了呢？从现代理性的角度来看，王朔的批评实在荒谬至极，没有依据事实证明和法理分析，而是简单地痛诉，把白居易说成一个染有违背理性的野蛮人的陋习。

傅查：不要说白居易有这种陋习，历代的大文豪都有嫖妓的毛病。在国外也有类似的翻版，比如，一个记者问马尔克斯最佳的写作环境是什么地方，马尔克斯说是妓院，因为妓院里有美女和音乐。海明威也有嫖妓的恶习，一个妓女跟他有过一夜情，第二天早晨醒来时，她看见海明威身上到处是伤疤，吓得她连小费都没要就逃跑了。再说毕加索，他 70 岁那年，早晨跑步时看见一位如花似玉的少女，控制不住性欲，上前就说自己是毕加索，然后不顾少女反对，直接把她拉到画室，强行与她做爱，那天刚好是她的 19 岁生日。在生活中，有时没有"合理性道德"，惊人的陋习，往往在伟人或名人身上体现出来，因为伟人和名人引人瞩目，稍不谨慎，就会成为各种绯闻的最佳典范。你没有看见王朔的那张脸，不是写满了仁慈、自豪和无畏无惧吗？

向辉：名人都是这样充满奇妙的艳遇，浦宁和雪莱就是典型的花花公子，他们的文学创作与女人之间有着亲和性。浦宁对女人可谓熟稔于心，是雪莱所无法比拟的，他阐述了染上性病的痛苦之后，又觉得意犹未尽，便带着一个作家的良知，到俄罗斯各大妓院和性病医院考察了一番，然后写出了著名的长篇小说《火坑》。从中可以发现，我们每个人内心深处都藏着反映其特点的性欲。

傅查:没错,关于内心欲望和倾向的看法,可能将弗洛伊德的性理论,置于走向柏拉图在《会饮篇》中提出的性爱与真理之间相互关系的谱系发展中。基督教关于肉体的教义,以及忏悔的步骤,可能会改变这种联系,使人说出自己的真相,呈现出道德义务的强制力。其实,我很讨厌误用和滥用"性欲"这个词,谁也无法揭开他人的这个秘密。对作家来说,个人的性是一个很糟糕的谜。

向辉:在社会上流行着这样一个民间的至理名言:"没有情人的是废物,有一两个情人的是人物,有无数情人的是动物。"由于医学的发达,性行为从传统的生儿育女,转为一种享受和发泄,但把享受从性爱中抽取出来,再把它放进"性欲理论"中,使欲望成为道德问题所包容的关于我们本性的真理时,我认为中国当前确实存在着乱性现象。比如,三陪小姐的存在,证明嫖娼行为的存在,报纸上经常看到公款嫖娼或集体嫖娼的可耻行为。有一位性学研究员曾对中国男人调查后说:"除了边远落后地区的男人外,哪个男人没有享受过三陪小姐的性服务?哪个官员能将性娱乐视为一个危险的行为,或把公款嫖娼理解为变态的廉政?……"揭开腐败之谜,消除对道德的疏远,并解除无耻的极限,是我们第一个义不容辞的社会责任。

傅查:读了笛卡尔的《情爱论》后,我才体会到孤傲之心和高远之心,在本质上是有区别的,一个具有高远之心的人,是以恒久不变的决心为存在基础的,竭力把自己认为好的主张,在任何情况下也决不会放弃这种信念。中国人一旦有了钱或升了官,便有一种妄自尊大的卑鄙情感,舍弃原有的人生价值观和道德观,却为才能、财富和名誉所奴役,因而总是拼命贬低身边的所有人,变成仕途欲望的奴隶,或者被一种憎恨、羡慕、嫉妒、固执和恼怒多元交杂的自淫情绪所驱使。所以,他们很难实现性爱之梦,理由是他们没有解决性变态和性错乱问题。玩物丧志,说的就是这个意思。那些找人算命的人,哪个能得出惊人的结论,对变态进行否定呢?无耻的人不是精神病患者,而是那些道貌岸然的正常人。一些单位的个别领导,开会讲起马列主义、邓小平理论和"三个代表"时,比学者教授还能讲,可他们染有泡妞的恶习,见了美女像见了血的苍蝇,只要美女陪他睡一夜,使他饱享性欲,没有他不答应的事,昨天还是扫马路的女孩子,今天摇身一变就成为国家工作人员。较笼统地说,许多关于"无耻"的范畴,是在不同的时间和环境,用不同的方式构成,这当然不是全部都是道德的范畴,这一点似乎毋庸质疑。

向辉:对于这些坏心情和无耻的问题,我提不出什么解决办法。相反,在这个饱食、空闲、欺诈、自私和不负责的时代,标志着一些人的世俗意识,臻于成熟,甚至染上了自我放纵的时髦风气。然而,把自我当作欲望的主体进行解释、识别和承认的方式,在历史上就是有变化的,这与老子的怀疑无关,即"坏心情"与"无耻的"行为常见的混淆会激怒善良的心灵,因为这个心灵不是不可知论者,是中国人的本性所固有的;一旦从生理学或心理学角度来界定人们的坏心情,这纯粹是一个明显的悖谬:人们长期以来都接受了相对性的理性观念,所以,人们杜撰、写作和所传授的文化,仿佛只是属于这个社会的一种精神文明的卫生学;但是从来不曾有过对应的一种生存美学。

傅查:看起来,中国古代伦理学给我印象最深的,似乎并不缺乏规范行为,《四书》、《五经》和《孝经》的首要目的是一种日常生活美学,但它不是从立法来为全体人民规定一种行为模式,而是一种普遍和规范的道德;相反,它是个选择性问题。然而这不等于说它取决于个人的随心所欲,因为一切伦理活动皆依赖于环境,并在一定程度上载负文化的内涵。相比之下,基督教道德像是以相同的方式强加于每个人的一个统一、协调、专制的道德体系。它根据被当作上帝话语的文本宗教,以"十分严格地讲真话、信教义、守教规的义务",规定一套行为准则。它是一种绝对的道德。我得承认,我是一个基督徒,要做好一个基督徒,就意味着必须遵守一系列法律和道德戒律,就意味着必须充当一个完美的遵纪守法的主体。

4. 道德是对他人负责

向辉:2004 年 11 月 11 日的《法制日报》刊登了复旦大学某知名教授嫖娼事件,一时之间,成了大小媒体追踪报道和集中评论的焦点。其中,阮占江先生著文认为:"从新闻学的角度来看,对于'教授嫖娼'这种事情,媒体和广大群众确实没有理由不加以高度关注。名校、名院长、名教授、名经济学家这些看起来耀眼、听起来神圣的字眼和'嫖娼'这个本身充满丑陋、低级的字眼勾兑在一起,无疑就成为了一剂最能充分吸引眼球的上好猛料。"对比之下,公众对"教授嫖娼"事件,表现出极为愤怒的情绪,有人争论说,这是伦理的自我建构在媒体中的运作,同时又否认媒体本身具有任何伦理意义。它只不过是“伦理游戏”的场所。追问著名教授嫖娼的行为，即他嫖娼行为的背后究竟隐藏着什么样的道德暗流，这将进一步揭示当今社会的问题特征。在一种道德意义上，卖淫嫖娼这个词，用于古代伦理符码之时，显然是一个时代错误，因为这些符码深嵌于权力与名誉的社会关系之中。

傅查：我迫不及待地说，“教授嫖娼”事件，的确激起了我的“道德批判和捍卫意识”。首先，我们不能把名教授的道德意识与普遍的道德一视同仁，也不能把批评理论当作一个整体，相信一般性和权力不可能的善，因为它们是一般的和有权威的；换言之，许多嫖娼行为是在个体冲动、出乎意料的、实际上不明智的行动中才能找到。其次，我希望说明的是，我们的社会已经宽容了“教授嫖娼”的行为，在人们同声谩骂的压力之下，那位教授辞了职，司法机关也没有追究其任何责任。相反，阮占江之类居然投书《法制日报》，为流氓教授进行人道主义辩护，实在是匪夷所思。我们应该把当事人认错态度和公众的批判联系起来，就像福柯论证过的那样：“承认的义务深嵌于我们的内心之中，以至于我们不再把它看作束缚我们的一种权力的结果；相反，深居于我们秘密本性的真理，只能要求浮于表面。”如果我们把“教授嫖娼”议论，放在尼采的《道德的谱系》之中，便会找到道德败坏的根源：通过对道德的空论，获得的一种道德正是其反面，即制度行为模式对越来越小的道德领域的进一步侵犯。而不是阮占江所谓：“我国社会和民众对于知识分子往往给予很高的期望，往往认为其是社会真正的良心，是社会的道德楷模。”教授嫖娼，本来就引起民愤，而阮占江为这种行为辩护，说明一些人的羞耻感正在瓦解。

向辉：我也是一名大学教师，对名教授嫖娼事件，公众和媒体应该把握一个批评的度，或者由司法部门出面，以法律来解决本质性的问题，以达到教育更多的人的目的。正如阮占江说的那样："需要引起警惕的是，如今某些媒体和个人对于这件事情的关注似乎正在变质、变味。一些媒体和个人似乎过多地纠缠于刺探和张扬其中的某些细节，似乎里面有着某些无限春光；一些言论似乎过于强调其中的道德惩戒作用，有人甚至有一种恨不得乱石砸死该教授以泄愤他们的冲动；而对于已经接受处分的'嫖娼教授'，很少有人真正关心其将来的前途，也很少有人关心其家人和亲属的感受。笔者认为，这样的关注、这样的态度似乎有点过激了。"我们不能忽视这样一个社会现象，尽管人们对卖淫嫖娼现象恨之入骨，但这种排斥和声讨还是处于极端的边缘化，对卖淫嫖娼的根源仍旧鲜为人重视。在传播媒体和一般的道德批判中，即使针对官员被腐蚀后的嫖娼现象已浮出水面，并且人们对此已不断觉醒，似乎也没有多少人意识到要为那些生活在社会底层的人辩护。

傅查：是呀，卖淫嫖娼不是那么简单的事，是与社会"主流"的政治经济和性经济密不可分的现象，它对社会的深入至少是由人们对它频繁地利用所引起的。人们一旦谈起别人的恶习，充满了激情、好奇和敏感，带着一种嘲笑心理，了解道德学的一般常识，并在谴责中获得一种侮辱他人的快乐和满足。中国人乐于事物的表面游戏，不像帕斯卡尔那样，"我的尊严的所有基础是我的思想"。我曾读过西蒙娜·波伏娃的《他人的血》，那是十七年前的事，时光的流失，仍然没能淡化那次震撼心灵的阅读经历。我是先读萨特，后读波伏娃的，并带着一种道德意义上的敬仰，因为她是萨特终生没有结婚的情侣。《他人的血》是波伏娃对道德概念深度思考的标志。你看过《他人的血》吗？

向辉：我也是十年前读了《他人的血》，那是一部存在主义小说。读完这本书，我久久不能平静，陷入对道德问题的思考。如果每个人都像布劳马一样，为他人的存在、自由和死亡，负有生命的责任感，那么人人就不会吹毛求疵，造成对他人的伤害，而人的痛苦、尊严和伦理，也不会与追求自由的进程对立了。道德是关于一个人被迫遵守、否则就被课以内在和外在惩罚的规定性原则；伦理是一个人应该谋求去做的那类人，他被鼓励去过的那种生活，或他被诱导去达到那种特殊的道德境界。波伏娃探索的就是这种“深度自我”。

傅查：你说对了，她是透过明确的规定和禁令，或者说是道德规范，鼓动人们去探讨某种道德本质。在《他人的血》里涉及的是两种死亡现象，一种是自己的自愿死亡，另一种是为他人而死的非凡死亡。自己请愿去死，表明完成了自己的道德目标，而为自己的事，让他人去死，是不道德的。海伦临死前曾安慰过布劳马，说她自己愿意死，希望布劳马不要懊悔。在生活中，假若我们幻想着个人的选择，认为自己在某个方面发挥着重要的作用，那是十分愚蠢的，而且，时光的判断从来都不会失误。因为，我们固然遇到与道德有着千丝万缕的联系：家庭的、社会的和情感的，以及利益、忽视、冷落、伤害、算计、侮辱等现实人事，有时人的行为与道德秩序脱节、疏离或断裂，但通过内疚和自省之后，原有的道德观才得以复现。在这之前，人的行为与其说是一种喻示,不如说是一种掩盖,与其说透露不道德的信息,不如说是封闭责任。

向辉:类似于"教授嫖娼"的话题十分乏味。谈到道德问题,不可避免地关系到另一种现象,西安某大型商厦的另类促销,即安排托儿,脱衣抢免费商品。不论那16位姑娘是商业托儿,还是偶然为了获得免费服装的顾客,但她们争先恐后地在大街上脱到只剩内衣,这种行为确实令人恶心,而且又是通过电视向人们展示伦理的代用品。许多人谴责说,这是一种有害的促销活动。我认为,这是一个丧失道德秩序的商业社会里存在的现实问题,现代道德学无法阐明这种秩序的内在的原因,也不能制定任何道德规范。有人评论说:"这种促销手段无论如何是不该提倡的,但也没有必要因此就把姑娘们说得一文不值。毕竟,这种做法说到再严重,也没有真正损害到谁的切身利益,更谈不到触犯法律,顶多算是有伤风化而已。也就是说,如果真的还存在所谓道德底线的话,她们算是触底了。"然而,分析这种促销活动的本质时,它不是提议人们去思考"道德底线"的问题,而是关于"创造"和"选择"自我的伦理问题了。

傅查:其实,这只不过是商业操作,没有必要把它提升到哲学问题。在中国社会,有多少逼良为娼的事在发生,我把这种现象归于伦理学范畴。那些脱衣服抢服装的姑娘,也不过在非常低微的利益刺激下,厚着漂亮的脸皮,当众进行了一场"脱衣表演"而已,这与电视中近乎裸露的影视明星、超级模特和选美大赛,没有实质上的区别,也是通过一种身体行为,达到广告行为,这是伦理学的,因为它是关于由人的习性和社会环境衍生的那些因素。这谈不上为蝇头小利而不惜“献身”作秀。目前,中国社会正处在转型时期,人的生存问题已经成最基本的问题,所以“社会环境”成了“道德准则”。在社会丑恶现象层出不穷的今天,我们没有必要破费精力,分析“正常行为”或“符合伦理”的问题。有时候,我们自己也经常受他人行为支配,同时又通过自我了解获得社会身份。在这两种情况下,个人的精神特质和身体行为有相通的范围,它们都特别关心其作用。对弱势群体来说,没有“创造”和“选择”自我的余地,他们的身份已被具体化,除非该身份发生机制的变化。

向辉:据社会学的调查资料显示,也令人困惑。这份资料中说:“据最新统计,北京市的单身者可达62万,青岛市也有40万人之多。这些人的性需求如何解决,也是一个不容回避的社会问题。”我们可以从这份资料里隐约感到,如果真的能确切地理解权力、性、身体和道德规诫,以及各种复杂的变体,那么,我们就意识到当今卖淫嫖娼现象有增无减、性病患者人数按几何级数上升、拐卖妇女屡禁不止,强奸妇女案件时有发生,这些性的社会问题的客观存在,不容忽视。古人说“食色性也”,用这种古典心理来衡量当代的性道德,我们很难找到一面人性镜子,道德争论的结果只能浮在道德的表层,不会深入其“真理标志”里。在商业时代,那些真理秩序已经没有任何意义,这便是物质追求者唯一的主旨。

傅查:针对这些问题,中国的性社会学研究专家对婚恋难的解决策略是从整体性和综合性方面着眼的,即从当事人、家庭和社会诸方面寻求对策。首先,不要忘记,从大龄男女青年自身方面看，他们身处急速变革的商业时代，不论在工作、学习和择偶等方面，都面临着巨大的压力和竞争，人生突然变得像在大海里游泳一样，你一时不挣扎，就会淹死，只能通过发奋学习和勤奋工作，才能改善自身条件，以质取胜；其次，从现代女性心理学角度分析，古典的“嫁汉吃饭”的择偶观念，东山再起，在生活中常听到“嫁人要嫁好”的说法，仿佛身体变成了“欲望机器”，道德让位于欲望，一切都为了满足物质欲望，而身体随时都被各种欲望折磨着。因此，人们的物质欲望越来越透明，为了满足欲望，可以不择手段，“高级妓女”比妓女还多。在现实生活中，我经常听说这类绯闻，有的人为了升官，派自己的妻子给官员洗衣服，打麻将，甚至陪官员睡觉，正常的性爱变得复杂化并消失，成了饱享性欲的一个强有力的指斥。城乡差别越来越明显，农村的漂亮姑娘不想种地，成群结队地涌入城市，她们没有文化，过分追求物质财富，摆脱不了古典的性公式，不计较男人长得怎么样，只要给钱就上床。这种恶俗已进入社会的其他层面，因而，人们的道德观念开始走样了。

向辉：正是这种“新道德观”的推动建立了一种欲望观，被压抑的性掩盖了以性为手段的压抑。值得思考的是，社会学专家透露说：“在全国‘家庭与性文明’调查中，尽管有91.63%的夫妻对婚姻状况感到‘满意’或‘一般’，但这其中却有36.6%的人经常或有时想到‘假如和别人结婚，也许更幸福’，有11.93%的人想到‘要不是看在子女的份上，我早就和对方分手了’。这说明，在夫妻关系中还存在不少问题，一些看来似乎很稳定的家庭中其感情生活的质量是不高的……”

但是即使如此,我个人认为,我们不能简单地把夫妻感情不和、性生活不协调、对婚姻不满等现象,说成一个性压抑的社会群体,历史表明最初受到性压抑的是特权阶级。进入高科技时代后,关于性压抑的假说是站不住脚的,发达的生活环境、物质条件、通讯设备、观念的转变,都为满足欲望带来了前所未有的便利条件,人们是不是把一种欲望游戏,当成了真理游戏了呢?

傅查:实际调查还表明,中国夫妻性生活的质量是比较低的。在计划经济年代,欲望和权力是对立的,一般干部或领导,一旦犯"作风问题",就得关进监狱,没法抬头做人,这种体制导致了中国人的"性无知",使夫妻性生活单调,性交方式仅限于一种面对面的模式,女性得不到性快感,甚至感到性交疼痛。此外,许多家庭三代共居两室一厅,房间隔音程度极差,没法享受性爱的快感。进入商业时代后,从政治经济学到性经济学的转向,标志着人们的劳动力转向了欲望冲动,对性问题的宽容程度也在渐渐增长。有的人享受着多个性伴侣,而那些有权有势的人,除拥有妻子和小蜜外,还养着二奶,这说明在现代文化里,性行为是没有终结的,正如鲍德里亚说的那样:"我们没有必要非常严肃地把性事看作一种能量的释放、用力的迸发、不计成本的生产或对身体的卫生处理,我们要么不理解这种文化,要么隐隐约约地感到同情。这些文化保留了很长的诱惑和性感过程,性事只是其中的一项内容,涉及一系列馈赠和反馈赠的程序,而性交只是与一种不可避免的仪式相吻合的互惠过程的最终结果而已。"

向辉:萨特曾说这么一句话:"存在是合理的。"用他的哲学观念来衡量中国社会的一些道德问题,那就大错特错了,有些事物的存在是否合理,这还得需要我们继续探索。与此相反,萨特又说过一句话:“他人就是地狱。”尽管萨特是世界有名的哲学家和作家,但他的有些观点是悖谬的,尽管他的存在主义哲学影响了全世界的知识分子,尽管他拒绝接受诺贝尔文学奖,以及和波伏娃终生相爱,没有结婚,得到了人们的普遍敬仰,但他的存在只是一个独立的特征,如果把这种特征放在普遍的社会特征里面,那也是十分荒谬的。他没有直接体验过家庭的快乐和痛苦,用我们中国人的家庭观念来说,家庭是社会的细胞,健康、向上、和睦、幸福的家庭对社会的稳定关系重大。人们常说:“家和万事兴”,“妻贤夫祸少”,因此,协调好夫妻关系,搞好家庭团结,和睦就成了稳定社会的又一个不容忽视的重要方面。所以,我们需要对性理性的谱系进行批判,这有点像尼采曾经对道德理性进行过的批判一样,因为性理性是我们新的道德系统。

傅查:这没有那么简单,中国历来就有“男尊女卑”的思想,这是老祖宗给我们遗留下来的文化,对我们而言,性完全成了快感时刻的欲望的实际化,其余一切都是“表面文章”而已。当然,新中国成立后,经过了对“文革”的反思,欲望成了经济文化的一个重要组成部份,因而有了我们现在的早泄文化,所有的诱惑,渐渐消失在已经商业化的性指令背后,这个性指令倡导欲望的直接实现。不过,从传统的中国道德学角度来讲,我承认“夫妻关系的调适是一种独特的相互交往行为,它既是夫妻双方权利和义务的一致性的具体体现,也是家庭履行抚养子女和赡养老人的职责的前提,还是夫妻在改革中比翼双飞、争做贡献的推动力。调适是为了求得夫妻双方的进一步相互感情上适应和行动上协调，也是为了求得双方生理上、心理上、社会关系上等多方面的满足和自我实现”，也不反对有些社会学者的阐述：“真正完美的夫妻关系，就是夫妻之间既要有经久不衰的亲密性，又要有持续不断的调适性，还要有高度充分的独立自由性，这三者构成了现代家庭巩固的基础。”然而，我们所处的这个时代，不得不让我们从多元的角度去思考道德问题，不能总是处在受压抑与解放的想象之中。

向辉：道德是对他人负责的问题，我们在前面已经讨论过，从中得出这样一个不成熟的结论：我们的文化总是要对一切都加以工具化来理解。在生活中，许多本质的东西都被归入神秘的诱惑范畴里，所谓诱惑无处不在。你有道德方面的压抑感吗？你用什么方法来调适夫妻关系的冲突？

傅查：宽泛地说，每个人都有压抑的时候，就像人们常说的：“人有一个身体，你必须懂得如何享用它。”要想享用身体，就得为欲望服务，而欲望得不到满足的时候，压抑就鬼使神差地来了。对于夫妻之间的各种非本质性冲突，我总是谦让，或者对症下药，做出具体分析，采取相应的措施，立刻进行艺术化的调适，以真诚的意愿、耐心和理解，来解决问题。如有不能解决的矛盾，我就采取“冷处理”的办法，尽量地体谅和宽容。所以，多年来，我养成了一种习惯，家里的一切负担都由我一个硬背负着，从买菜到做饭，我都能得心应手地干，没有我不会做的家务事。在我眼里，我妻子是弱者，需要我的保护。

向辉：那么，你是怎么解决压抑问题的呢？在中国一般传统的观念里，把离婚的原因看成是道德沦丧或性放纵。其实，每一对夫妻的离婚原因都有不同的文化背景，有的感情破裂，有的性生活不协调，有的另有所爱，或第三者插足，有的贪图钱财而自食其果。而这里面最大量、最普遍、最初始的却是形形色色、若明若暗的心理因素和不容忽视的社会因素。我认为，夫妻关系冲突，归根到底是社会环境和个人素质相互作用的结果。

傅查：看书、写作和思考，占去了我所有的时间。对于压抑，我用自己的灵魂来挽救，尽管有时压抑得受不了，但不能猥亵自己的灵魂。有压抑或困惑时，我就阅读与死亡有关的书，提醒自己只不过是宇宙和时间的过客，唯有死亡是最终的归宿。所以，在有生之年，要把自己想做的事情做好。比如写作，是我一辈子的事，我必须做好这件事。

向辉：费孝通教授曾这样说过："几千年来，我国妇女在封建统治下，男女极不平等。妇女只能由男人以'七出'之名，被驱逐出家，根本无权要求离婚，也就是说，在旧时代，根本没有离婚自由。所以，如果单纯用离婚率高低衡量社会道德水平，是极不科学的。试问：在封建社会中，离婚率很低，难道是说明道德水平很高了吗？有正当的离婚理由，比如说夫妻感情确已破裂，不可能重归于好，离婚对家庭夫妻双方都是幸事。"对于女权主义、女人与性、女人与离婚等问题，你是怎么看待这些问题的？你有过离婚的念头吗？

傅查：对于女人与性问题，我们在前面已经谈过了。对女权主义大家都有一种认识趋向，这是世界范围内争论不休的话题，有人把女权主义运动与性解放、卖淫、宗教、政治、法律等问题同等起来了，甚至麦当娜的纵欲现象，也扯到女权主义范畴里。尽管争论得如何，我认为，中国妇女的地位确实提高了，享受着历代中国妇女所没有享受过的自由生活。离婚不是坏事，对一些感情破裂、性生活失调的夫妻来说，离婚意味着解放，重新获得了生命。没有性生活的夫妻，还能叫夫妻生活吗？离婚的念头，我过去有过，现在仍然有，将来还会有的。但想来想去，还没有达到感情破裂的境地，我们的冲突只是为孩子的教育问题而产生的。所以，我想做一个文明人，还是尊重他人，只有尊重他人，才能得到他人的尊重，既然道德是对他人负责的，那么娶了一个女人，就对她负责到底吧，毕竟她是我用智慧娶来的，还是别离的好。正如社会学家费孝通教授所说的那样：“人类的两性生活不仅是完成生物上的生殖作用，而且通过两性之间的感情，可以丰富和美化人类生活的内容，使这种人与人的关系升华为一种艺术的享受，同时也成为人类社会发展到更高阶段的动力。要能做到这一点，首先是要对性进行科学的研究，只有在对性有了科学的认识，并且能在群众中普及了这种科学认识，两性生活才有条件提高到艺术的境界。”

5. 网络时代的喧哗与骚动

向辉：对网络时代的到来，人们应该有一种无限感激的情怀，就像人类拥有了牛顿、爱迪生和爱因斯坦一样，电子技术也给人类带来了日新月异的大变革，但在开始追逐的过程中，人们却感到身心疲备，褒贬不一，像任何事物都会利弊结伴而行一样,一个新的技术在走向成熟之前都会有负面影响。我们今天的话题就是从另一个侧 面提醒大家,发展新技术的本来目的应是造福于人类,而不是让人们去体验"自作孽不可恕"的无奈。能否谈一谈你对网络文化的认识,以及网上的一些个人体验吗?

傅查:你这么一说,让我想起比尔·盖茨那本名为《未来之路》的畅销书,那本书从本质上改变了我。在此之前,我对网络有抵触心理,总觉得不用电脑、不会上网,同样活得有滋有味,同时还自以为是,将那些整天与网络打交道的人,看成是"行为不正"的人。我的这种抵触心理,也许能形象地概括很多人的某些特点。我们的现实生活,正在由数字构成的比特世界改造,我们无法回避,也无法拒绝。电子技术进驻社会的众多区域,介入金融、商务、通讯传播、知识贮藏,以及医疗、文化艺术、购物和娱乐生活。由此,一种新的网络文化正在潜代我们习惯了的书写文化组成的社会,接踵而来的是网络文化与书写文化的冲突,怀旧的成年人,仍然迷恋着书籍,而年轻人却选择电子读物,享受着网络时代的神话,这使我想起《圣经》里,提摩太这样提醒过我们:努力拿出经受过严峻考验的形象在上帝面前出现,要像工匠那样毫无羞愧地坦率地讲出事实真相。

向辉:我们这一代人,是否因此缺乏思想呢?就像帕斯卡尔说的那样:"在某一空间里,世界包围了我,并且吞没了我,就像吞没了一个纯粹的点一样;然而在思想里,我包围了世界。"记得小时侯,我们勤于思考,把安分守己或"听大人的话"视为道德的基础,而现在的孩子,生理上十分成熟,但在心理上很不成熟,看上去牛高马大,可是听他们说话却像五六岁的孩子,他们或多或少有过异端思想,期待或向往过有一天自己能做什么,只要他们想上网,查一些复习资料什么的,就以“当头棒喝”这样的态度,扼杀他们的求知欲望,使他们产生逆反心理,对网络有了无限的好奇心与神秘感。所以,孩童们只对游戏和聊天室感兴趣,以致造成了“禁止学生进网吧”的严重社会问题。这个意义上,我们反过来想一想,戴维·巴特勒在《媒介社会学》一书中说过那句话:“媒介信息就像皮下注射器一样轻松地刺入人们的肌肤,个人无力抵抗。”

傅查:面对电子媒介系统,从一开始我们许多成人都采取抵抗的态度,没有理性地从接受学角度思考、理解和接受臻于发达的电子媒介系统。然而,个人既孤立又脆弱,不得不顺从地接受拒绝背后的价值体系。对不让孩子上网的问题,我个人有深切的体会。我的儿子要求上网时,我干脆给他买了一台笔记本电脑,开始时,他上网是为了查资料,后来就不是那么回事了,只要父母不在身边,他就玩游戏,坐过宇宙飞船,指挥过星级大战,还当过模拟城市的市长,而他的学习成绩直线下降。我不得不没收他的电脑。再后来,他提出一个条件,如果学习成绩提升了,让不让他玩电脑,我说可以,但限制他只能玩一小时,他欣喜若狂,又开始发奋学习。我觉得,什么事都因人而已,不能盖棺定论。也许,这个问题已经需要重新认定:如果现在的孩子对电脑一无所知,能否成为真正的现代人?

向辉:互联网的发展带给人们的利弊,永远难以想象,但是对孩子来说,模拟现实当然要比电视游戏更吸引人,也更令人上瘾,就像汤姆·彼得森所说:“网络社会是一个没有尽头的青春期。”但是为了适应时代潮流,我们不心疼花多少钱,忙着更新软件,不就是怕落伍,怕实际年龄的衰老带来心灵的衰老吗?如果说,这不是一种毫无根据的臆想,那么,这样的电子技术可能产生某种意想不到的政治功能,也可能缓和经济与社会地位的巨大差距,你只要花几块钱,比特世界就能满足你的欲望。

傅查:从人类文化角度来说,电子技术已经改变着人类的所有传统的存在方式,而开通互联网的直接结果,就是打破了人们的读书习惯、情感交流以及写作方式。至于比特世界,我很少光顾,写作占去了我大量的时间,我十年前用电脑写作时,许多作家都不是羡慕我,而是嘲笑我,还说电脑写作会打乱创作思路。我当时就回答他们:“电脑输入比手写,不知快多少倍,与其你们拒绝电子技术,不如到别处生活去!”

向辉:从电脑输入到电子邮件和电脑排版,是不是改变了写作与出版的内在流程,网络时代的精神特征,不是不也在文学艺术中得以体现呢?以安尼宝贝为代表的网络作家,由起初的指桑骂槐,到现在的普遍接受,可以发觉一种更深刻的变异已经发生,手写的时代即将宣告结束,接踵而来的是一个为永远缺席的读者而写作的时代。面对这样的时代,你不感叹什么吗?没有一点悲哀吗?毕竟,你为文学创作付出了难以想象的代价,带着一种奇特的空虚感和虚荣心,呕心沥血,奋笔疾书,从开始到现在,你还在渴望被人发现、关注和出名,可在名家云集的中国文学界,如果你连“小科长”的位置都没有,只留下一些文字的蛛丝马迹,那么,你不觉得写作是一件耐人寻味的事情吗?

傅查:你有点语出惊人了,是想给我制造痛苦,还是嘲笑我在交际方面的弱智和无能?电子技术的发达,只是导致着写作方式的变异,不论用什么方式书写的文学作品,它都应该属于文学范畴,不应该歧视它作为一种文学载体而存在。安尼宝贝的表达很真实,她是专门为网络读者而写作的人,心态平和,不像其他人一样语不惊人死不休,也没有滥用个人化的新词汇,与当下已成口头禅的“美女”和“另类”,是有本质意义上的区别。网络是一种虚拟世界,所以人的网络书写,具有自由书写、挑逗、煽情、宣泄、色情、性事以及反动的特点,如果我们从心理学角度分析网络作品,它的表达比“纸文学”更真实,构成了人的“为欲望而生存”精神图像。但是,它迷惘、疯狂和直奔主题,既庸俗又晦暗,甚至不堪卒读。尽管如此,我仍然感激于网络时代,感叹于我是幸运的人,因为它改变着我的生存方式,对此我没有什么悲哀的。

向辉:的确,网络改变着我们的生存方式,这预示着人类的文化构成,正在悄悄地发生着意味深长的变化。显然,人类文化的所有变化与发展,都是与技术的进步密不可分的。比如,我们可以举电影、电视,录音技术等为例,也可以举网上交流情感与思想,网上征婚与交友,网上购物,网上送礼,网上拜年等现象已成为我们生活的一部分,而且比人们想象得要快得多。或许有人会认为,网络对人类的生存方式有着根本的决定性影响,这未免过于乐观,但其迅猛发展的态势,无可怀疑。你进过聊天室吗?相信网恋吗?

傅查:前年秋天,有家出版社约我写一部网恋小说,所以我进过聊天室,但这种选择是愚蠢的。在聊天室里,你没法维护自己"作家"的独立性,以及个体生命的不可侵犯性。交流的渴望,是极其缺德而不可抗拒的诱惑,为了交流,我牺牲了真诚。我连续聊了八天,什么样的人,什么样的心态都有,聊到最后一天,我决定放弃写网恋小说,回到我的性情,我本有的生活态度和方式。但从另一个意义上说,网络不限制年龄与性别,你可以享受超级自由,想说什么都行,只要网管员不把你踢出去,你可以撕破道德面具,勾引别人,甚至还可以体验一夜情,这不再是奇思异想,而且成了活生生的现实。我们单位的打字员,长得很漂亮,无数小帅哥轮盘追她,但她一个也不答应,她天天上网聊天,在聊天中认识了北京的网友,并确定了恋爱关系。我们都劝她别上当受骗,还主动给她物色男朋友,可她就爱北京的网友,不可想象的是,他们不但结为良缘,还把新疆姑娘调到北京去了。这意味着网络正在改变人们固有的一些行为模式,拒绝网络时代的利弊是不可能的。

向辉:是啊,面对生活,我们都感到很累,有时对生活感到厌倦,隐入一种迷惘、困顿和尴尬的状态。我看你看似大智若愚,不显锋刃,建议你经常进聊天室,享受一下极致的放纵,领略网民对自由境界的高深体认,也许对你来说是一件有益无害的好事。

傅查:刚进聊天室的那几天,我蒙受了被人怀疑、冷漠、引诱、意淫和羞辱。更可悲可恨的是,在这个虚拟的情感迷宫里,真诚是一个奢侈的话题,你不需要理性,更不需要行为的规范、伦理和人格,只怀"水来土挡,兵来将挡"的态度,以一种玩世不恭的心态,诱使美女们上当受骗。这里的男人,都是欲望的旗手,不仅网名露骨,直奔主题,而且对话内容更让人目瞪口呆,没法接受,一些终日泡网吧的孤独者,远离道德群体,以隐蔽的方式,享受着低层体验。面对闲聊高手,我没法心平气和,因为他们什么话都敢说,像变态的魔王,沉浸在匪夷所思的乐趣之中。

向辉:哦,难道你只被他们戏弄、蔑视、侮辱,没有遇到知音吗?不是说他们丧失了理智和伦理道德,在这个虚拟的世界里,大家都愿意肆意发泄来自家庭和社会的困惑。你看不出谁龌龊,谁更丑恶,人人都怀着一种挑战意识和献身感,有时对性问题一针见血,寻找一夜情的,陪富婆开心的,邀请网友唱歌或共享晚餐的,甚至结伴出游的,构成了聊天室的主题。

傅查:我是受不了侮辱的人,但在聊天室里,我却成了出生于羊圈的白痴。找到了"病源",顺流而下的问题便能迎刃而解了。我伪装起自己,带着各种人格面具,以小流氓的心态,打着"离独俊男"的幌子,频频点击"理想的目标"。在这样的心态下,我必须更加警觉地对待人格的任何侵犯——已经变得温情脉脉的侵犯。

向辉:这我很理解,聊天室里美女如潮,什么"阳光美女","性感美女","美女在线",这本身就是一种反讽。"私语言"在这里如此有市场,说明网民们逃避历史和现实的"伪孤独"已蔚然成风。然而,真正的孤独是在不自由的前提下,感到自由的召唤,而不是害怕自由之累,转而欺骗自己已经拥有了自由。

傅查:是这样,我一连聊了八天,陶醉于“精神贵族”的幻觉里,后来却感觉到真诚如泥石流般崩溃,使我没法乐观地面对未来的道德危机。正是在这样的处境下,我感到一种透骨的苍凉:形形色色的庸俗、卑劣与话语和狂欢的背后,也许隐藏着一场看不见的风暴。最后,我在质疑与痛苦之中,弃网而逃,回到了原来的地方。

向辉:你说过,人是为欲望而活着,这是不是偶尔的念头,或者是由你的性情决定的。在我看来,人是为活着而活着,无论是物质欲望,还是别的困惑与矛盾中的欲望,都是对自我存在的追寻与坚持。显然,网络拓宽了人与人的沟通渠道,电子邮件和聊天室向人们提供了倾诉自己,表达情感的便利空间。你对聊天室的经历怀着感激,恐怕有过网恋的艳遇吧?其实,那不是你唯一的去处,你之所以能体悟到网民的另一种世界,与他们亲密接触,说明你有难得之处,依赖于网络技术,同时知道其代价,敢于正视与揭示网络时代的负面和所存在的道德陷阱,保持了一份自省自审的能力。但矛盾在于,好的一面中也可能有消极的因素,如色情、黑客、病毒、暴力、乱性等困扰着人们。这一切之中最为关键的是网络使时间和空间的差距消失,人可以在同一时间与所有不同地点的事件直接相联。显然,这将不但改变人的生活内容,而且影响人的思维方式和个体生存方式。

傅查:是的,如今的历史语境之中,网络对生活的影响,是以人的生物躯体和大脑实现的。而现代技术几乎成为新的神明,人的智力、心理和欲望,对电脑和网络的智能意义是自明的,因为现代技术是发达、先进和文明的象征。然而,在现实生活中,保守主义在本土文化的根基最浓厚,求稳怕乱的保守情绪构成了一个浓重的底色。他们对崛起的现代技术有怀疑,对于网络世界总是怀有一种末世感,觉得社会充满危机,未来难以预测,只有经受过时间考验的过去,才能为人们提供一个安全的避风港。《新疆日报》有一个叫肖廉的老太太,思维极为活跃,她70岁那年学会了电脑写作,而且是用五笔输入法,因此电脑成了她的新宠,逢人就宣传电脑的好处,她的这种精英意识,令人刮目相看。

向辉:我父亲也经历过这样的痛苦过程,他以前总认为自己学不会电脑,可他学会上网后,彻底放下珍爱书籍的阅读习惯,开始上网查资料,给友人发邮件,不再靠那套理智去生活和交往了;因为他觉得那套理智并不丰富,认为个人最好利用时代理智的全部库存与资源。在历史的转折点上,网络首先成就了一种人与人沟通与合作的可能性,因为它在不同民族文化、不同国家、不同年龄与性别、不同个性与贫富、不同知识结构的人之间,架起了一座福音般的桥梁。因此,有些社会学专家提出:"人类已从简单的优胜劣汰你死我活的竞争,进人了一种生态性的互助互补性的竞争。"

傅查:其实,我对网络的认识是很肤浅的,有时电脑使我跌落一落千丈的处境,染上病毒了,也不会杀一杀毒,系统快要崩溃了,也不会更新一下系统,直到电脑完全瘫痪了,才向儿子紧急求援。我儿子不是玩家,也不是计算机工程师,他仅仅凭平时积累的个人经验,帮我解决我不能解决的问题。要适应网络时代,享受高科技生产工具,必须彻底改变旧观念,不能自甘陷入平庸。所以,网络的本质是解放每个人自身的认知能力、适应能力和使用能力。我过去曾有过个人文学网站，由于点击率不太高，再加有些“天生堕落”的人恶意捣乱，被迫流产了。想一想拥有个人网站的日子，我真是充实多了，仿佛自己有一笔很大的财富，参与网友的争论，而我成了这个网站的核心人物。在网上交流时，似乎没有必要妄自菲薄。尽管有些网友曾在我那些显而易见的弱点上大做文章，试图从根本上否认我们这一代作家的存在价值，但我也都报以苦笑而置之不理，仍然走自己的路。不可否认，生存意义上的竞争，是没有任何道德平台的，一旦物质欲望穿过各种障碍，就远非是一般的生态性的互助互补性的竞争了。因为在生存竞争中，既有成功的智慧，也包含着失败的无奈。

向辉：谈到失败的无奈，我想起你前不久写的电视剧本，你为什么选择写电视剧本呢？据说电视剧本的策划和创作，只是充满激情是不够的，还要对影视业市场进行冷静的思考和观察，要不然你的成绩将沉积在垃圾堆里，成为对“文化骗子”的滋养。我不怀疑你想当一回冷静的剧作家，或者想借此机会捞到一笔钱，可到头来你还是一个不合群的独居者。对你来说，这是一个教训，说明你在某些方面的文化修养是先天不足的；比如说吧，你把版权以一只羊的价格卖给了投资商，从这种行为中，我就注意到，你还没有适应这个时代，就像你刚才说不适应网络时代一样，你有很多的文化盲点，这自然是既狭隘又可怜的。

傅查：不管怎样，我不觉得可怜。但令人尴尬的是，我有机会想闯入影视界时，我所思考的社会问题、人性因素、时代变迁，与他们的要求格格不入。也许，我天生缺乏恢复与承接传统文化的能力,潜意识里还在怀疑和否定着网络时代的来临。显然,对我来说,全面更新知识结构已无可能,我自己也试图作过这方面的弥补,并以一种开放和进取的心态,向我儿子求教网络知识,但收效甚微。于是,我只能发挥自身优势和丰富的资源,以觉醒者的眼光,作一点历史的反思,将自己的苦难转化为精神资源,写一些自己喜欢并乐意写的作品。

向辉:你有典型的中国知识分子的心灵状态,缺乏西方作家那种"天马行空的狂想,放纵的艺术想象",你应该向你儿子学点"瑰丽童心"的好奇与激情,仅仅凭人生经验和内心经验,是造就不出什么大人格和大境界的。

傅查:我想尽快结束这场不愉快的对话。你不失机时地抨击我的自信状态,使我突然怀疑自己被一个虚拟世界所操纵,每句话都隐含着一种历史的责任感。你能不能给我一点最具开创性、主体性和独立性的个人空间行不行?

向辉:你越来越像纳博科夫了,缺乏独具个性和独特知识结构的对话能力,这种"乡土性格"造成了网络盲点的内存原因。在我看来,在这背后或许还有一种"我明白了,却已经晚了"的悲哀,这也是一杯真诚的苦酒,并且只能由你一个人垂头丧气地独饮。面对网络时代的排斥和挤压,你也有自己必须坚守的东西。因为这是一个渴望独创的时代,独立的人格,独立的意志,才具备创新的精神,体现出一个人对人类、对社会和对他人的负责精神。

傅查:如果我是牧民,你叫我学电脑有什么用?几千年来传承下来的生活习惯,一时间就能抛弃吗?人的急功近利的惰性,能忍受对个人选择的嘲讽吗?放羊是我的生存方式,在这个基本立场上,我不会作出任何让步的,你捍卫你的真理,探求你的科学和学术,这与我有什么相干?

向辉:我知道,你在这里维护的,仍然是人的生命选择的尊严和自由。在独立与自由,批判与创造之间,坚守个人立场是难能可贵的,这是一条生存意义的底线,一旦放弃或隐退,我们就什么都没有了,就像你刚才说的那样,如果你是牧羊人,你是一群羊的主人,一旦放弃了牧民的生存权利,就从“主人”变成“奴隶”。所以说,媚俗的炒作和吹捧,所谓的“另类”和“前卫”不过是西施效颦,没什么大惊小怪的。

傅查:你有责任承担喧哗与骚动。回到网络时代的时候,你终于发现,原来人们同样可以解放和控制自己,因为现代技术毕竟是造福人类的。脱掉牧民的外衣之后,我渴望发出另一种声音。

第三部

1. 昌耀的疯癫性抒情

向辉:昌耀活着的时候,或者说在他名气大振的时候,我一直持冷眼静观的心态,倾听别人名正言顺地对他大加赞赏;昌耀去世后,面对中国诗坛发出的各种声音,我依然保持了沉默不语的态度。我的沉默不是意味着"不会说话",而是想在别人都冷静下来之后,对有关昌耀具有不同观念的含义,通过了解理性与历史瞬间的关系,对昌耀诗歌创作做出重新解释。这一阐释理念还暗藏于那些敬佩昌耀的诗评家的作品之中,他们曾认为昌耀以后还会启蒙中国汉诗的话语,而我现在对这一严肃性总体提出取长补短的质疑。

傅查:韩作荣在《诗人中的诗人》一文中这样评价昌耀:"在诗坛,昌耀是广受推重的诗人,又多为颇有创造力的诗人和青年诗人中的翘楚。"他说出了一些诗人和评论家们对昌耀的一种普遍的理解感受,以及对昌耀诗情、诗意、诗心的表面性的解读与界定。多年来,我跟你一样,对昌耀一向是敬而远之的,对他敬意是因为他"有些与世俗格格不入"的写作状态,然而就其对写作所持的情怀和态度而言,颇有"不会说话"的疯癫意味。从他极富想象力的抒情才能来讲,他的写作似乎给人一种反教条反理性的震憾力,但究其诗作本身的美学价值时,他所惯用的反讽性,只徘徊于清浅的恶作剧式的幽默之中。我们从尼采身上可以看到,所谓反教条反理性,就是创建新理性与新秩序,而昌耀还没抵达尼采式的非理性状态,把他视为"诗人中的诗人",其言说行为本身,就是友情吹捧的极端表现。作为一个诗人,首先对自由心性的启发,然后是对诗学探索进行概括。当然,昌耀以其"囚徒精神"作为一种诗学立场的美学象征,进行过极其艰难的诗艺探索,他是以其个人的生存状态和文化传统、诗歌艺术的实践、曲折发展为理论基础的。不过,即使昌耀还活着,我们对昌耀的重新解构,也不大可能成为一次真正的对话,因为我们的批评同许多诗人对昌耀的理解水火不容。

向辉:众所周知,昌耀成名时的中国诗歌,其意义和价值正在江河日下,人文精神的淡化与被贬抑,已成为普遍的文化现象,也成为一种世界性的文化现象。在这种文化背景之下,诗人被冷落为边缘性的多余人,而昌耀的诗,只是书写了被放逐的囚徒寻找家园的渴望和灵魂的不安与骚动,没有从宏阔的视野把握并揭露隐藏在灾难背后的罪恶之源。用艾略特的话说,诗人不是抒发情感,而是逃避情感。

傅查:昌耀发出的声音多半是一个"政治囚犯"在专制压

迫之下的应景之作,不是一个波德莱尔式的“精神囚徒”的诗学阐释,而是一种带有政治意味的“疯癫性”个人情绪,一种强占诗学话语制高点的囚徒幻想,这种处世状态,困扰并窄化了他的书写与言说的方式,绝对不是作为一种新理性精神理论的艰难出现。这与20世纪整个人类的生存条件、生活质量和环境密切相关。

向辉:我们在柏格森、拉康和尼采的著作里,可以读到他们对人类旧理性的反抗精神,一百多年来,人类的生存状况不断遭到不同程度的挫折,各种政治性灾难频发,致使人类最初的美好理想失落,或某种信仰被过度的神化,进而引发了种种精神危机。不难发现,新的权力和知识赌注,使科学理性逐渐变为极端化的工具理性和实用理性,而人文理性在唯理性主义和实用理性的影响下,遭到前所未有的严重破坏。昌耀不是中国的尼采,只能说他曾戏仿尼采的姿态“超理性”地生活过,面对20世纪后技术日新月异的进步和创造力,他渴望通过对诗艺的不断探索,阐释人类对物质世界的认识,以及人类改造世界的无限伟力,这种视觉风格和他创造的文本,在认识论的平台上使他又看到了人类的消极一面。

傅查:你的分析很客观,我没有什么反驳的欲望。生于1936年的昌耀,在军营里经历过军事等级制的暗伤,很长时间受到不公正的待遇,由于心灵被扭曲,他从少年时代就渴望承担起运用自己的批判性思考的责任,也接受了批判性思考在于勇敢地检验那些最为我们珍视、最能给我们带来抚慰的诗学假说。他的诗于20世纪80年代初开始被诗坛关注,那时政治抒情诗风行于整个中国大陆,而他有意识地回避了空洞而毫无生命意义的抒情，力图尝试多元结构的写作，注重人生细节、生活情景和反讽效力；同时他还经常怀疑自己的诗，在怀疑中否定，否定中创新。

向辉：到了20世纪80年代后期，那些高涨于昌耀之外的流派林立的诗歌，特别是西方生命哲学、存在主义哲学、后结构主义和后现代主义，纷纷在生命、自我、唯意志、悲观、本能、感性、非理性、反理性和极端化的主体的基础上，筑起自己的诗学理论大厦，极大地推进并扩大了人类的认识领域。由于新理性的介入，我们开始认识到，不仅人类习俗，就连人类生活的基本行为，都是历史对象。就是这些文艺思潮的极端化，导致了对旧理性、旧秩序和旧道德的否定时，昌耀发现自己的诗艺探索是有局限的，因而进入一种“疯癫”的写作状态，疯狂地写起所谓的西部诗，试图用旧理性主义的诗学观点，解释人的生存状态和社会生活现象，逐步构想他所理解的人类的新关系。

傅查：确实如此，当他还没写出真正的好诗时，接着又出现了后现代文化思潮，于是，他又怀疑起抒情诗的写作与存在，他觉得后现代文化思潮解放了人们的思想，促进了人们思维方式的自觉与非自觉性的改造，同时又消解了以往文化遗产的价值与意义。于是，他又开始尝试写《情感历程》式的探索诗。昌耀是现代的，但并不成熟。这种不成熟使他暴露于实践智慧、文学艺术和修饰学危险的诱惑之下，而那些交际和达成共识的途径，依照马尔库塞的观点，是从中国的传统文化中发展出来的。德雷福斯和拉宾诺都说过，所谓成熟在于辨别出给一定时期中社会组织采用的形式，判断这些组织促进人类群体发展的功能完善程度,并且同时承担使这些组织呈现当前形式并使它们更完善的责任。对昌耀而言,现代性问题这一独特的历史问题,其本质就在于面对他的根本信仰丧失了形而上学的依据的时候,保留了旧理性的首要地位。

向辉:我认为,这是一个诗歌精神与道德意识大面积失血的时代,重建新道德、新理性和新秩序的责任迫在眉睫。因为,虚假的意识形态姿态、庸俗的形式主义、友情吹捧和神化充斥诗坛,以及由此导致的被强势话语奴役的状况和诗歌原创性的可怕丧失,共同构成了庸俗、无聊和精神撒娇之诗歌精神的真正的粗俗气候。

傅查:在20世纪80年代的这种境遇下,昌耀的写作还处在原地踏步的状态,没有向智性写作转换,寻求新诗的另一种希望。如果他能够自觉地涉猎查拉等人的达达主义诗歌,钩沉毕加索和庞德的中国古典文学情结,潜心研究马拉美、阿波利奈尔、艾吕雅、瓦雷里和雅各布等人的现代主义诗歌,体验他们作品中的哲学意味和文化渊源,以此理顺千百年来特别是一百年来理性走向衰落这一人文情况,理顺各种非理性、反理性主义的思潮的蔓延,那么他或许找到自己在中国诗坛的崇高位置和一种新理性精神的立足点。经过长期的思索、阅读、比较之后,我怀疑叶芝和里尔克等诗人是否不朽,怀疑旧话语体制不是没有破坏性的力量,一种怀胎于中国道教文化的理性话语霸权,在当今众多的庸俗诗人身上被聚拢;同时我极力否认有“精神权威”的存在,或者在现代文学研究的现代性问题上,把那些专注于投机钻营的诗人界定为“帮忙诗人”时,也许很多人不明白,在一个充满精神强制和话语强制的时代,真正的诗人如果不创建新理性、新道德、新秩序,还写什么诗。

向辉:遗憾的是,我们还没有发现昌耀的新理性:用大视野的历史主义和哲学人类学来审视人类的生存意义,以重新理解与阐释人类的存在、文化、历史、宗教、政治、战争、个人、民族和国家在文学领域上的意义与价值。昌耀在"疯癫"状态中毁灭着自我,这就是昌耀的"非理性"精神。需要郑重说明的是,昌耀几乎变成了写诗的傻子,他的锋芒毕露,像一些趣味类似的知识分子那样,浅层次地对待人的生存状态、现实状态与文化、文学艺术现象的观点与诗学立场而已。

傅查:对昌耀来说,"非理性"作为一种历史文化和诗学探索的内在的精神信念,是对理性的扬弃。在这里,我要对昌耀将历史瞬刻、批判性理性和社会之间建立起来的联系重新解释,将其作为建立有关诗学生活意味着什么的一种全新的尝试。为此,我借用福柯的话,首先声明一点:"我们自身的批判的本体论,绝不应被视为一种理论,一种学说,也不应被视为积累中的知识的永久载体。它应被看作是态度、'气度'和哲学生活。在这种生活中,对我们是什么的批判,既是对我们之被确定的界限作历史性分析,也是对超越这界限的可能性作一种检验。"

向辉:基于这种批评立场,我们可以去发现昌耀那种隐蔽的创作历程,为了避免理性的覆辙,反理性主义的各种极端化和虚无主义,新理性精神需要在对它们进行现代文化批判的基础上,或者缘于对诗歌独立品质的捍卫,对诗歌自由精神的吁求,他才有了诗学观念上的解放和决裂。显然,昌耀每一次必要的诗歌探索,都为中国诗歌界带来"新的崛起和骄傲",他的长诗《大山的囚徒》和《命运之书》,很客观地证明了这一点,还引起了不大不小的争议。时过境迁,那些空洞而荒谬的抒情诗也被重新解构与界定,现在没有人会再幼稚地认为昌耀是"大诗人"了,也没有人再会盲目地崇拜昌耀是中国西部诗坛的"精神领袖"了。

傅查:对于中国西部文坛,经前沿学人艰难地在全国范围内的清理后,一个公正、学术、本质、独立和自由的诗歌平台初步建立起来了。昌耀以"边塞诗"反方向的姿态,以描绘现代社会、文化和文学艺术发展的现代性,构成了他的诗歌世界。遗憾的是,他只注重"对诗的敏感与发现",以及"对一首诗总体的诗性把握",并以"虔诚、苛刻的我行我素完成了自己,以'仅有的'不容摸拟的姿态竖起了诗的丰碑。"同韩作荣一样,我也认为昌耀具有"大诗人"的特征,但我与韩作荣持不同观念的是,我们的现代性源于康德试图使理性具有批判性的努力:理性的这种批判性使用就是它真正的普遍性本质所在。但在福柯看来,并不那么具有独创性,那么重要,而在柏格森眼里,新理性精神是把现代性看作是促进社会进入现代发展阶段,是进步的一种理性精神,一种启蒙精神,一种现代意识精神,一种时代的前卫精神。这种精神,作为一个生存意义的精神尺度,是我们建设新理性、新道德、新秩序需要长期遵循的原则。我相信,每个人都有言说与判断的自由,包括昌耀自己,最能感知自己的内心与表情,无须我再饶舌。我一直赞赏《圣经》里所说的"你们要自守,要远避偶像",在昌耀活着时,过度的赞美伤破了昌耀的心,只是因为他的思想不是前卫的;

但其中所赞美的不过是他的劳苦愁烦,转眼成空。由此,我们便知在纷纷扬扬的赞美声中,昌耀像“疯癫性”似的日益突出。

向辉:我对许多朋友说过,我们度尽的年岁好像一声叹息。在这里,并不需要指出谁是中国诗坛的权威,这毫无意义,我们进入真正的文学状态后,把自己的所思写出来,目的便已达到。在中国西部,一些伪诗人的成就,一些空洞的抒情诗作的意义被过分地夸大了,加上伪评论家们的竭力鼓吹,这种相互吹捧的恶果反而成了现成的“经典”被许多人接受。其实,他们都是毫无艺术辨别能力的庸众。你反对一切意识形态幻觉、过度神化、自我陶醉和精神撒娇,把那些自夸或被夸大的诗人和诗作,送到它原来的现实襁褓里,正是你文学批评的原则。在中国,不知有多少盲目写作的人,他们连起码的文学涵养都没有,更不用说写作的态度与人文情怀,以及文学的现代性问题了。现代性是引导人们进行文化建设、精神创造的思想历程,这是诗人们一生所追求的写作目的。

傅查:没错,问题就在现代性。当我读完《昌耀的诗》后获知,昌耀确实是一个闪烁着奇异才华的诗人,当他不是在中国诗坛一直匿名的、不被重视的、最好的诗人时,我才真正明白,现存的所谓诗坛只不过是权力话语作用后的精神产物而已。与意识形态这一庞然大物没有两样,以北京为绝对中心的中国诗坛同样适合分娩话语霸权和精神霸主。而我理解的昌耀却恰恰相反,我们不能像某些人那样,把昌耀诗作里体现的现代性,仅仅看作是出现了反理性之后形成的个人情绪,以为反理性才是现代性的特征,这是不符合艺术发展规律的。

因为其他具有现代意识精神而并不反对理性的文化与文学艺术,不仅同样体现了现代性特征,而且还维护并倡扬了现代性。在昌耀的诗歌里,有一个深藏不露的诗学问题,我想进一步阐释清楚:即昌耀的疯癫状态。十年前的这个时候,我曾站在这条"疯癫状态"的诗歌地平线上,掩饰不住阅读的欣喜之情,四处游说昌耀的诗有多么好,因为《命运之书》是经过长达十年的艰苦卓绝的发奋思考之后,才渐渐呈现在我们的视野之中,这个充满孤独与耐心的写作过程,犹如母亲的受孕与分娩,最终在阵痛中迎来了婴儿痛苦的哭声。

向辉:十年以后的今天,你对昌耀的判断,以及审美的标准,不是凭他个人幽默的,因为幽默是一种人生观的观点,是一种应付人生的方法,你是依然秉承着我们一贯的诗学信念:剖析诗歌的本质与意义。应该承认,昌耀是对政治十分敏感的诗人,他惧怕政治,回避政治,因此他的写作是"另一种心灵在场"的痛切表达,他的观察世界的方式,也是独特而富有探索性的,他只是汉语言的天才,但他不是经得起历史检验的"大诗人",如果他像欧阳江河和西川那样,能够涉猎博尔赫斯、卡夫卡、马尔克斯、贝克特、冯尼格特、威廉斯、奥尔森、汤因比和伽达默尔的文学观点,那么他的诗难免带着时代的愤怒和历史切肤之痛,与日常人性细节亲密结盟,并把每一个语词都逼向生命的深处,而昌耀没有意识到自己的局限性,甚至缺乏自觉性和学理。在当今社会,人仿佛变成了有思想的机器,使工具理性主义日益横行,这是由于社会科学与人文科学在一个时期走向反理性、走向反动而形成的社会科学、人文科学丧失信心使然。

傅查:所以,昌耀的《情感历程》和《噩的结构》,对一个时期内诸多复杂的种种现实关系,进行了极其片面地反理性、反道德、反秩序和反美学的“疯癫性”阐释。昌耀没有意识到,对于一些异化了的社会问题,不能靠工具理性来解决,更不能用简单划一和实用的时量化办法来解决。哈贝马斯认为:“新理性主义把现代性的功能视为一种新的哲学反思,一种尖锐的文化批判,一种科学的文化判断力,也是一种促使新锐思想前进的推动力。”昌耀永远死了,他不像尼采和海德格尔,还活在我们哲学生活和文化生活中。

向辉:也许,你的阅读经验里,诗人是最崇高的,但不一定每个写诗的人都在你眼里是崇高的,你见过的诗歌败类多如牛毛,所以你对昌耀的诗产生了怀疑,想重新倾听来自昌耀生命深处的叹息和悲伤,并审视他传达的各种信息,获知进入存在深处的思想迷宫。因为,我认为新理性精神的现代性是在传统文化基础上建立起来的现代性。从这一诗学观点出发,你仿佛足以洞见昌耀全部的诗学观点、其探索目的和现实中的屈辱与写作的悲伤。在他的诗句的躯壳里面,盛装的只是个人主义的疼痛的心灵,加上他在应用汉语的杰出才华,他的诗理所当然地成了一首具有政治意义与独尊话语的伪现代诗。

傅查:昌耀的特殊意义,在于他在传统文化基础上对现代性的选择与定位,他在营建“疯癫性”精神时,从传统文化中挖掘出诗歌意义的资源,从中国古代、现代以及外国文学中吸取有用成份,包括生命科学和宇宙学。哲学意味着思想深度,它是人类思想的灵魂。有了哲学,诗歌将不再空洞。从诗人群体给予的荣耀中，昌耀获得了最高的自尊。这种自尊是用“疯癫性”来建立起来的，“疯癫性”是他的诗学意义上的灵魂，而身体是被异化的现实人事，一旦灵魂和身体的世界在诗歌中建立起来，更为可信的艺术现实才会真正出现。昌耀的这条由“疯癫”意识精神构成的诗歌道路，与北岛和顾城、与王家新和西川、韩东和于坚等人开创的诗歌道路，是迥然有别的，而且他在世时就引起诗坛的广泛关注。

向辉：那是过渡性的关注，因为昌耀本身就是过渡性的诗人。昌耀仿佛是尼采的影子，这影子就是他的“疯癫性”，而“疯癫性”既是肉体的，也是精神的，同时象征着昌耀苍白无力的内心，因为他只不过是别人的影子。昌耀把“疯癫性”视为自身的内涵与血肉。我知道你为什么要用“疯癫”一词来对昌耀提出如此强烈的质疑呢？至少在诗学观念上，昌耀没有自我反省，曾受到一种顽固不化的观念的诱导，认为“与世俗格格不入”意义深刻，这就构成了历史之外的一种基本经验，而诗人可以充当目击者、受害人和英雄。

傅查：假如说这一“疯癫”观念是错误的，至少对昌耀有益无害，因为通过“疯癫状态”，他意识到深度概念会多么的令中国诗人们喜欢。而实际上昌耀自己陷入了“疯癫状态”的险境，他无需夸耀自己的才华和能力，他应该弄清楚，什么状态最为危险，哪些观念又可能与诗人和解。我们知道，在现代主义文化与文学中，尤其在艾略特的《荒原》和黑塞的《荒原狼》里，人的精神家园已成为一片废墟。人失去难以弥补的精神需求而变为精神空虚，人受到排山倒海而来的物质挤压，物欲使人不断地转向对金钱与权力的追逐，使自身成为一种异化力量,使人变成物质的奴隶。昌耀的诗,作为现代主义的文学姿态,暴露了他个人的精神伤残感和荒芜感,他为个人的价值与精神的摧残而深感伤痛,高度合理化的“整合性”被“疯癫性”否定,这无疑使人陷入了万劫不复的茫茫虚无与绝望的深渊之中。所以我认为,“疯癫意识”是针对现实生活中的非人性与反人性而说的,是针对物质的挤压、人的异化而说的,是针对当今现实生活中的话语暴力而说的,是针对文学艺术漠视人的生存状态而说的。在社会转型、价值转换的后技术时代,一些人在嘲弄旧的价值观念的同时,嘲弄了人的应有的价值与精神,亵渎人类博大的崇高情操(这里不是指黄泉之下的昌耀先生,而是指那些活着的指桑骂槐的诗人们)。

向辉:在批判伪崇高、伪道德和伪理想的同时,我们依旧无法阻止伪崇高与伪理想的疯长。我们首先要面临的是,伪理想主义的幽默话语,驾驭各物之上,正在毁灭中华民族的传统文化,大量平庸、乏味、口号式的政治抒情诗折磨着我们。这又是人的异化现象,只消跟这个时代的阅读气氛一触,每朵热情而理想的花,无不立遭枯萎而消逝。

傅查:在那种语境之中,昌耀陷入“疯癫状态”是必然的,他的“疯癫状态”就是在人与社会、人与自然、人与人和人与科学之间的相互关系中,一种对人的生存和命运的叩问与关怀,就是使人何以成为人,要成为什么样的人,确立哪种生存方式更符合人的需求的那种理想、关系和准则的探求,就是对民族、对人的生存意义、价值、精神的追求与确认,就是一种人文精神,是人的精神家园的支撑,最终追求人的全面自由与人的解放。但是,昌耀经历了一段光彩的诗歌创作历程之后,特别是他去世后，我感觉他的诗作也在悄悄地被人们们遗忘了：过去，我们对他的诗更多的是颠覆、解构、拆除意识形态和文化传统的固有存在、使诗歌返回到日常生活的经验这个层面上解读与理解；现在，我们也面临着一个如何探其深刻、如何警惕其自身内部的美学危险性的问题。可以这样说，作为一个诗人，昌耀本着对艺术良知和诗歌理想的忠诚，守住了抒情诗和情景诗的诗学底线。

向辉：文学是人的感性生活的审美反映，同时也显示人们的理性认识。在人的感性生活中，非理性和反理性是普遍存在的，它们是人的生命与生存的组成部分。你在阐释昌耀的"疯癫意识"的同时，承认非理性乃至某种程度的反理性的存在的合理性，它们具有思想的和现实的特殊创造力，并且需要吸取它们的合理性方面，成为自身组成部分。昌耀没有以反理性的态度来解释生活现实与历史，因为他不是极端的非理性主义者。非理性主义者蔑视对人的终极关怀、对人的命运的叩问和人文需求，而无度张扬人的感性，特别是人的生理享乐的本能。在当今中国诗坛，一些人普遍把形式主义理解成一种高尚而复杂的诗艺，却从来不去测度它是否具有必要的人性细节和心灵深度。

傅查：更有意思的是，一些所谓的文学艺术、影视文化和地摊文学，迎合市场的庸俗需求，贬抑并且鄙视人的文化、精神与价值。这必然把人的生物性的需求当成人的唯一的感性需求，当成写作与表现的主要对象，使感性的描绘变为滥情的展示，或是尽情地宣泄各种性经验与性幻想。另外，媒体的肆意炒作，使之流向恶俗，走到反文化、反人文精神的地步。不管怎么说,昌耀没有同流合污,他总是独自一人,暗中在诗歌的密林里行动。我要质问,什么时候,还有谁像昌耀一样能够发出一种与追求真理同质的声音呢?

向辉:对昌耀的重新界定,是为了梳理从前对他过度神化、曲解与偏离,这使你萌发了对他的诗作给予公正审美的强烈冲动。其实纯属偶然,你万万没想到,在昌耀去世的那段日子里,各种悼词充满整个诗坛,"为大师送行"、"为昌耀下半旗致哀"等等,他的死构成了中国最重要的诗歌事件之一。我们应该感谢诗歌本身,而不是昌耀的死亡,诗歌在自身的精神本质遭到破坏、歪曲、中断之后,自然会显示出自我修复能力。昌耀生活在多元文化对流交叉的人文大西北,他对大西北的理解与认识,是表面性的也是片面性的,而不是人类文化学意义上的大西北,所以他的写作是骚动性的,甚至是无病呻吟性的,他的"疯癫意识"正是这样一种理念为指导,以"不会说话"为内涵与核心,以平等对话精神为思维方式的个人理想,并以"疯癫意识"为主导基础上的一种对人类一切有价值东西实行兼容并包的、开放的实践理性。

傅查:忍耐成了中国文化的最大品性,还有一些儒家的教条化的训政,使我们只能养成一些道家典型的阴郁和轻世傲俗的气慨。对此,林语堂说:"真正轻世傲俗的人是世界上最仁慈的人,因为他看透了人生的空虚,由于对空虚的认识,产生了一种混同宇宙的悲悯。"与此相应的是,一种圆滑、老练和世俗的俏皮哲学,在乐于容忍的文化心态中,构成一种高度理念化的宗旨,一种宽宏大度的理想主义的德性。于是,进取意义上的创造性,以及人类心灵语言上的精神尺度,在倡扬道家精神和孔子思想的中国思想的阴阳两极中,业已萎缩到了极限。新世纪的诗歌革命遇到了前所未有的困难。如果诗歌要从道家的天人合一的观念状态中分离出来,贴近后技术时代的现实人事中,审视经济背景中的人性,剖析中国狡猾的哲学观念,给当下所有文人所使用的流风所被、极端粗野、极端荒淫和极端超俗的具体语言,以及诗人们为酒狂、为追逐美色和为道家神学而写作的具体行为号脉的话,那么,我们更需要比昌耀更疯狂的"疯癫性",以打破所有道教式虚幻的、自欺的和自淫的诗歌理想,让汉诗朝具有现代性的人文精神方向迈进。

向辉:在20世纪80年代的中国,昌耀的写作实际上是一次重大的、意义深远的诗学转型,这似乎是一种历史的必然。诗歌是哲学的载体,只有哲思与视野的宽阔,才有诗歌写作的精神基础。那种对中国人天生的德性的敏感,或者迷恋于旧世界的智慧在特殊环境下深思熟虑所磨练出来的诗学品质,其写作就只是一个适生价值的精神姿态,没有任何价值可言,这只是太监一样朝夕服从教条化的德性。昌耀经历了对苦难的反思,经历了世界各种文化新潮的洗礼与折磨,以及对诗歌写作的深度思考之后,产生了一种"疯癫意识",这作为一种诗学立场,从开始时的不自觉,继而渐渐走向自觉。这种潜藏的"疯癫意识",就是我所理解的昌耀的诗学精神。

傅查:是的,我们所说的一切,都是为了解读昌耀的诗歌精神,因为我们必须诚实地面对昌耀身后的诗歌的存在价值。我们说到这里仍然觉得安心,就因为昌耀有一种直扑人心的智慧,在他活着的时候,在他历经疼痛与愤怒、孤独与梦想、失落与慰藉之后，仍然蕴涵着不甘平庸的底气，并向这个世界暗示着一种蛰伏性的智慧和挑战信号。时过境迁，这一切像梦一样离我们越来越遥远了，就像尼采在《假象如何真实》一文中所说的那样："演员即使在最深的痛苦中，也不会最终停止考虑他的角色给人的印象和总体戏剧效果，例如甚至在他孩子的葬礼上，他将作为他自己的观众，为他自己的痛苦及其表达而哭泣；因为总是表演伪君子最终不再是伪君子……"

2. 于坚的"大师"游戏

向辉：于坚的《长安行》一诗，我曾在《诗江湖》网站上看过，也知道这首诗在网上引起了不大不小的所谓反响。伊沙等人说好，沈浩波和杨黎等人却恼怒异常。当时，我感到吃惊的是，于坚很有可能江郎才尽了，或者才思枯竭了。像《长安行》这样差的诗，居然出自所谓"先锋"诗人于坚之手，实在对他的"先锋"无法宽容。惊讶之后便是难言的失望。特别是伊沙的帖子，给人一种厌恶感。但在《作家》杂志2002年第10期上，又隆重推出了《于坚新作〈长安行〉及其讨论》，这是我始料未及的。于坚这个人，曾经以"先锋"诗人的醒目姿态，进入了我有限的阅读视野，他本人还常常自诩"民间写作"，凡是他认为符合自己观念的，都是"民间写作"，而伊沙对《长安行》赞不绝口，说他先锋，也没见他先锋到什么境界上，只是在诗艺探索上"更上一层楼"罢了。时过境迁，一向自称"先锋"和"前卫"者，在现代性目光的审视之下，其清浅、弱智和伪装便暴露无遗了。

傅查：于坚倡扬的"民间立场"，是不能够代表民意的，他在《长安行》里的“畅所欲言”，除了伊沙的理解与宽容，无人保障其“大师”地位，使其免于“江郎才尽”的窘迫，他为自我崇拜而放弃了民族命运的思考和对现实人事的关切，为“江湖行为”而泯灭了自己的社会良知。他的新诗《长安行》，没有什么新奇。于坚这个人，我们很清楚，当现代化变成世界唯一的未来途径之时，他的诗意诗思诗情渐渐消失，焦虑性、疯狂性和技术性已成为他诗学探索的审美表征。他过去那种最领风骚的“先锋”性，现在已成为隔世的纪念品。于是，他感到前所未有的困惑，诗意日暮途穷。但是，什么是文学的先锋？用本雅明的话来说，文学的先锋是一个交织着智慧、思想和情怀的复杂的精神组合体。面对这种问题，于坚只是看到了未来的目标，而丧失了诗学人格和立场。可以说，今日的于坚比任何一个诗人都自甘困惑，他所感受到的矛盾心理和冲突状态，体现在他的新诗《长安行》中。

向辉：在我供职的大学里，经常听到“诗人已成为多余品”之类的话，说明诗人彻底被“边缘化”了。当于坚的创作激情转化为毫无深度的唠叨平庸，深切的价值关怀置换成“江湖行为”的策略时，他的精神品质已被“抢位子”和充当“大师”的世俗欲望所替代，因而他的想象日益浮肿，语言更加干瘪，渐渐沦为被一些人刻意包装的伪“佛爷”。所以，他和伊沙在《诗江湖》网站上的诗歌对话，可视作是精神撒娇的一个企图，即企图体现中国文人立身处世方面的聪明，或者确切地说，即于坚在《长安行》中所探求的是一种做人之道的圆滑哲学。他的惊人的生存智慧，在跟伊沙鼎力配合中越磨越精巧、圆熟和练达了。理想失落的于坚，为了神化其个人的

"江湖诗学信仰",进而引发出种种滑稽可笑的狂态,甚至表现出被技术理性的压榨下的精神危机。他过去有过自己的诗歌辉煌时期,如今不断走向盲目崇拜自然本能、欣赏感性享受和嘲弄崇高与人文精神为时髦的颓废状态。在于坚近期的诗歌创作中,他不断暴露自身的粗俗、卑琐、无奈和虚无,因而玩味起一些追腥逐臭的文字游戏,对恶俗、平庸和腐烂的东西趋之若鹜,这极大地削弱与消解了其文学审美体系的生成。

傅查:可以说,当今诗歌意义、价值的普遍下滑,人文精神的淡化与被贬抑,使于坚怀着玩世不恭的心态,在《诗江湖》网站上贴了自己的新作《长安行》,其目的是把人文精神与大众文化混淆起来,或是为了让口语派诗更加贴近大众文化,把人文精神视作最后的神话,声称人文精神纯属子虚乌有。他的这一"江湖"行为,纯属为了哗众取宠,或是一种生存哲学意义上的圈套:让更多的人再次关注他的存在,并制造一场毫无意义的诗学争论,甚至在争论中再创一次标新立异的辉煌。争论的原因,以及随之而来的美学化人生观念,明显地与盛行的自我表达密切相关,即肯定一种身体和欲望自发性来反对现代世界的苦行规则,这就是《长安行》"事件"的特征。

向辉:但是,对这种潜在的个人欲望游戏的高扬,并不是伊沙等附庸者进行挑战的唯一方式,而是伊沙取决于和服务于"大师"和"佛爷"的假面关系。从诗学理论上讲,于坚的欲望也好,伊沙的吹捧也好,都被考虑为逃离了诗学的审美维度,他们彼此相互暗指。在伊沙致于坚的帖子中,有这样一句话:"大师是暧昧的一词,也许你早已是了。我说是中国的诗歌需要一个当家的佛爷,你就做你的!"这纯属是轻浅谑浪的

“吹捧游戏”,或借《长安行》之争议,扩大自己那种伪装的“沉甸甸的价值关怀”。伊沙用不着为于坚大吹大擂,四处游说于坚是中国诗歌界的“大师”。

傅查:于坚的《长安行》给人一种“非诗”的阅读感觉,那种冷漠的叙述方式,随意捏合的语言意象,颓废情感的裸露,本真意识和血性情怀的消失,游戏与痛苦的转位,构成了于坚在中国诗坛上的疲惫尊容。而伊沙居然把这样极度平庸的诗人,视为中国诗歌的“大师”和“佛爷”,简直没有格调了。更令人不可思议的是,他在反驳杨黎的帖子中,花言巧语地说:“这与我是正好情理交融的事情!是情理都直接可以说是无比之壮的事情!——你们有多少道理可以说服我?不可能吧!”这样的解释是一种要求强行施加话语的权力理论,因为如果没有这些,正如伊沙思想底线所表明的,于坚是为欲望而写作的,这种欲望被伊沙看作是自我压抑,而诗学批判的基础会被逐渐损害。相应地,一种具有激进意图的界定和命名,要求对“佛爷”和“大师”进行解释,因为没有这样一种解释,于坚和伊沙的吹捧关系就不再遭人反对的了。

向辉:正是于坚在《诗江湖》网站上贴的这首“伪现代派”诗,表明他从自己所迷恋的极为狭隘的先锋诗关注转向了,他开始向往一种因现代主义的哲学匮乏而渴望的权力欲望过渡。当伊沙把于坚吹捧为中国当代诗歌界的“大师”和“佛爷”时,面对如此耐人寻味的俗语,于坚没有感到丝毫的内疚与不安。确实,通常看来,于坚写了一些像《尚义街六号》等较有影响的诗作,但是,他的诗艺探索,以及思想表达,还没有达到欧阳江河和西川的思想境界,他的思想植根于高度个人化的非历史性视野(他的系列散文《装修记》就是一个很好的例证),这种视野并非专注于传统向现代工业社会的变化,尤其是中国社会现代性所特有的社会组织和知识形式。

傅查:他所渴望的中国诗歌界的“大师”和“佛爷”,可以在他的新作《长安行》一组首诗中得到进一步的阐发。他到西安后,活像绝代禅宗大师一样,将“下跪”、“磕头”和“落泪”等世俗幻想,设置在一种狭隘视野的语境中,就可以被充分理解。确实,可以这样说,于坚持之以恒地细致阐述他对现代中国历史基础的理解的一贯性,以及他借以表达他对现代化进程态度的寓言和形象的显著性,而非他那时髦波动且通常是不连惯诗学论和“江湖哲学”声明才构成他的力量和他的祈求中心。因此,对于坚历史观的思考,就是检验他的“位子欲望”阐释而言,是一个根本性的预备程序。

向辉:于坚的《长安行》,只成为他用来装点自身“懂得文化”的羽毛而已,这组由 14 首轻飘无聊的短诗构成的所谓“探索诗”,是他才思枯竭的衰落迹象。在这个层面上,伊沙跟于坚没有两样,他们是一对趣味类似的“江湖”诗人,对待人的生存状态、现实人事和文化艺术现象的观点与立足点,有着惊人的相似之处。《长安行》的问世,与伊沙的密响旁道,并非一时的心血来潮,也非朝三暮四的应景时尚,而是经过深思熟虑之后的一种文学游戏的结果。

傅查:在这里,我十分赞成沈浩波的观点,他说:“于坚的这种虔敬和‘永恒’是以取消另外一种虔敬和‘永恒’为代价的,是在‘历史’和‘现实’之间做出选择的,甚至成为一种‘一意孤行’的文化姿态的。所以在《稠酒》一诗中,他非搬出‘李白'作为最后的支撑点,在《塔》一诗中,他是在非此即彼的对比中完成了对'塔'的敬畏,而这种敬畏和'永恒',完全来自历史和文化的暗示;在《兵马俑》一诗中,他更是在鲜活的生命和僵死的泥偶中选择了对后者的敬畏……"于坚的诗意失落于对物象的"永恒"之中,然而"下跪"真的能够符合这个时代的文化精神吗?真的能够成为这个腐化匮乏时代的精英吗?

向辉:事实上,于坚借极端的"江湖行为"追求一种滑稽的名人效果。从他热衷"先锋"到热衷"永恒"的行为中,可以看到一种非诗艺试验的意向,一种玩世不恭中掺杂着愤世嫉俗,一种标新立异的无可奈何。先锋,不是那种可以拿形式主义来炫耀文字游戏的小伎俩,而是针对旧的理性、经验和秩序进行的一次彻底的革命,是一个反理性主义的过程,目的是为了营建新理性。于坚曾用新的诗艺表现过个人独到的思想,展示过人的生存境遇,因而呈现出个性化和边缘化的姿态,甚至倡导过"为人生写作"的个人宣言,这就是他时髦的诗学行为。

傅查:他敬畏于物质的永恒,反而贬低了精神的永恒,并以此来拓展其诗艺探索的思维层面,角度的开阔多元。他还注重民间话语,突出日常现实人事,淡化意象单元,想进一步扩大阐释空间,试图促进意义的增值,并感受和玩味这种个人行为使写作变得更为宽松,更能达成彼此的理解。恰恰相反,价值观的转型,使于坚从"先锋"模式撤出,而坚守其播撒性的和边缘性的话语立场。这种现象表明,于坚的话语转向导致其诗歌写作日益脱离纯文学或纯审美,而走向价值平面的

"民间文学"、意义滑动和错位的困境。因此评论界必得思考:对于坚的下跪、磕头和落泪批评家们将持何种态度?是跟着他学会下跪?磕头?落泪?还是捍卫人类精神的永恒?于坚所追求的"永恒",充其量体现在他对前现代的伪劣的反叛,从而找到了一种伪装的方法论、故弄玄虚的形式来掌握现实和解释世界。

向辉:在过于"聪明"的于坚身上,看不出什么大气、锐气和正气,他给人越来越多的是妖气、土气和匪气,他并不是厌倦了高言大志,也不是厌倦了精雕细琢,更不是厌倦了人性气息和天马行空的所谓想象力,而是道德价值观的极度沦丧,因而显现出一种自我瓦解的危险趋向。他在《登秦始皇陵》一诗中排列的文字,就像儿歌和日常生活场景的平庸对话,如"秦始皇/和老百姓一道/仰面朝天/骨骼四散/他曾经扫六合/立文字/创造中国",质言之,他通过对语言解析以及对逻辑、理性和秩序的亵渎,使现代诗歌的叙述话语归于失效。话语的转型,并不能促使诗歌发展的一种最有效的探索力量:一方面来自自发感情与传统形式的矛盾,另一方面来自创新形式和世俗情感的矛盾,其目的就是以诗歌精英的姿态,渴望重新恢复对真实、美、朴素、细节、此时此地的生活、有责任感的心灵等事物的挚爱,使诗歌无论如何与他自己相关。应该说,先锋诗以创新形式自恃,而不是像于坚式的满足于世俗情感。

傅查:先锋诗人,应把掌握内心的大智慧、道德情感和审美价值结合起来,不能只想到如何超越传统而忘记如何征服公众。在某种程度上,于坚早已经放弃了"先锋"诗,他在《秦始皇陵上所见》一诗中这样写道:"一个在西安教书的人说/

别上去了/没有什么看头/不过一个山包/种了石榴/门票还贵呢……”如果这样粗浅的文字,排列在一起,就叫“先锋”诗的话,那么中国诗歌所禀有的哲学话语的潜能,怎样揭示那些潜抑在现代秩序深层的盲视和现代人难以言喻的精神空白和裂隙呢?由于对于坚的长期过度神化,他的社会“声望”和“地位”不断提升;另一方面又把他界定为“先锋诗人”,鼓励和刺激他的“前卫”精神,开启他通往“大师”和“佛爷”的大门。对于坚来说,长期的友情吹捧,积淀成一种“土匪”式的颓废诗学观,并深深地影响着他的诗艺探索。这里值得注意的是于坚的性格特征,他想标榜独立的意识和人格分裂。面对中国诗歌的传统模式,他的抗争方式不是致力于形成一种诗学力量去改变中国诗歌的传统,而是改变着他自己的“位子”,以适应这个恶俗横流的社会。因而,在诗歌创作中,于坚经常处在一种分离状态。他一方面糅合现实的、政治的、经济的、伦理的、历史的、文化的现象,压抑和扼杀着自己的诗艺探索;另一方面,他想以一种反叛旧理性的“江湖”行为,来实现个人的历史超越,并竭力预示着自己在新的世纪里怎样生长和发展,这种过分自大的“伪贵族化”的写作心态,恰恰在表明他的衰败和自生自灭。

向辉:于坚所追求的是一种虚无的“伟大的容器”,他在给伊沙的帖子中这样说:“我终于把‘先锋’这顶欧洲礼帽从我头上甩掉了。我再次像三十年前那样,一个人,一意孤行。不同的是,那时候我是某个先锋派向日葵上的一粒瓜子。如今,我只是一个汉语诗人而已,汉语的一个叫于坚的容器。”从这个意义上说,于坚从前所追求的不是“先锋”,而是叫着

“容器”的永恒，他张扬一种“江湖文化美学”精神，渴望打破传统形而上学的中心性和整体性观念，因而倡导综合性和无主题性的民间哲学美学。这是一种疯癫的民间诗学观，或者援引德里达的那句话：“是非诗地写诗，从民间达到哲学的高度”。

傅查：他以民间的立场，活在苍白的想象中的物质崇拜中，只站在对自身“江湖”处境的敏感处，以崇拜李白、孔子和普希金的姿态，把“江湖立场”视作反映现实的镜子；相反，于坚并非注重解释学精神，而是通过对整体性的瓦解走向差异性。他针对民间立场的“发言”和“表态”，意味着妄自尊大地将虚设的“永恒”作为崇拜对象，而不是促进诗学、哲学、宗教、科学和艺术等多元多维的文化对话。在于坚眼里，他过去所热衷的先锋是“欧洲礼帽”，不是来自中国的李白们，前卫文学是后现代哲学思想的重要内容，它以首创为己任，是变革价值观念而不是适应当下的世道人心。于坚的下跪、磕头和落泪，说明他失去了应有的自觉性、警惕性和独创性，失去了对媚俗社会的批判精神，他的言说与书写，已经屈服于生活中的物质和欲望逻辑，抽空了诗歌的意义与价值，只剩下表面那种虚假的“永恒”。除了主宰宇宙万物的上帝外，世上哪还有永恒的东西？

向辉：严格地说，任何一种投机的写作行为都是“伪艺术”。于坚自以为他的行为是一种具有诗学尊严的行为，是有自尊的和有整体内容的，他将自己称之为“汉语的一个叫于坚的容器”，有了这种对永恒的“尊严”的吁求，他把他人都理解为忙着“抢位子”，或者又变成了什么“拙劣的小伎俩”，或者更确切地说,是对自己综合素质和道德信仰的放弃。这些年,于坚经常提及生活的另一些"江湖"品质,如自淫性、开放性和多元性等,其目的在于追求"江湖意义"上的永恒不变的终极真理,并贬斥历史的、变化的、偶然的因素,或在民间生活中寻求一种自然等级秩序的虚妄,对一切理性的根基加以置疑。

傅查:所以,对于坚来说,"永恒"跟"位子"没有两样,都是无限的,因而他说膝盖是"用来'尊重'的容器,堕落是愉快的,要有重量啊"。他说的重量,是下跪和磕头的重量,不是道德和思想的重量,以为自己是掌握了生活全部真理的人。但这恰恰是对诗歌艺术最野蛮的践踏,他在《伊沙的皮包》一首诗中这样写道:"不见伊沙久/又胖了一些/西安难容/右边又出现了一个皮包……那种打开来的时候/我看见里面装着他的/一大包诗兵",把类似毫无意义的日常见闻和普通事件,直接写进诗歌里,希望重返日常生活的真实关切,但缺乏记忆、心灵和思想的细节,导致其写作意义被过度的日常性所蛀空,并在简单记录日常生活细节的同时,遗忘了写作对现实生活的审视性与反讽性,因而沦为独断的"伪生活"的助言者。真正的诗人,应该在保护道德力量免遭粗暴伤害的同时,也质疑"伪生活"给我们带来的历史性的苦难,并保持对生活信念和意义的坚守。我们再看看于坚的《兵马俑博物馆》这首诗,他把一大串人名罗列在一起,并把"沉默着　沉默着沉默着　沉默着"一句重复了十四遍后,由"解散"一词来做结尾,其意义何在?难道这就是于坚所追求的"永恒"的诗学境界吗?只有非常具体而实在的外貌,里面没有潜藏对生活完全不同的理解,恰似以一个"江湖骗子"的叫卖,来为享乐主义张目。

向辉:一个诗人如果怀着对诗歌的希望却又没有保护前卫诗歌艺术的机制,仅凭“民间立场”的结论、想象和经验或者阅读经验来写作,那是很危险的。我们从艾略特、庞德、里尔克、瓦雷里、米肖、威廉斯等诗人的作品中看到,他们的写作是关注人类命运的,充满人类痛苦和道德沦丧的重新发现。这种对人类命运的承担,使他们走的是大叙述、大智慧和大思想的道路,他们更愿意相信,文学深刻地与人类生活和道德相联。任何先锋都没有理由忽视如何使文学具有美学价值和现实的道德力量这个问题。可惜的是,中国诗歌的困惑成了于坚个人的困惑,只要读一读于坚的新诗《长安行》,就会发现,因其“民间立场”失去了诗学立场,也没有形成任何一种新的诗学理论,以及一种新的探索精神和话语方式,说明于坚的诗歌尊严业已失落。

傅查:诗人,首先是崇高的,而不是一般的写诗的人。在当今中国,写诗的人多如牛毛,而诗学意义上的真正的诗人却少得可怜。写诗不仅具有一种社会责任感,而且还需要具备为社会提供美德的人文情怀和态度,以及以理服人的哲思,因为诗歌是一种灵魂的力量和成功经验。于坚和伊沙,真是情投意合,一意孤行,他们所刻意追求的诗歌的日常化和口语化的过程,决非像一些人所理解的那样,只是一个谋生策略,或者称其为贫乏无味的代名词,它的背后其实蕴含着一个如何转换的诗学难题。要把诗歌写成《长安行》一样空洞和泛指,标明于坚对当下的一种消极的生活缄默。他的这组诗,没有达到灵魂节律和身体节律相谐调的程度,这是真正意义上的精神堕落，这种堕落感由许许多多物质化的生命细节所构成的，荒唐而空洞无物。

向辉：严格地说，于坚面临着诗性意义上的饥饿，这主要表现在备受争议的日常生活和口语方面，他探索过诗歌的写作形式，但不能把他的探索看成是一种心灵品质，因为他开始注重普通意义上的日常生活和口语。我把于坚和伊沙所提倡的诗歌的口语化运动，理解为毫无意义的废话。以《长安行》为例，他想以大量平庸、乏味、口语式的诗作，唬弄着善良的读者。所以，我们的批评是必然的。于坚过去写的诗，既恣肆又开阔，并被一些"伪批评家"吹捧为中国诗歌最高的境界，别人无法复制，因为于坚是"先锋"的。但是，他的诗有了一段光彩的"江湖"历史之后，我感觉他正在学会完蛋：过去，他更多的是颠覆、解构、拆除意识形态和文化传统的固有深度、使诗歌返回到生活的平面上；现在，他也面临一个如何变得深刻、如何警惕自身内部的美学危险性的问题。《长安行》是于坚堕落的具体表现，本着对"江湖艺术"和"民间理想"的忠诚，只是渴望守住"废话诗学"的底线，并非在竭力提高口语诗的艺术品质，同时也在标榜"行走文学"的诗歌话语潮流。

傅查：于坚的《长安行》是另一种陷阱，具体表现在"著名诗人"的写作游戏之中。他的写作行为本身，体现出一种平民化倾向，但他的内心深处却创造着"大师"和"佛爷"的形象。他不再是30年前单一的忧郁知识分子、精神启蒙者和民族代言人的角色。他关注的是一个日常、卑微却真实的自我。令人惊异的是，《长安行》在反对一种精神类型和话语类型时，没想到，它很快又形成了新的类型化问题。比如，许多诗人都不约而同地扮演起“大师”的角色，写起了与现实人事之间的微妙关系，可当他们共同构成一种类型时，这一“大师”形象就变得滑稽而媚俗，让人厌倦，显得非常世俗而龌龊。在读者心目中，从前的于坚是一个挺有才华的诗人，而如今竟然在诗中津津乐道于下跪、磕头和流泪的场景，真令人难以置信。我们并不反对写日常事实，但反对诗人将自己的诗写得平庸、圆滑和世俗。这是一个不容质疑的艺术趣味问题。于坚在《长安行》里，除了糟蹋自己之外，并没有写出“江湖立场”的深刻。这个事实让我们清楚地看到，在诗歌写作上，重提人格的尊严、理想的吁求、道德的重建是多么的迫在眉睫。

向辉：于坚喜欢以民间的立场，四处游说诗人要坚持独立精神和自由创造的品质。我认为，民间立场也是一种坚固的诗学立场，不是匪气十足的“江湖立场”。在《长安行》中，于坚盲目地夸耀自己的“大师”境界，掩饰了自身对存在的麻木。他借古讽今，想象自己也像李白一样处于被压抑的命运中。于是，一个在国内活得八面玲珑的人，居然也写起《长安行》这样差的诗来。这种所谓时代感的虚假性是不证自明的。于坚到西安后，学会的不是张口说话，而是下跪、磕头和流泪。因此，仅仅是在看到了越来越虚伪的伊沙的皮包、在秦始皇陵墓被世纪浪峰的泡沫染白了之后，他才获得了“江湖”语言。这位中国诗坛的“大师”和“佛爷”，如此热心于对“时代性”和“永恒性”的表达，是因为这个时代抹杀了他作为个人存在的痕迹：佛/镀金/肚子隆起/闭着眼睛/大雁塔里藏着他从印度取来的经文/与我无关/但“到我这个份上，恐怕要为名所累”。他表达这种“大师”心态的目的，就是为了找回一度隐匿的"江湖尊严"。他接着又说:"我的诚实在于,我从来不是为诗歌教条写诗,而是为具体的感觉写诗,因此对我来说,什么都可以写。"好一个"大师"情怀!

傅查:是啊,"大师"就在这里。在他的诗里,时代感的痕迹要明显一些,但多半被改写成隐秘的私人记忆。比如类似"我一向认为/他是一尊坐在塔底的基座上/我发现了他从前的画像/那是一个风尘仆仆的行者/背着棉布包袱/走在大街上"《长安行·唐僧》这样的诗句,还能引起我们特别的关注吗?他写了自认为重要的历史事件,还在于他为这个历史事件找到了"江湖"式的诗学表述。这就是他内心的证词。基于这种写诗情怀和态度,《长安行》的视野才变得空前的狭窄,沦为宣泄个人私秘话语的垃圾场。

向辉:从诗艺探索角度来说,于坚是个纯粹的形式主义者。在《长安行》里,由于过度卖弄形式主义的小伎俩,缺乏对诗歌写作的精雕细琢,他成了日常现实人事的奴仆,实际上通篇写的都是废话。比如,在《紫气》一首诗中,他这样写道:"长安之夜/天地之间依旧弥漫着什么/我说 是紫气/另一个人说/是雾"。把一连串的废话写进诗里,很可能是于坚的"才华横溢",他将形式主义理解成一种高尚而复杂的诗艺,却从来不去测度它是否具有必要的人性体温和心灵深度。有意思的是,他自以为自己是"大师"的同时,似乎把写作的情怀和态度也一并混淆了。他说的"我什么都写",就是毫无疑问的高级废话,"江湖"语言上的文化积尘。在这种消极心态的促使之下,他最初的写诗冲动,不知不觉地演变成了一种自我放纵和不顾一切代价的标新立异。

傅查:伊沙心目的“大师”,已经丧失了创造性,以及个人心灵在语言上的刻度,这两个诗歌中最重要的方面,业已萎缩到了极限。更糟糕的是,他的思维、心态与美学趣味,都经历了滑稽的“江湖”训练,非价值趋向早已定型。他曾经以“先锋诗人”而独占鳌头,当他的诗从“欧洲礼帽”上滑落下来,回到具体的社会现实、人性、语境、审美领域时,他首先对付的是个人心中的这种“江湖意识”惯性之中。我们从《长安行》中已经看出来,这实际上是一次无奈的、毫无深远意义的诗学转型。似乎是一种茫然,较为显著的平民化、日常化、简单化无疑更契合这种堕落的诗歌方向。《长安行》所蕴含的是才思枯竭,毫无质感的,且对充当“大师”和“佛爷”,有着迫切需求的诗性品质,也更适合于他作为诗人来到“江湖立场”的领域,使诗歌与他这个“大师”与“佛爷”相关,与“伟大的容器”相关,与他下跪和磕头的“永恒”相关。照样,对理想的向往,也是以“下跪”与“磕头”的方式,驻留在“大师游戏”里。

3. 病诟余华的《活着》

向辉:你昨晚给我打来电话的时候,我正在写有关《白豆》的对话题目,是针对你们新疆作家董立勃对“权力意志”的批评文章。事实上,我与你所做的又不尽相同。你说你准备批评余华的长篇小说《活着》,说明你的文学批评深入到了审美观点的中心,进一步将这种尖锐的文学批评予以拓展。在此,我也想听听你对《活着》的阅读感受。前些年,在说不尽的“余华现象”背后,还存在着许多没有分辨或披露的写作秘密,尽管我们不必通过纯直觉的方式发现真实,不必经过世界知识重构的过滤,但余华的《活着》里有一种可悲的欺骗。可是在一些评论家眼里,他却成了中国最为严肃、最被关注和成熟的先锋作家。同样,只有比较研究之后,我们才有能力分辨或披露出掩盖在《活着》里面的戏仿因素。

傅查:如果认为关于对余华的小说结构、叙述话语和写作心态的研究,以及第一次提出对《活着》的批评,都是为了提出通过戏仿关系和道德情感的主体性的观念,那么所有极富社会良知的批评家们都不会放弃这一学术立场。因此,我认为你对余华的解读是正确的。余华是我最关注的一个中国作家,从他的中短篇小说,到他的长篇小说《在细雨中呼喊》、《活着》和《许三观卖血记》,以及他的文学随笔《我能否相信自己》,我都破费大量的时间阅读过,他的文学观念有其相当明确的所指。他在《活着》的《前言》中这样说道:"一位真正的作家永远只为内心写作,只有内心才会真实地告诉他,他的自私、他的高尚是多么突出。内心让他真实地了解自己,一旦了解了自己也就了解了世界。"余华的论点是,当下最突出的特征之一是越来越重要的关于和现实保持"紧张关系"的那种写作状态,或反对屈服于主体性的"敌对关系",这涉及到你们知不知道"我是谁"的独尊话语问题。在反对通过"忽视内心写作"的总体化程序逻辑的写作中,和反对"一些不成功的作家也在描写现实"的个人探索中,余华认为有必要承认他"在很长一段时间是一个愤怒和冷漠的作家"(《活着·前言》第 1 页),我们能够在引申意义上应该感到无拘无束地拒绝内心之外的现实人事,试图倡扬和促进余华式新型的写作模式。如上所述,其含义在于,在个人伦理与其他社会、经济或政治结构之间并没有必然的关系,只有愤怒和冷漠的"敌对关系”,因此,我们并没有被闭锁在通过一种关于欲望的解释学实践而在现代时期构成的个体主体性之中。

向辉:你说到这里,可能要说,如果你现在实际上感兴趣于通过思考并实践而构成自身的批评方式,那么这种实践不是你自身的发明。这是你在自身思考中发现的结构,是由我所处的社会变革、文化艺术和审美情趣组合提出、建议并强加于你的。如对余华的“内心写作”和“敌对关系”的观念分析所示,自我的这种实践或写作技术,以及它们构成的个性形式,并不是固定的。显然,余华的兴趣在于探讨作家对现实的道德质疑,这不仅仅是要展示个人写作经验的“心灵在场”的独特性,而且是要通过这种写作方式使人难以觉察到他的戏仿性。简言之,对余华的《活着》构成中的历史差异予以关注,这具有一个摹仿学维度,关系到除了他的“内心写作”和“敌对关系”之外,在我们这个世界上,在我们自身内部和在我们所处的现实中还存在着愿意接受的、不能拒绝的和可以摹仿的卡尔维诺与肖洛霍夫。

傅查:暂且不谈摹仿,先看看福柯是怎样阐释内心与现实中的事物的:“内心的事物是可以改变的,尽管苍白而脆弱,但能把各种各样的事物凝聚在一起,而这与其说是必然的,不如说是由偶然性,与其说是由明显的事物,不如说是由任意的事物,与其说由复杂但却昙花一现的历史偶然性,不如说是由必然的人类学限制所使然……比如,说我们比我们所认为的在时间上要近得多,并不是要把历史的全部负担都放在我们肩上。相反,这把作为无法接近的东西而显现在我们面前可能最伟大的角色置于我们能对自身和为自身所做的工作范围之中了。”由此,必须把余华的《活着》看作是摹仿的、激进的和在创作上是探索性的。或许应当说,在较有知名度的中国作家中,余华算是一个聪明过度的人,他一方面绞尽脑汁去掩饰并隐藏摹仿法则的机制,促使我们难以发现其“非摹仿形态”的重要性;另一方面,他又把以前整个的写作经验归结到探索上,不仅以“先锋”来解释他的作品,而且还将建立在名利欲望的基础上。

向辉:由此,国内批评家们没有向现代性方向迈进,而且犯了一个难以解决的时代错误,也就是福柯所说的“颠倒历史”。在这里,你并没有以嘲弄的方式来抨击余华的《活着》,只是对他隐晦的写作方式加以理性的解构与批判。余华这个人,不可能掩饰自己的一种倾向性观点,即读者能否识破《活着》是一个摹仿的果实,而这一摹仿过程与卡尔维诺戏仿马可·波罗之后的《看不见的城市》不大一样,余华只是用卡尔维诺的《我们的祖先·三部曲》的小说结构、叙述风格和话语模式,写了余华式的肖洛霍夫的《一个人的遭遇》。

傅查:的确是这样,肖洛霍夫的《一个人的遭遇》曾引起过前苏联国内外文艺界的强烈注意,小说通过普通劳动者索科洛夫和他一家人在卫国战争中的悲惨遭遇,反映出这场战争给前苏联人民所带来的严重灾难。《一个人的遭遇》是这样开头的:“在顿河上游,战后的第一个春天显得特别爽朗,特别蓬勃……在这个交通阻塞的倒霉的日子里,我正巧要到布康诺夫镇去一下。”接下来“我”遇到了索洛科夫和他的“儿子”,在聊天式的暗访中,“我”听完了索洛科夫一家人的悲惨遭遇。经历过战争、丧失家园和亲人的索洛科夫对战争和死亡显得麻木不仁,他并没有忏悔,只有对良心的反省以及对人类蠢行的思考而已。索洛科夫不仅只是跟法西斯作对,他还利用生存本能为具有明显的反战情绪的红军战士们服务,并从内部来消磨自己的斗志;战争使他局促不安,精神失常,在心理上遭到折磨。其实,肖洛霍夫笔下的索洛科夫奉行的是一种有生命力的道德准则,对于高尚无私的行为具有某种传统的道德本能。但是这种道德力量由于法西斯所施加的灾难,从心灵深处遭到了严重损害;战争结束后,这种道德力量对索洛科夫所处的世界格格不入,最终只能化为一种毫无意义的道德美学,并以自我毁灭为其结局。于是,作者在小说的结尾,让无奈而绝望的索洛科夫拣了个"儿子",整天跟这个"战争的孤儿"说些与现实格格不入的废话。

向辉:同样的模式也出现在余华写福贵的长篇小说《活着》中,这部小说在《收获》杂志上发表时,也在中国大陆引起过强烈反响,并被电影导演张艺谋搬上了银幕。《活着》是对《一个人的遭遇》的摹仿和故事情节的延伸与拓展:即把前苏联作家的一篇短篇小说改变成了中国作家的长篇小说,其结果只是在表现形式上略有变化,故事情节多了一些,规模也较大了一些罢了。《活着》是这样开头的:"我比现在年轻十岁的时候,获得了一个游手好闲的职业,去乡间收集民间歌谣。"接下来"我"遇见了一位守着瓜田的福贵老人和他的一头牛,并跟福贵老人聊了整整一个下午。福贵经历了跟索洛科夫一样的战争,用余华的故事美学的基本话语来说,福贵这个人物体现了余华为"内心写作"的戏剧性紧张中心。余华笔下的战争是"国共两军"的冲突,不论是国军,还是共军,初建时期都有形形色色的同盟者,他们公开作战,不让福贵们按传统行为活下去。可是很有意思的是,聪明的余华没有写福贵的家庭在战争中遭到厄运,也没有让福贵感到受欺骗了,而是相继让福贵的妻子、儿子和女儿,在和平的年代里,按反传统的样式死于非命;最后,余华的《活着》告诉我们,原先企图鼓动的东西,最终却受到人们的压抑,这使福贵变成了跟索洛科夫一样孤独而思想简单的人。同样,余华在小说的结尾,让福贵很乐观地跟他的牛说着"对牛弹奏"的废话。这里所指的"牛",就是肖洛霍夫笔下的"战争孤儿",尽管对摹仿作了些改头换面的掩盖,试图达到一种"浑水摸鱼"理想效果,但只要对两位作家的小说进行一次细微认真的比较,余华摹仿的"死鱼"自然会"浮出水面"。

傅查:肖洛霍夫和余华的这两篇小说都把"战争与死亡"放在了生存的中心位置,从而最终推论出人具有最为奇特的生存能力。肖洛霍夫笔下的索洛科夫也好,余华笔下的福贵也好,都构成了两位作家小说美学的基础,这两个人物的智商虽然不高,但他们都意识到了人类有罪,也宽容了人类的弱点。作为中国"先锋"作家的佼佼者,余华在进行《活着》的写作时,以残酷的反传统者而不是作为一个经验十足的"先锋派"在进行写作的,因为在他的诸多小说篇什里处处暴露着摹仿的痕迹,或者说,他受了很多西方作家多元交叉影响。《活着》就是这类"先锋"写作失败的一个典型例子,它在余华小说中不幸是一本流传最广而又最受误解的作品。

向辉:10 多年来,激进的大学生、学术界有名望的教授以及批评界把余华越抬越高,近乎神秘,仿佛成了"说不尽的余华”，而余华本人也有出类拔萃的操作能力，对余华的操作行为，云南女作家海男这样说过：“把操作变为乐事，从秘密低语变成没完没了的唠叨，在中国‘先锋’作家中，只有余华对操作的兴趣却持久不变，而且从国内操作到外国去了。”海男对余华的评定一点也不过分，只要看看《活着》这本书的封底，就一目了然：“这是非常动人的人生记录，不仅仅是中国人民的经验，也是我们活下去的自画像。”(韩国《东亚日报》1997 年 7 月 3 日)；“这里讲述的是关于死亡的故事，而要我们学会的是如何去不死。”(意大利《共和国报》1997 年 7 月 21 日)；“这本书不仅写得十分成功和动人，而且是一部伟大的书。”(德国《柏林日报》1998 年 1 月 31 日)。我标出这些句子，为的是让读者从中看到余华的真相和态度：不管怎么说，一个作家获得官方的许可，为倾听人们诉说性秘密而取得名利，这还只是我们这个具有几千年传统文明国家里才有的现象，这说明在中国，作家们已经出租了自己的灵魂。

傅查：尤为重要的是，我想标出王彬彬的一段颇有反讽意味的断言，他针对的是被张艺谋牵着鼻子走的作家们的写作心态，也许，王彬彬这一段语意相反的界定，超乎于强烈的情感之外，超乎于思索的问题之外：“张艺谋电影对当代小说的影响，也许更根本的在于为当代小说确立了一种评价尺度，一种审美规范，在于左右着人们对当代小说家的批评。例如，苏童写过远比《妻妾成群》好得多的小说，可是《妻妾成群》似乎已成为苏童迄今的代表作，谈到苏童时，似乎非谈到这部《妻妾成群》不可。而《妻妾成群》，正如王安忆评价的，不过是一部‘高级通俗小说’。至于并不怎么出色的《妻妾成群》何以在苏童创作中占据如此重要的位置，也就因为它被张艺谋变成电影《大红灯笼高高挂》。再例如，余华在《活着》以前的所有作品，某种意义上都比《活着》好。与莫言一样，余华原也是一个有着独特才华的作家，是一个有着独特的感受力独特的艺术追求独特的艺术风格的作家。余华的许多作品，尽管未必都很成功，但那份独特性也是当代无可取代的。而《活着》之于余华，正如《白棉花》之于莫言，也正如《妻妾成群》之于苏童。《活着》也不过是一部'高级通俗小说'。而电影《活着》如果打响，小说《活着》恐怕也会成为余华的代表作吧。”（王彬彬：《为批评正名》第199页）

向辉：为了“内心写作”而疏离现代现实，注重返回“内心现实”的源头，这是能吸引我们所有人的诱惑。可为什么没有人批评余华如此明显的摹仿行为呢？在中国做人哲学中，“忍耐”和“拍马屁”扮演着一个非常重要的角色；而且，儒家和道家思想也植根于此，以寻求一种圆滑而老练的做人之道，人人都学会了对各种行为曲意回护的处世哲学。那么，我们的批评想达到什么目的呢？显然，我们想让读者从受骗的苦闷中解脱出来，以获得更单纯的愉悦性阅读氛围，并且从一个新角度解释摹仿所带来的问题：即让善良的人们至少注意到这些问题，而且问题实际源自摹仿所带来的成功和丑态。但是，我却忍不住想，随着《活着》激发起的强烈批评，也就是说，激发起某种紧跟《活着》而面世的问题追踪（或者甚至是对小说人物索洛科夫和福贵的追踪），或者还由于某种只能揣度个人经验（我相信，余华不可能一下子明白“加速成熟”经验意味着什么），由于戴锦华们对余华早期作品的过度神化，余华没有预料到严重问题以及才思枯竭的最终来临，没有把他引向写作的痛苦,而是把他引向了新的出人意料的乖张的安详。

傅查:戴锦华在《裂谷的另一侧畔·初读余华》一文中这样说道:"如同一个不明飞行物,余华降落在人们期待视野的边缘地带上。似乎是一场对经典文学与现实主义的火刑与自焚,其'水珠般四溅的火星'灼伤了人们古旧的眼睛。"戴锦华教授接着又说:"如同一个疯狂的先知,他傲岸地宣告他一无所知——他已丧失了过去、时间、记忆与姓名;在一只硕大的、瞳孔散去的眼睛中,映现出的是一个空洞的、充满威胁的无名无状的未来,在一片轻盈、充满欣悦的语流之间,余华的叙述话语对经典叙述时间——被叙时间与叙事时间进行车裂,将它们'撕得像冬天的雪片一样纷纷扬扬'。"类似这样的虚夸溢美之言,使余华过早地与时间、写作的关系深深地改变了。对于文学艺术来讲,不是直接源于真实激情的东西,都是毫无价值的。在我们对《活着》的激情,显得一无所知时,它既可爱又可亲,一点也不讨厌,因为它给我们新奇的阅读感受。

向辉:从表面上看,余华虚构的小说与自己密切相关的"内心写作",与其说是个人探索之作,不如说是一位异常勤奋的"先锋作家"之作。当然,他的文本和结构也与众不同,以残酷、冷漠和暴力以及无端的死亡,作为他文本中燃烧的激情。更有意思的是,在不少场合跟朋友之间的对话中,当余华被问及自己受影响的作家时,他曾直截了当地回答道:"影响我的作家,可以组成一个作家部队。"他的自我注解不容易阐发,即使我们在异常冷静状态中想到,他和莫言、苏童、格非一样,从西方作家那里寻求的不是什么公民共有的道德规范,而是一种个人道德准则，这种道德准则能容许将自己的生活创作成一件艺术品（当他被杨绍斌问及《活着》在意大利获格林扎纳·卡佛文学奖的一些情况时，他说："这个奖，对我很重要，那就是让我知道年轻人也喜欢读我的书。"），这就是他的生活目的。可是当杨绍斌问他，"《活着》这部小说里的福贵这个形象有来源吗?"时，余华根本没有提及肖洛霍夫的《一个人的遭遇》中的索洛科夫，他婉转地对杨绍斌说："他（福贵）最早的形象是在冬天的时候穿着一件棉袄，纽扣都掉光了，腰上系着一根草绳，一个口袋里塞了一只碗，另一个口袋里放了一包盐。但是，这是我开始写作的形象，构思的时候还不是这样。"除了普通读者，哪个作家会相信这句话呢?

傅查：面对一部小说的构思和写作时，余华不应该隐瞒这样一个事实：几乎所有作家的作品，都是从阅读前人作品中激发出写作激情的，阅读与联想、思考与比较、虚构与构思与创作都有着密不可分的关系模式，一方面客观存在这种纯粹互惠、相互依存的关系，另一方面它又要保持无需回报的慷慨，可视为能不断探索的创作源程序，再也没有为作家们所获得。可是在《我只要写作，就是回家·与作家杨绍斌的谈话》）里，杨绍斌问及"你的第一部长篇小说《在细雨中呼喊》，我觉得在风格上的细腻与普鲁斯特的《追忆似水年华》有某种联系"时，余华很坦然地回答说："我希望有。"接下来，杨绍斌又间接地提到了《静静的顿河》，没有提肖洛霍夫的名字，只是暗示了一下，而聪明的余华说："肖洛霍夫，那是一位伟大的作家，这一点无可非议。"然后他跳高似地突然跳到了索尔仁尼琴、帕斯捷尔纳克和布尔加科夫的作品，尽量回避肖洛霍夫的《一个人的遭遇》给他带来的启示与激情。

向辉：另一方面，余华显然不能完全抛弃一个“先锋”的视角，这种视角注定是尝试性的和昙花一现的，因为它正如你曾跟我说过的那样：“中国还没有诞生真正的先锋作家，我所理解的先锋，是思想的先锋，不是形式主义的先锋。”同时，中国的“先锋”作家从根本上说仅仅是以竞争和成就为取向的，这种“伪先锋”对中国现代文学的发展具有颠覆性破坏作用。

傅查：作为一个中国作家，和《活着》的忠实读者，我坚信我们的判断是公正的，没有带任何见风使舵的意图，不管我目前的处境有多么尴尬，我仍然忠实于这种严肃而需要勇气的批评立场。如果我们变得无聊庸俗，我们就显得比余华更真实。问题在于，庸俗解决不了所有的社会问题，也没有必要肩负社会责任，去拥抱世界，与绝大部份人的生活协调一致。我只想保留勇气，把真相说出来，然后做一个活生生的自缢者。

4. 遭遇董立勃的《白豆》

向辉：如果持一种走马观花的心态去看《白豆》，它很像一部很优秀的通俗小说，似乎与我们的这个大题目不太相称。而许多著名文学评论家和学者都有言在先，说董立勃的这部小说是“多年来难得一见”的西部经典。当时，我不太相信《白豆》会有如此超凡脱俗的艺术魅力，等我看完这部小说后，一连好几天都被董立勃平易近人的叙述智慧和诸多人性因素的冲突这一主题，紧紧地攫住了，禁不住产生了要说点什么的强烈欲望。

傅查：在2003年的中国小说和文学领域中，董立勃的《白豆》占据了一个突出的位置。雷达、林为进、孟繁华、李敬泽、白烨、季红真和阎晶明等知名评论家和学者,都从不同的阅读感受和理论角度阐释过《白豆》的艺术价值,编者还将其界定为自"沈从文、孙犁和汪曾琪先生辞世之后,我们再难见到超凡脱俗的乡土美丽"的西部经典,但相比来说《白豆》还隐匿着一些鲜为人知的人性因素的多元阐释。正是《白豆》所传达的"下野地"社会的生境、欲望、性、习性、伦理、组织、权力意志和政治主题等的丰富性和复杂性,证明董立勃的创作转型在文学潮流的流变背景中,有了比较复杂的探究领域,或者他的转型也同样富有具体感性和哲学思考的抽象因素,然而又难以在现存的文学语境中予以公正的定位。显然,定位方面的困难不仅产生于董立勃体悟并传达的"下野地"历史的原创性,而且部份产生于其叙述过程中人性焦点的不断变换和裂变。这些问题反过来又为《白豆》的研究变得愈加复杂起来。

向辉:是的,在董立勃的《白豆》问世之前,新疆小说正处在新旧混战、传统断裂的空前骚动的青春期,许多新疆作家着力把拓宽艺术视野的立足点,破费在可歌可泣的民族血泪和苦难史上,尽管作品的题材宽泛而宏大,但艺术表现手法很粗糙,甚至相当拙劣。相比之下,董立勃十分讲究小说的结构和文字技术的娴熟,从作品的表象上看,写的都是一些小鼻子小眼睛的琐屑题材,甚至是男欢女爱的庸俗小事,然而透过晓畅平易的文字的表象,我们看到的是一段又一段人性受到极端压抑的生活痛史,描写了那些最恶劣环境中仍旧努力维持了人性尊严的底层人物,以及与生与死、痛苦与挣扎相关的审美著述。令人费解的是，这样一个阅世深切、给人带来惊异的阅读快感的作家，竟然与世疏离了十几年，其主要原因不在于董立勃曾有过文学创作方面的迷惘和困惑，而是来自中国文学的商品化因素和令人断气的阅读气候。为此董立勃曾断言，如果他的《白豆》等作品再受冷落，他就不再写小说了。幸有《当代》编辑部独具慧眼，肯定了《白豆》的艺术价值，“现在《白豆》终于来了，尽管来得有点晚，还是让人惊喜。此乃大器晚成也（雷达语）。”而我个人认为，《白豆》是一部缜密有力地解剖“下野地式社会组织与虐待欲望”的经典作品。

傅查：你的分析与思考，与我的所思不谋而合，但我并不想对董立勃的《白豆》给以总结或综述。我的阐述将局限于一种“伦理政治学”，或权力意志和曲解的文明，以及非道德的婚姻关系和人性因素等问题。对此，想必与他对人性因素的自觉探索有关。那么，说到人性因素，一方面固然在董立勃的文本中隐含的欲望是一种真正的能指，它有点像等待开发的处女地，那种“下野地”式的人生悲剧是社会不良群体的包围；另一方面也取决于董立勃的哲学思考，特别是对人性因素的探索倾向。因此，在讨论董立勃的转型作品《白豆》以前，姑且先来分析一下他是怎样捕捉和顺应文学潮流的，并且怎样把自己凸现在潮流的前沿位置的。似乎可以认为，自余华的《活着》和莫言的《檀香刑》问世以来，许多先锋作家都纷纷隐退到“民间叙述”这种时势潮流之中，使历史主题的作品变成了一种民间话语的时尚，并在文学阅读的社会范围内似乎还要比“实验作品”更具有内驱力，更能吸引读者的关注。从这种文学潮流的转型背景来看，董立勃的创作转型是在一种很难避免的创作困惑中，凭借个人的文化底蕴和叙述智慧，最终一举成名的挑战性行为。没有挑战意识就没有创造力，这一点对他的《白豆》的成功提供了最重要的保证。

向辉：我对《白豆》的阐释，首先聚集于身体的多种声音与多元交叉的故事美学，因为他用主人公白豆的遭遇来演绎了“下野地”社会的异化现象，这在《白豆》中暗示过多次，也许老罗给胡铁定的新罪，其实也就意味着一段特殊的对权力意志的反抗行为的终结，一种不屈不挠的、令人敬佩的以及争取生存的人格力量消失了。这里要注意的是，董立勃在文坛沉寂了十几年之后写了《白豆》，不仅与他对“下野地”农工生活的人性思考有关，而且是极富写作策略性的。他回避从宏观的历史视角描绘异化话题的艰巨性和复杂性，而是举重若轻地选择一些男欢女爱的平庸小事，作为对人性因素的多元阐释的切入点，把白豆置于他最有把握控制的“下野地”时空范围内，进而得以从容地表现了人性和权力意志的关系所具有的政治含义。

傅查：董立勃的《白豆》，与余华的《活着》、莫言的《香檀刑》和李洱的《花腔》相比，它给人一种反常的、令人不安的阅读感受，但我们又不能不被它的魅力所吸引。《白豆》的魅力也许在于把个人先天的认识组织、精神和记忆，转化成了一种属于语言、逻辑和意识的身体话语，以及属于精神和思维的身体话语，在这些身体的多种声音的交汇中，在集体无意识圆环不断的循环过程中，白豆、杨来顺、胡铁、马柴、吴大姐、翠莲、曾梅、陈参谋、白麦、老罗等小说人物本身都包含一些互补的、竞争的和对立的心理冲突和生命机制。从社会行为学上讲，这些人本身就具备自体文明、性欲望、政治立场的多样性，而董立勃随着生命的细微感觉，用涓涓流淌的新疆“下野地”式的民间叙述，向我们提供了一种文化即开发生命意识的人类学潜能。但白豆所处的环境又关闭着这种潜能，她事先就为我们提供了“服从了命令白豆和白麦全哭了”（《白豆》第2页）和“组织的意思”。在《白豆》的开端，董立勃就暗示了隐匿在文本中的综合性权力欲望，马柴营长们追求女体享受的平庸之气和腐败之气，吞噬了一切温情脉脉的人性因素。白豆所想象的“离开父母，就听干部的话”的所谓首长们，通过马柴和老罗所表演的权力欲望和政治游戏，变形为对物质世界赤裸裸的占有欲，正如马尼埃尔·迪盖所提出的在古代的帝国和王国中，诸神（即神学和政治领域）就是“一些大计算机……它们储存和综合了一种文明的道德、策略和政治的全部数据”。这就是我们面对董立勃的《白豆》时经常产生的疑惑。

向辉：我们不难想象，正是“下野地”社会的蛮野现象，为董立勃留下了无比丰富的个人经验，使他深切感知地写出了著名的《白豆》。从主人公白豆的纯洁、弱智和凄惨，到胡铁的野蛮、勇毅和冤枉，从车把式杨来顺的狡猾、乱淫和恶毒，到代表组织一年四季奔走于男女性事的吴大姐，以及马柴营长的独断专行，他们每个人的心声都值得倾听，而他们传来的往往不单纯是身体的声音，而是“下野地”历史候症的合唱。似乎可以肯定的是，董立勃笔下的“下野地”，是新疆兵团人的无根之乡，也是他意象中高度浓缩的人类社会，他围绕“集体理想”的迷惑和担忧，通过白豆这个兵团傻妞所蒙受的遭遇、耻辱和苦难，病诟了从吴大姐和马柴营长到大首长老罗的各种政治游戏。然而,董立勃笔下的"白痴"与福克纳和陀思妥耶夫斯基的"白痴"是有区别的,白豆虽然是一个俗丽、粗鲁而不失淳朴的村姑,纵有百般难堪,仍然让马柴等"下野地的政治流氓"魂牵梦系,难以忘怀。在"下野地",她遭遇了婚姻的困境,于是他受到"代表组织"的吴大姐的诱惑,周旋于这班官僚、色情狂老杨和胡铁之间,她没有一个亲人和朋友,阅读白麦的信成了她唯一的精神寄托和慰藉。相继跟她同住一个地窝子的翠莲和曾梅,先后都屈服于"组织的意思"背叛了她,成了性变态者和官僚们的附庸者。可以想象,白豆的自尊和自卑是怎样扭曲在一起,旧情和新恨是怎样交织着折磨她的内心,使她最终采取了弱者报复的手段,把一封封充满无法忍吞的屈辱和愤恨的信寄给白麦,让白麦转给高高在上的老罗。弱者的报复手段,常常吃惊并受非难,也许白豆没有意识到他们用血泪开荒出的一个好端端的"集体主义思想放光芒"的新家园,竟成了党棍官僚施以淫威的鬼地方。

傅查:一些著名评论家说,《白豆》是一部"描绘西部边陲农垦兵团生存状态和人之不屈不挠的优秀之作",或"最起码做到了西方通俗文学小说的要求,就是我们的纯文学还做不到的一种状态,所以说这本书一下子把中国的叙述水平往前推进了一大段"。这是饶有意味的,当我们在现有的文学理论的疆界内无法找到《白豆》的容身之处时,或《白豆》试图超越这些疆界的时候,我们就常常以"好看"或"写得好"来打发一切,或为董立勃鸣锣喝道,面对众多的溢美之词,雷达先生在其《挤迫下的韧与美》一文中提出:"若问《白豆》动人的奥秘何在,一言以蔽之曰靠'人'——人的本色,人的心曲,人的尊严,人的残酷,人的美好。"在董立勃的笔下,把老杨变态的淫欲与马柴营长的权力欲望和性欲望，置于第一位的人性裂变因素，这本身就是“下野地”社会人性异化的最明显的标志。如果《白豆》仅仅停留在人性异化意义上，那也不过是重复了以往很多中外作家所走过的老路。我觉得这部小说的可敬之处在于董立勃没有重复前人以及他自己关于探讨人性因素的思维惯性，他所面对的是一个深刻的艺术揭示的新课题。正如郁达夫所说：“小说的表现，重在感情，所用的都是具体的描写，所以小说里边，最忌作抽象的空论，因为读者的理智一动，最容易使感情消灭。”也许董立勃早就自觉地意识到了这一点，因而他的探索给当代文学带来了新的阅读享受。我在前面指出过，董立勃的出发点在于对人性因素的多元阐释，在于他所体悟到的“人”在社会中的生存问题，而不是半军事化体制之下“下野地”的日常琐事和男女性事，更不是董立勃所传达的有关性和道德问题的隐喻，而是在于“下野地”社会组织的特性、限制与压抑性、个人与集体以及相关的权力意志和政治游戏。

向辉：显然，董立勃的《白豆》诊断了“下野地”特殊时代的历史症候，它兼备了通俗与先锋的双重经典特色：文字简练到了极限，悬念迭出，几乎每个悬念都紧紧扣住人性细节，给人以某种心灵在场的阅读感受。康德说，“美是必然中的自由。美对我们刺激总是新奇的、自由的，同时又是不可避免的。因为美来自困境的独特性。”在这个美学层面上，《白豆》的价值在于对人性诸多因素的投影。我认为《白豆》的核心问题在于揭露了这样一个事实，即“下野地式的集体思想”不过是用来替代形而上学的“权力意志”的一个符号。但它是一个双重符号,因为它独特地掩盖着它与权力的丑恶表演方面的关系,颇为动人地否认其自身强制的局面,通过把原欲作为政治游戏的基础,将膨胀起来的权力欲望,用各种政治手段转移到被压迫者攫取生存权利的欲望,使白豆、胡铁、翠莲、曾梅和陈参谋们更加屈服于被标志为"组织的意思"的一种意识形态。事实上,马柴营长和老罗们通过创造驯服的人,通过权力话语和政治规训,把权力禁忌投入"下野地"社会,因而达到了限制个人生存欲望的目的。

傅查:"小说可以帮助人们看到他们正在探索或正在渴望的东西;小说展现了人们的梦想又超越了人们的梦想;小说为人们的想象打开了新天地;小说让人们就像在镜子中一样看到社会,就像水晶中一样看到了社会的未来(梅特尔·阿米斯《小说美学》第 91 页)。综观马柴营长的别出心裁的欲望之路,权力意志、政治环境和集体无意识为他创造了非常有利的条件。马柴营长的老婆死后,他所做的第一件反叛道德观念的行为,就是出于纯粹的性冲动,不管老杨和老胡如何激烈地争夺白豆,也不管白豆陷于极度的苦恼、迷惘和选择之中,以"组织的意思"强行娶她为妻。而白豆在玉米地里被蒙面人恣肆奸污,是她人生的重大转折点,也是白豆被马柴嫌弃、被老杨任意玩弄并抛弃、又回头再次玩弄的序曲。马柴营长具备了官僚们的一切政治素质:他那指挥"下野地"农工的智商、玩弄女性的胆识和热衷于权力游戏的精力,都有过人之处,人性的欲望也有强大的魅力。可是当白豆向马柴营长反映胡铁的冤枉的时候,他由于自己也有想奸污她的邪念,对此置之不理,忙于抓生产建设,甚至成为一个名利双收的"先进工作者",还邀请高高在上的老罗参加秋收动员誓师大会;而白豆和胡铁却依然以不屈不挠的反抗精神,与摧残人性的“下野地组织”拼命作战,结果被一步步逼入令人发颤的绝境。这一切激发了董立勃对他所一直探讨的一个人性问题的深邃见解,这个问题就是:权力意志的价值是什么?难道还有更多的“白豆”为官僚们献身吗?在《白豆》里,有许多逻辑性的和常识性的错误,胡铁是一个反叛者的象征,他在作品里被反复提到过,但作者只是从“性渴望”来解释他的反抗行为。神话不等于意识,这里只象征着非个人化的意识,那就是集体无意识。董立勃至少有效地利用了通俗小说技巧,而这一切还得回到某种欲望,这个念头一直没有打消。

向辉:我认为,对人性因素的历史阐释,董立勃的《白豆》也好,我们的批评也好,这都是仅仅希望对抗“下野地式权力欲望”的知识分子所必需的开端。在《白豆》中,董立勃还探讨了权力意志和个人命运的关系问题,向我们提出了新的命题和研究线索。其中的一个核心命题是,在“下野地”特殊时代里,权力是压迫人性的复杂关系,权力关系的实施必须依据政治游戏和法律手段。雷达先生的评论肯定了这一点,他说,“问题在于,在这最简单的结构和放弃了大量过程化背景化交代的如同民间剪纸的描写中,我们并不觉其单薄,反觉有一种野性的张力在扩展。何耶?因为他们之间那貌似简单的冲突之中,蕴含着丰富的心理潜能,每个人都有充满了自我冲突,这些冲突不是以政治的和道德的层面出现,而是以复杂的人性化的层面出现。”如何理解这种复杂的人性因素呢?在董立勃的笔下,这种“复杂的人性化”是用身体的多种声音、假设的个体压抑、组织策略和生物权力网络代替了司法和否定的权力关系。这个生物权力网络隐匿在"谁要说不是,谁就不是个人"(《白豆》第48页)的压抑之中,是我们同时能识别又迷失于其中的历史症候和社会现象。

傅查:不难看出,在董立勃笔下的"下野地"社会范畴内,出现了大量关于违背伦理的性行为和限制性、制度性的兴奋状态,以及教导自己或别人可能与某种亲和力的快感、思想和感觉的责任。在《白豆》里,董立勃多次对"组织的意思"作了极其微妙的暗示,这种暗示显然不会让一个处在尴尬的青春期的白豆,突然间转变为一个被马柴们任意虐待的政治牺牲品。相反,它是通过各种不同的政治手段让白豆以积极姿态参与到"组织的意思"的游戏之中的。这种结果又决非偶然,从《白豆》中对白豆、翠莲、曾梅、杨来顺、胡铁、马柴营长这些人物及其男欢女爱的描写中,明显可以看出权力欲望的虐待性姿态,特别是其中的女性屈服于"组织的意思"的非拒绝性姿态。这表明了董立勃的写作态度和动机。但是,在结束这个话题之前,还可以探讨的是被虐待的问题。《白豆》看似很简单,杨来顺和胡铁同时爱上了白豆,但相信"组织"的白豆被逼无奈,没法选择谁,后来代表组织的吴大姐征求了白豆的意见后,经过组织上的研究,决定用抓阄的方式来决定白豆和他们中的一个结婚。抓阄的结果,白豆归于杨来顺。在关于抓阄过程的对抗中,问题只得到了片面的澄清,即是说,婚姻关系和性行为为何应该构成一种组织关怀的对象,而不是饮食习惯或公民责任的完成。于是,我现在把研究的重点放在了组织技术和政治游戏的分析上,《白豆》的主题性就是通过这些组织技术和政治游戏构成的。例如:"看到老胡走了,老杨的心跳得快了,手有些抖动地打开了纸团。他喊了声,天啊！一下子跪在了地上，跪在吴大姐的面前，把吴大姐吓了一跳。老杨说，感谢你啊吴大姐，感谢党啊，我有媳妇了。”（《白豆》第25页）

向辉：在《白豆》里，这只是日常现象中的细节元素，董立勃为我们提供的生命感觉并非印象式的、散乱的，而是有着深厚的历史底蕴。他对“下野地”日常现象或生活景象的把握，从感觉出发走上了人性之路。这里值得进一步阐明的是，胡铁用刀威胁杨来顺之后，白豆又归属于胡铁。接着，以性道德为核心的对抗与权力的策略性统一的滑稽表演，在马柴营长的老婆去世后突然流露，但没有以原来概括的形式发展（胡铁和杨来顺的理性形式）。马柴营长的介入，揭示了一个重要的人性裂变过程，人的婚姻自由和权力焦点的一次重要转换，从对婚姻道德和“天下最大的事，就是把自己喜欢的女人娶回来当老婆”的轻松叙述，转向更直接的有关权力意志和对身体的规训与虐待的问题，这是通过分析马柴营长关于权力意志的诸种行为而得以探讨的。马柴营长多日“病”在床上，吴大姐想的是“得赶紧找个女人照顾”他。而刘副营长却极为世俗地说，“不是为了你个人而是为了党的事业”。马营长说，“走，老刘，出去转转，看看咱们的庄稼地，看看同志们。”他们转到了白豆身边就再也不转了，也就是说，白豆的命运已经被官僚们操纵，已经被野蛮的“组织的意思”所左右。那么，天真的白豆自觉听“干部”的话，也不失为一种“革命的高尚行为”，她宁可服从“组织的意思”来满足个人的生存欲望，但不出卖自己的人格和自尊。

傅查：在同一个道德层面上，在“旧社会”有过两条人命的胡铁,为了娶白豆曾两次去找过马柴营长:第一次是以理性、自由和真理的姿态,这也看作他蔑视"组织的意思"的最后一搏。但胡铁没有将这种难得的反抗精神进行到底,反而被"组织的意思"彻底屈服;基于这种屈辱心理,他再一次以非理性的、质疑的或被规训的"倒霉蛋"的形象,出现在马柴营长面前,这与他在"旧社会"杀过人的性格特征格格不入,他这一次的失败具有"英雄末路"的悲壮感。这说明对生命实行权力的控制,"涉及到让人类生命特有的现象进入组织和权力的游戏之中,进入政治技术的领域之中"(福柯《性史》)。

向辉:更值得深思的是,就在马柴营长再过几天便娶白豆为妻的时候,白豆却在玉米地被所谓的"蒙面人"杨来顺强暴了,随着白豆身价的一落千丈,又一个重大变化出现了。对"性"的基本关系在概念上成了"下野地"集权制历史上的一次特殊经历,其相关的构成因素包括:(1)以组织的隐蔽形式,让白豆在医院里多住几天;(2)以规范地实践的权力与法律的关系,把胡铁送进监狱;(3)个体借以承认自身为性主体的模式和组织技术,杨来顺喜出望外地娶了白豆;(4)让一种特定关系在他们自身与自身之间发生作用,使得他们在欲望中发现他们存在的真理,不管是自然的还是堕落的,正夜以继日为白豆的婚礼剪"囍"字的曾梅,在组织的指导性命令中,一夜间成了马柴的老婆。但是,董立勃在《白豆》中所关注的是,分析悲剧命运的诸多人性因素的过程和形成,而他笔下的白豆就是用这些形式和形态构成自身,认识到自己的尊严、残酷和绝望。

傅查：埃德加·莫兰在《方法：思想观念》一书中这样说道："早在西方科学发展的初期，培根就觉察到了对一切文化认识活动产生影响的社会文化束缚，并同时觉察到了摆脱这些束缚的必要性。他看到，思想会不自觉地受到（社会所特有的）'部落偶像'、（教育所特有的）'洞穴偶像'、（产生于语言幻觉的）'论坛偶像'和（产生于传统的）'戏剧偶像'的影响。的确，传统、教育和语言，这些都是文化的核心因素，它们共同组成了社会（'部落'）的偶像。"置身于"下野地"的白豆，通过自身各种不幸的遭遇和道德的压抑，以及对胡铁冤案的艰难审诉，逐渐地对"下野地的集体思想"产生了质疑。于是，她想到了她的"婚姻偶像"白麦，觉得白麦的丈夫老罗比"下野地组织"更亲切、宽容和温和，并把一切希望寄托在老罗身上。但是，高高在上的老罗却生活在比马柴营长更为极权主义的道德系统之内，老罗看完白豆的信之后，这样对白麦说道："你是个干部，怎么也对咱们组织不信任了呢？再说，就算把他（指胡铁）冤枉了，也不是什么大不了的事。你知道不知道，红军长征时，还有在延安，不知多少干部，也是被冤枉了，有的甚至被枪毙了。就是那样，他们也没有怨过谁，还把这种牺牲，当成为革命事业的献身。这个胡铁算个什么，用得着一而再、再而三地为他调查来调查去吗？你知道我们多忙吗？我们不但打仗要打败美帝国主义，在经济上，也要打败他们。你知道不知道，我们要用八年时间，超过英国和美国。到那个时候，我们就是世界上最强大的国家了。这才是我们要干的大事正事。你说，为胡铁这么个人，我们值得去花费人力和精力吗？"（《白豆》第219页）

向辉:沿着这些规模上最普遍的官僚主义的线索,董立勃试图阐述“在个体的存在中改造自身”的小说美学。正如许多空想主义者把平等提到首要位置,提出种种美妙的济世蓝图,但没有在实践中获得成功。董立勃笔下的“下野地”,使我想起了空想家欧文在北美进行的“和谐新村”滑稽实验,欧文确立了一切都归大家所有,人人都按其所需取得食物、衣服和住房的平等原则,但结果以失败告终。这些事实是意味深长的,老罗的话迫使我们思考这样一个问题:千百年来无数像白豆一样的中国人,都期望过有那么一个高尚而富有献身精神的利他主义者,并乐观地指望这样的人越来越多,但迄今为止的历史表明,对绝大多数官僚主义者来说,他们行动的动力还是来自对自身利益的考虑。因此,董立勃的《白豆》告诉我们,礼让谦恭的君子之德和无私的奉献精神应该提倡,但这种道德的规劝却不能过分依赖。老罗们以“我们要用八年时间,超过英国和美国”来刺激“下野地”农工劳动的积极性,违背谁也不能逆转的客观规律。由此可见,每一种道德都由两种因素构成:行为代码和主体化形式。在董立勃的《白豆》中,占主导地位的是主体化形式(半军事化的“下野地”组织);重点落在了道德规训的实行和官僚价值的实现上,以及对违法行为的惩罚上。正如前苏联在十月革命后,曾打算通过激发人们的道德热情来调动劳动者的积极性,但在纪念十月革命四周年时,列宁反省说:“现实生活说明我们犯了错误。”(《列宁选集》第4卷第571页)

傅查:需要指出的是,通过道德规劝来调动人们劳动的积极性是容易的,而要同时为人性解放而必须采取的政治手段,把这一原则化为具体的社会决策,赢得广泛的社会心理的鼎力支持,成为全民族占主导地位的价值取向,就远不是一件容易的事了。由于历史的惯性,千百年的文化传统在民族的文化心理结构中的积淀,马柴和老罗们所追求的价值目标仍深深地打着传统的烙印,融合在“下野地”的意识形态中并影响着具体的社会行为:对“组织的意思”的宣扬,对“集体主义思想放光芒”的鼓吹,对白豆和胡铁等人的人性摧残,对权力欲望的推崇,对道德传统的亵渎,对个人争取生存欲望的彻底否定。这一切成了“重平等”这个价值取向的翻版,这种价值取向规模空前地付诸实现,马柴们登峰造极于“下野地”。但是,白豆和胡铁的收获是什么?是人性机制的被严重摧残,以及由此而导致的道德价值到了崩溃的边缘,“集体主义思想放光芒”也因此而变成了一幅讽刺画,而在马柴和老罗的心目中,白豆们不过是普通的有生命的劳动工具。在这个道德层面上,我们看到的是当越狱在逃的胡铁,用刀直抵杨来顺的脖子,让杨来顺走上誓师大会主席台,当众承认他的滔天罪行后,“谁也没有想到胡铁竟一下子跪到了地上,朝着一群大大小小的首长,更让大家没有想到的是在胡铁身边还有一个人也跪下来了。她就是白豆。”(《白豆》第271页),等待着老罗开口说话。然而,老罗作为一种权势制度的最高长官,所关注的不是胡铁的冤枉,而是他在新疆“下野地”的权力意识,他一拍桌子说:“把他押下去,等候判决!”

向辉:这种质疑构成了董立勃探讨人性本质的出发点,而这种探讨固然包含着对权力意识的反讽与真理的获得之间关系的探讨。通过把真理问题引向人性领域,《白豆》为我们展望的一种阐释学铺垫了道路。在这里,还必须指出的是,陈参谋这个政治游戏的牺牲品。老罗觉察到陈参谋跟白麦的"越规行为"后,将陈参谋下放到基层"锻炼"。在小说的结尾,当胡铁的刀子直刺老罗时,陈参谋用自己的生命掩护了老罗。这说明无论在哪里,赤裸裸的权力都将体现在"下野地组织"掩盖之下的虐待性状态:"我们希望在一个制度以简单基础的意识形态,以善与恶、清白与罪孽等观念终结并揭露自身时对它发动进攻(福柯语)。"

傅查:简单说,董立勃在《白豆》中检验了一个作家的社会良知和道德力量的进一步提升。这一提升过程识别出他的叙述智慧,并提出了另一种形式的道德质疑,但不是针对老杨们的道德改造,"下野地组织"才是性道德观念改造的根源。相反,这是围绕被虐待问题的一种特殊表达。在分析《白豆》中显而易见的是,对人性因素的愈加强烈的关注,即越来越有必要解构和定位《白豆》的艺术价值,以及它在道德、权力、人格、尊严和文学等话语中体现出的特殊性。

向辉:在《白豆》中,马柴营长的权力话语是汪洋恣肆的,他在我们面前体现出的不是秦始皇式的"通向独裁之路",而是世俗、老练和圆滑的政治流氓形象。在远离现代文明的"下野地"世界里,他想娶哪个女人做老婆"都不是问题",正如霍布斯的格言:"是权力而非真理制定规则。"曲解的文明在马柴们玩耍的政治游戏中,类同于老罗有效地统御陈参谋之流的游戏规则。"代表组织"的吴大姐巧舌如簧,善于颠倒黑白,或许她最著名的处世哲学或首要原则,就是以"下野地组织"的名义,骗取天天高唱"集体主义思想放光芒"的农工的百般信任。他所表达的是,设想一种新的权力突变或灾变,使权力不再能制造压抑，不再能把自身复制为现实，或不再能为现实开辟新的空间；它变成超现实并自行湮灭了。这就是董立勃对权力意志的总结，用想象的现实策略，对权力进行了一次非理性的批判。但这一漫长的想象过程，也确立了白日梦、无意识的心灵和道德问题，以及由此产生的书写能量和"通俗小说美学"。这种书写能量是压抑在幻想中"被看心理"的直接表现，能量通过压抑被幻想为一种性物质，然后根据各种情节需要，进行隐喻和转喻，此乃精神分析学的巍峨大厦，借尼采的话说，不可见世界的美妙幻觉。为了阐释只是一个不稳定的权力系统，董立勃虚构了大量粗俗的性事，在这种在"下野地组织"制造的道德灾难中，那位铁匠的清算工程是如此恐怖，如此艰难险阻，除了被枪毙之外，那就无法解释了。白豆饱受了性的摧残，最终成了恶棍的玩物，并且乐意充当玩物。她那种"听组织的话"的精神贯穿终生，在任何权威面前，没有丝毫的奴颜媚骨，这是令人敬佩的情操和胆识。但董立勃用曲意回护的态度，宽容了人性恶的势力，没有以一个觉醒了的作家的高标准来拷问自己的灵魂，也没有通过真诚深沉的忏悔表达对人类命运、历史进程、文学本性、作家的职责等问题的思考和体悟。

傅查：从道德维度审视"下野地组织"的集体行为，他们的各种心灵轨迹的特点，就得到了道德意义上的质疑，他们是冠冕堂皇的，激情迸发的，甚至是非道德性的。人的行为是依照一种戏剧性模式而定型的，其独特价值在于它是一种表演姿态。马柴营长明知胡铁和杨来顺都爱着白豆，在重叠交叉的爱欲中，用"下野地组织"的幌子，勾勒出一条欲望之路，并让欲望畅通无阻。所以，他胆大包天，无恶不作，敢娶为白豆的婚礼剪“囍”字的曾梅，并让曾梅替代了白豆在炊事班的岗位，将白豆下放到养鸡场。然而，得到曾梅后，他仍然没有放弃奸污白豆的邪念，在这一方面，他又回到了经典性的政治流氓的范式，明目张胆地跑到养鸡场，企图奸污白豆。很显然，唯有放纵无羁的人才能够拥有这样的意志力量，以“崇高”而睥睨一切的行为来践踏道德传统。因此，马柴营长的表演变成了赤裸裸的以权谋私的丑态。相比之下，《白豆》中的其他人物在一出政治游戏中地位低下，不过是有生命的劳动工具而已。

向辉：通过分析显示，《白豆》中的杨来顺和胡铁的行为本身，是超越传统道德善与恶的分野的。作为一个严肃的、有深度的作家，董立勃没有逃避“性”这个敏感的问题，他通过多元交叉的性事，让不同人生经历，不同文化背景，不同价值信守的“下野地”人群，各展其长，各显神通，形成了极为复杂的性事竞争的混乱局面。但在《白豆》里，董立勃没有着力去描写动情美丽的性交细节，而是淡化了性交过程，他几乎调动所有的叙述智慧，用付出沉重代价的故事美学，依靠各种悬念的合理链接，全面表现了杨来顺的恶魔性和性变态，也表现了人性恶的核心。在“下野地”世界，杨来顺作为一个车把式，有充足的自由空间，处处热衷于恶魔性的个人行为，他被胡铁吓呆后，不但没有自悟，反而跑到马柴营长办公室里，弄虚作假，装崇高，表决心，说自己是共产党员，应该把白豆让给“一般群众”胡铁。可是当他得知马柴营长要娶白豆的消息后，一种变态的恶魔性因素开始外露，不仅在玉米地里奸污了白豆，还把胡铁的刀子留在了作案现场。奸污白豆的结果，真可谓“一举两得”，不仅把胡铁送进了监狱，而且让马柴营长也打消了娶白豆的念头，娶了曾梅。

傅查：我读完小说后，发现董立勃具有天才的虚构故事的智慧，他塑造杨来顺这个变态的恶棍时，并没有用破碎的、零乱的细节，而是用伏笔的、隐匿的、复杂的性行为，以毁灭人性的姿态而逐步展开的，恰恰从杨来顺这个人物身上，我们看到了人性恶的原始状态。把白豆娶回家当老婆后，杨来顺开始嫌弃她是碱包，不生孩子，并经常跟白豆最亲密的朋友翠莲鬼混。没过多久，他就和白豆离了婚，并娶了翠莲。但跟白豆离婚后，他又醉醺醺地来纠缠着白豆。不难看出，董立勃通过杨来顺这一复杂的艺术形象，构筑了“下野地”社会非道德的婚姻观和个人命运的关系：主人公白豆在那种人性极端压抑的时代里，经历了善与恶和权力游戏的磨难和考验，她的纯洁，她的凄美，她的爱与恨，以及她的生命过程，将会有声有色地留在人们的记忆深处。

向辉：福柯说：“一个人要想事事行善，必然会在居心叵测的众多坏人的环伺中遭受不幸。”以胡铁为例，他在“旧社会”为了自己所爱的两个女人，曾有过杀人的可怕经历，因此，他一生都处于忏悔和焦虑中。他来到新疆“下野地”后，用狂热的“集体主义思想”冲洗了其在“旧社会”里留下的罪恶烙印，其实他天生就心底善良，精力旺盛，性格固执，与老奸巨猾、好色成瘾、道德败坏的杨来顺形成了鲜明的对照。

傅查：胡铁的善良因素体现在他那单纯的性冲动里，为了赢得白豆的爱，他经常捕猎野鸡野鸭送给白豆，即使抓阄后白豆归于杨来顺，只要她有求于他，他都不计较什么，尽量满足她的要求。然而,对董立勃来说,胡铁不是一个简单化的人物,他的性格里所含的超越一切权力意志的复杂因素,使这个形象闪耀着奇魅的光彩。他并不是主流小说中的“当代英雄”的翻版,如果把他从《白豆》里抽出来,放在我们当下的现实人事圈子里,他不仅仅是一流的落难英雄,而且是向腐败的权力系统进行抗衡的反腐尖兵。跟白豆的遭遇一样,胡铁也同样经历了“下野地组织”的摧残,但他以生命的代价,来创造自己的生存与婚姻自由,多次越狱跟白豆相会,终于在树林里和白豆举行了“童话式”的婚礼,享受了爱情的快乐。在这个经典性的细节里,连持枪追捕他的武警们,也不忍心对他多说一句与法律相关的话。这个人物形象在董立勃的笔下是超凡脱俗的人性之美的象征。可是在我们的阅读过程中,发现处处埋伏着可能出现的命运转机,他越狱将杨来顺逼上秋收动员誓师大会主席台,让杨来顺在众目睽睽之下承认自己的罪行时,我以为这就是胡铁生命中出现了一道超越生存意义的亮光,这一点与怀孕的白豆一样,出于对大首长的感动和出自生命需要的爱。他和白豆一起跪在大大小小的首长面前,说:“各位首长,请你们马上还我的清白。我有老婆,老婆马上要生孩子了,我要照顾他们……”在此,他的生存欲望向生命的欲望提升,而生命的本能集中体现在对权力意志的屈服,因为他相信,一个具有正义感和爱的生命,毕竟是有希望的生命。

向辉:在《白豆》里,真正洋溢着对权力欲望进行抗衡的著名细节,就是老罗给胡铁扣上“反革命罪”之后,胡铁把刀子直接投向老罗。这是生命本能的自然反抗,达到了一种令人颤栗的多元化的深刻维度，这一刀或一瞬间，董立勃突然把我们引向两个不同人性因素的最深处，一个是胡铁宁可直接面对争取生存的人生态度和价值立场，而不去屈从庞大的权力系统的奴役，体现出他对人性完美发展的可能性的期望和信心；另一个是陈参谋把自己作为奴仆对待，他表现出一种被权力欲望单方占有的、利用榨取的态度，不仅仅充当了政治奴仆，同时也付出了自己的生命作为代价。这里要注意的是，陈参谋也曾被老罗的政治游戏摧残过，他蒙受“下放锻炼”的屈辱经历，在性质上跟胡铁蹲监狱没有两样。可是他面对老罗正一步步吞噬着权力关系的地盘，甚至这种关系涉及到人的整个存在，并要求陈参谋用自己的整个身心对别人的全部存在作出回应时，他却充当了政治游戏的牺牲品，成为我们真正仇恨的人。这种善与恶的人性因素、罪感与忏悔、复仇与恐怖等现象，以诸多怪诞和狰狞的人性姿态，在小说的最后集中体现，因而给我们留下了很难说清的阅读感受。董立勃创造的胡铁和白豆这两个人物，是对“下野地”历史命运的写照，这是一个十分艰难的使命。这两个人物，仿佛从远古的生物圈里走来，极不合时宜地来到了“下野地”文明制度里，从他们蒙受的各种各样的人生遭遇看出，“如果一个主人把奴仆作为物，作为‘它’来对待，随着奴仆所受的非人待遇而来的，就是主人自己的非人化。人离‘它’无法生存，但谁若仅仅同‘它’生活，谁就不是人。”（马丁·布伯《我与你》第51页）

傅查：可以这样说，诸种人性因素是对董立勃的《白豆》的艺术概括，而人性因素在他的小说创作中是一个不自觉的隐形结构。在显形层面上，董立勃是个持二元论的作家，“下野地组织”为中心的权力层面和“白豆们”为中心的民间层面，始终交织在他的“下野地”世界里。因此，董立勃的审美能力集中体现在白豆这个人物形象上，他把白豆置于一个叫“下野地”的精神审美空间，不让她逃避“下野地”世界矛盾冲突的尖锐性和残酷性，或者更直接地说，白豆本身就是来自现代文明推进过程中的负面效应，同时又以被虐待的姿态表现了生命意义和对集权制度的精神反抗。董立勃对权力意志的质疑态度，以及对“下野地”社会所持的批判精神的融会贯通，引导了他倾向于对人性因素这一精神领域的发掘和表现。还有性细节，叠现了小说的深刻主题。董立勃的这篇故事里的诸多悬念，都以互相响应、互相加强的，按照传统形式通过人性细节的描写来表现人物，但是具有十分强烈的现代性。值得一提的是，“异化”问题是一个令人黯然神伤的主题，但由于董立勃写白豆的自我迷失，或执着于对自由的不断追求，写胡铁所追求的人性的完整与和谐，或争取生存的无限渴望，写杨来顺热衷于分裂与动荡的恶魔性因素，写吴大姐、马柴营长和高高在上的老罗等人用权力意志和政治游戏，通过“下野地组织”的名义来摧残完整的人性，因而在“异化”这个旧题材上写出了经典性的新意，给人一种期待已久的新鲜感。

向辉：我认为，白豆面对双重生存问题，为了解决个人的婚姻大事，她屈辱于“下野地组织”的强行安排，嫁给了马柴营长。这时，以胡铁为代表的性饥饿者，向“下野地组织”进行道德抗议，想满足其个人的性欲望，并在最高权力者罗政委的宣布之下，一场惨无人道、毫无意义的道德反抗结束了；但以白豆为代表的理想主义者，在极力抵抗权力意志的同时，切身经历了体制所带来的灾难：她先后被很多男人污辱和占有。

值得注意的是,董立勃将大量笔墨倾注于对权力意志进行反抗的人性细节,则没有通过刻骨铭心的绝望体验,去关注性饥饿状态中的道德冲突,或者让白豆从忍辱负重和非道德大泽中走出来,使她理性地面对外部世界和自我的真实生存境遇,努力在危机四伏的苦难中寻求自救,以及在"下野地组织"所带来的灾难中寻求自赎之路。看来,本性一直是隐藏在我们尚不认识的一种精明和才智的精神深处,只有激情有权揭示它,时而给我们一些比写作技巧更为明智的洞见。

傅查:那么调情呢?调情会获得真正的爱情吗?读完董立勃的《白豆》,我越发意识到道德选择的重要意义,同时也强烈地感到,作家对道德命运的关照角度,既然选择了写作之路,就得为自己的写作行为负责,不能把写作当成"哈欠"与"喷嚏",更不能奴役于"色情著述"。董立勃的这部小说很好看,在类似于通俗小说和咒语般的叙述话语里,散发着强硬的"反抗意识"。他没有阐释"下野地组织"日益尖锐的社会矛盾,面对的道德关系日益严重的分裂,他却关照起"非道德"的通俗叙述。在一种范式转换思想的支配下,接踵而至的便是这样一种乱伦故事。当然,与此相应的是,在这种畸形的性观念里,找不到任何一种文化的诱导,即使在疯狂地激发快感的抢婚行为中,也没有性文化的美感和诱惑;在那些被空洞的凝视看穿的身体上,也找不到性道德的美感和诱惑;在整个故事里,找不到一丝一毫性学的美感和诱惑,统治这个世界的是兽性原则,道德败坏主宰着看得见的和可预想的现象界的一切:偷情、野合、抢婚、强奸等问题,从暴力型社会化转向一种亦心灵亦身体的更为精细和流动的模式(仅仅是性和力比多的关系)。从马柴营长身上可以看到,劳动的力量转向性冲动,因而性变成了一种畸变的社会指令。

5. 隐匿在时代边缘的个人写作

向辉:可以这么说,作家是以心性经验来感受可视世界的,不是依赖原则信条去认识世界。你的写作状态,有时是郁闷的,创作出的作品也是消极的甚至流露出一种病态的心理因素。与此同时,你最近的文学批评,曾在读者中引起较大的反响,尤其在新疆文艺界,你的散文作品曾遭受过极其不公正的猛烈抨击。这种被抨击的现象,对你产生了什么影响?你的创作是否步入高峰时期了?

傅查:你也知道,每个人都有七情六欲,谁没有郁闷的时候啊。我不是一位文学斗士,更不是雄辩家,我只是客观地批评过一些作家传统的创作模式,并为新一代的中国作家辩护。他们抨击我的时候,我学会了放弃和隐退,或者隐匿在时代的边缘,与妻儿相安而居。从文化学角度来讲,边缘也是一种文化优势,一种精神资源,一种心灵品质。被抨击的结果,使我也学会了批评,但比起李建军和吴俊等博士的文学批评,我显得力不从心,并承认我不是批评家,而是一个安分不守己的作家。我平时所思考的问题,大于我的创作,所以我的创作永远没有高峰期。写作是快乐的,这快乐在于写作本身,在于写作本身的过程。

向辉:据我了解,在大西北曾掀起过一股"玉米使者"热。你的系列散文《玉米使者》是不是反映了你在现代价值观念急剧变革的文学立场,或者为前卫写作摇旗呐喊的精神风貌?

在文学创作方面,你是不是一个前卫作家?

傅查:那是十多年前的事,我的思想像玉米一样单纯,但经历坎坷,经常遭遇一些痛心疾首的人生苦事。后来,我把自己的切身感悟,写成了《玉米使者》,没有想到引起了读者的共鸣。文学作品与生活真实不一定具有相似性,因为作家追求的是反映精神实质与人性细节的“神似”。为了把握人性冲突、生与死、爱与恨的深刻主题,我常常有意使现实人事加以变形、扭曲和夸大,并突出其中的多种人性因素,给读者提供一种特殊的审美体验,在强烈的人性冲突的颤抖下,看到习以为常的生活中令人惊骇的一个又一个人性姿态的欲望表演。在挖掘人性细节方面,我尽力要求自己达到新的深度,并尝试过各种写作方式,试图增加作品的层次感和逼真感。

向辉:1999 年 4 月 8 日,你以《从虚空到长久》为题在新疆大学演讲时说过:“在当代中国,那些垃圾作家和垃圾作品在我们眼前堆积如山,这会让我们的后代感到世界上未曾有过美好的东西,而那些垃圾作家却渴望一夜之间将成为独特的精神领袖。”那么,对你的写作来说,应该选择一种什么样的命运呢?你是不是给自己提出过自我扩大的写作任务,渴望成为一个从来不重复写作技巧的作家,并且梦想成为一个天才作家,或写一部天才的作品?

傅查:我喜欢有梦想的人,如果我有超人的智力资源,可供自己支配,我就不会选择文学,无情地折磨自己,浪费自己有限的生命。事实上,当我以现代性的目光审视自己的作品时,也能发现“特殊的时代错误”。但在另一方面,我承认我有局限性,天才是指那些基因超常的人,其本身仍有独特的存在价值,只是机遇造就了天才。我不是天才,我做什么事都付出很多的代价,需要拼命挣扎,需要别人的帮助,所以我怀疑自己写不出天才的作品。

向辉:你的文学批评很尖锐,有股北方人的好斗精神,但你对老一辈现实主义作家仍然保持了来自文学方面的敬意。比如,你评价巴金是"人生态度最富有魅力的中国作家之一",对老舍、林语堂、胡适、梁实秋等作家都不无崇敬,尤其对同时代作家莫言、苏童、余华、格非、阿来等作家特别关注,称赞他们的探索精神,这些评价使我领悟到,你对文学传统并无势不两立的仇恨,你骨子里所厌恶的,只是妨碍了你的文学探索和自由书写与言说的当代的"虚假的作秀之态"。据我所知,除卡夫卡外,你还特别喜欢乔伊斯是吧?

傅查:真正的文学批评,是为了解决文学创作中存在的问题,不能带任何仇视心理。尊敬前辈作家,是因为我有一种同类感,希望我老了之后,也同样受到后人的尊敬。在世界级现代主义作家中,乔伊斯是一个从来不重复写作技巧的优秀作家,从《室内乐集》、《都柏林人》到《青年艺术家的肖像》,他的每一部作品都探讨过新问题,并明确地结束了他创作生涯中的一个阶段。1922 年的冬天在巴黎出版的《尤利西斯》又标志着另一个阶段。我过去很喜欢他的,现在很难说喜欢或不喜欢了,因为他只是活在我们心中的一个死人。

向辉:你在一次文学演讲中这样说道:"在物欲横流金钱万能、到处都存有诱因的当代中国,有几个作家像普鲁斯特那样在深刻、丰富、复杂或广博方面和他相比,乔依斯为了写

《尤利西斯》付出了昂贵的代价,他少吃了多少顿饭,放弃了多少欢乐。”不难发现,在现代主义作家们中间,许多像乔伊斯这样的优秀作家,都没有把现实主义作家当作敌人,而是在传统的基础上得益于什么。乔伊斯对古希腊文化传统的继承和艾略特对玄学诗传统的继承,都说明西方现代主义的反传统特征在于冲破束缚他们现时发展的传统信条,但他们用以发展自身的力量源泉仍然是从传统中来。你对传统的态度几乎是不自觉的,你是不是感受到了在现代人的生活中,人性的不稳定性和复杂性,尤其对人性的丰富感觉,在那些传统的表现手法中被歪曲了,所以你必须反对它,必须探索新的写作领域?

傅查:是的,我不重复写作技巧。在反映锡伯族西迁历史的小说中,我根据厚重历史题材需要,采用了现实主义的隐形结构,这与我对传统本身的尊重情感并不矛盾,但透过文字的表象,可以读出我对生与死的思考。我的故乡在新疆,我反对什么,或探索什么,新疆永远是我的写作领域。

向辉:关于锡伯族的西迁历史,锡伯族作家郭基南在他的长篇小说《流芳》中,已经有了蜻蜓点水般的描写,理想化的的色彩比较浓,重点歌颂了锡伯人民的民族精神和各民族人民的团结友爱,而对西迁途中的艰难困苦表现不足。而你的历史小说,有意回避重大的历史场景,给人的阅读感受是沉重的、压抑的,甚至是绝望的,请问你为什么不写一部长篇小说呢?

傅查:谢谢你的批评。在写西迁系列小说时,我把更多的笔墨放在表现西迁行程的生与死、爱与恨和家园意识,本想这样给人一种心灵在场的阅读感受，结果失败了。失败的感觉很微妙，它至少让你变得清醒。对待这样的历史题材，不能太理智，更不应该把很多主观的个人情感因素投入于这个历史背景之中。为了描述启程前的生死离别，我甚至用原始思维捕捉了一场又一场令人心颤的小说细节，有意避开宏观的大叙述，以达到我所期望的故事美学的境界。长期以来，我一直不敢用长篇小说来表现锡伯族的西迁历史，去年秋天，《当代》杂志的一个副主编与我交流时，他非常赞成我的观点。所以说，我对历史题材没有强烈的写作冲动。

向辉：通过西迁这个内在的历史流程，你将哭婚的，带上家乡的南瓜籽的、半途逃跑的、或绝望而自杀的细节，加以变形、夸大和扭曲，重现了遥远的西迁历史（《大迁徙》）；在《跟着夕阳去》和《荒原上的欲望》中 ，你向读者阐述了饥饿感和死亡意识，通过难产而死的妇女，饿死的士兵，在瘟疫中死去的父老乡亲，同样也通过自杀的或逃跑的反常细节，把读者引向了更宽更深的生存意义上的精神状态。当然，你在表现这种民族苦难的同时，也没有忘记表现锡伯族民族的爱国意识和坚韧的民族精神（作品的风格是凄凉、哀婉、厚重的）。在你的部分中篇小说里，从表现的主题来看，就像乔伊斯那样，更多地选择和描写了人物的各种心理活动和人性冲突。

傅查：是这样，那时我很率真，以心赶路，可现在却成了一个怀疑主义者。我怀疑过去的人和事，怀疑现在的一切，也怀疑我自己，所以我善于发现问题，生活中各种问题，使我受累不堪，在疲惫状态中，我依然能够找到解决问题的办法。我本来想理智地对待各种时代问题，对自己这一代所面临的时代使命十分清楚，我在长篇小说《毛病》中借主人公之嘴说："这是一个直奔主题的时代"，正因为我意识到这种时代变迁，所以对人性充满着怀疑，这种怀疑是错综复杂的，充满了愤怒和反思。我说的愤怒，是指美学意义上的愤怒，不是指原始初民的仇视心态。

向辉：你曾说过这样一句话："一个有社会良知的作家，不能没有愤怒"。你是不是一时头脑发热，无边地夸大自己的使命感和历史功绩，以此达到被人关注的目的？在《迷迷蒙蒙的田园梦》里，老公公丰鲁扎布因没有孙子，为了达到传宗接代的世俗目的，半夜里常常窜进媳妇巴颜芝的卧室里，强行与儿媳妇发生性关系，而婆婆却对乱伦行为心领神会，假装没有看见。你在这篇作品里，用乔伊斯式的自由联想、时序颠倒等表现手法，在巴颜芝的潜意识的心理活动中展示了她的不幸的命运。在作品的开头，巴颜芝瞧着乌云布满的天空，联想到天空中的雷可能是对着她的老公公来的，因为老公公正躺在床上等死。并由老公公想到半夜里的黑影，想到婆婆的处世态度，当与黑影一起生下来的白痴儿子阿吉拜出现在眼前时，她更生气，打了儿子一个耳光后，她又想起那个黑影，他钻进她的被窝里说："你应该给我们生个儿子"；之后，它想到婆婆的身世，想到自己如何受生产队长的引诱，肚子大了，父亲才把她嫁给同样是白痴的丈夫；在作品结尾，老公公死了，但她还不知道那黑影是谁，她还希望那黑影还来与她缠绵。很明显，你的愤怒，是通过隐喻、象征、暗示等方式表现的。

傅查：关于愤怒，我在前面已经解释清楚了。人活在世上，哪个不渴望被别人关注？我小时候渴望走进人群，渴望与他人交流,渴望被人爱,但后来我在人群中同样感到孤独,这说明人与人在心灵沟通上确实存在无力的一面。在《迷迷蒙蒙的田园梦》中,我避免主观人格的介入,不在作品中谈论是非曲直,在意识流的自由空间里,发挥了自由联想的特点,一会儿现在,一会儿将来,一会儿过去,时序颠倒,互相渗透,充分地把人物的潜意识展示出来。而我的愤怒呢,源于物质时代的人性恶。在现实生活中,人们总不能长期处在愤怒状态,所以用幽默替代愤怒,以一条手机短信为例:"听说你早上倒垃圾,不慎掉进垃圾坑里,怎么也爬不上来,正好过来一个捡破烂的老头,伸手把你拉上来,然后不无遗憾地说:'城里人真浪费,这么有味道的男人也扔了!'"

向辉:在《面临他杀的绝望里》中,"我"在梦幻中与情人相会在葡萄架下,小白蛇钻进自己的怀里,母亲骂她不要脸,而母亲由于早年守寡,常常在被窝里抚摸她,拥抱她,因此在婚姻问题上与母亲发生冲突。这篇作品用梦幻和象征,揭示了人最隐蔽的内心世界。在《人的故事》中,以给儿子送葬为线索,以棺材、送葬、坟地、埋葬、色彩为切入点,充分描绘了主人公的复杂心理和性压抑,以及特殊时代的人格丧失,表现了"我"由于"文化大革命"的残酷斗争所造成的"异化"、受挫的爱情和婚姻方面的悲剧。人物"独白",也是你常用的手法,在《微笑与眼泪》中,小说人物的内心独白贯穿全篇,作品中的"我",以"我嫁给你已有三个多月了"开头,而后常常以"我时常想"、"你怎么样"等类似句子作为每段的起始句,历数自己与丈夫恋爱、结婚、矛盾的心理过程;又以"可怜的玲子"等类似的自我独白,表现朋友对她的婚姻的不同的看法;

中间又插入“你为什么不要我?”“玉芳怎么样”等类似句子,交待“我”在与丈夫结婚前,丈夫曾经与玉芳有过一段感情的纠葛。

傅查:我把自己所处的时代,看成一个万象更新的觉醒时代,是一个朝着更为完整的、准备向未来过渡的时代。在这样的特殊时期,人们的物质欲望、审美价值、家庭观念,都在发生着变化,我这里还有一条手机短信,体现了物质时代的精神特征:“美女感叹男人——有才华的男人长得丑,长得帅的挣钱少,挣钱多的不顾家,顾了家的没出息,有出息的不浪漫,会浪漫的靠不住,靠得住的又窝囊。”我认为作家不能只顾写作,要关注社会,体悟现代人的心灵感受,探索人性的复杂因素。我只不过是顺应历史趋向的思想者,我承担着破坏、探索、开拓和创作的责任与使命。

向辉:受《都柏林人》的启示,你将自己的家乡察布查尔起名为巴库。在巴库这个地方演绎家乡人民的故事。你虽然没有把重点放在民族劣根性的阐释上,但你在揭示民族的集体无意识时,反映了几千年来民族心理的积淀。这里既有民族的进取、坚韧的精神、爱国意识、勤劳和勇敢,又有保守、自私和人性的丑恶,原始宗教遗留下来的愚昧和迷信,以及在时代变迁中出现的种种心理矛盾。在表现本民族和家乡人的人性时,你与乔伊斯、福克纳是相似的,坦率地描写一些人物的复杂心理和性行为。正如你自己所说:“我非常注重人的意识和肉体的实际经历。”

傅查:你在大上海,没法感受我家乡的原始痛感,那里人的关系与距离,就像一根绳子系着人的生命。一种距离,象征多重关系,办什么事都靠关系,没出息的人也照样活得很自在。这就是我家乡的传统,正确地认识这种传统,激烈地批判这种传统,寄希望于发展中的未来,已经成为我在传统之中迎浪搏击的坐标。我认为,现代人在着眼于现时的反传统时,之所以抛开过去时代的传统价值,是因为我们的历史感体现在现有与未来的认识维度之上。我开始创作的时候正是"文革"结束后的中国现实,也是西方各种文艺思潮被引进中国大陆的时候,虽然东西方文学的同步性决定了两种现代意识的互渗,但从本质上看,我还是扎根于新疆的民族文化心理深处,在创作上表现出与众不同的个人经验。

向辉:你往往捕捉一些变态人物的心理,特殊时代的人性裂变。比如在《解决》这篇中篇小说里,由于阿古古要与老婆奇梅离婚,奇梅怀着对破坏他们家庭的村长哈福和阿古古的情人巴颜花的恨疯疯癫癫地走到村巷,一边朝巴颜花家走,一边高声喊着唱着:"我要离婚去,气死哈福,我要离婚去气死哈福啊哈气死哈福好极啦三大纪律八项注意一二三四敬爱的毛主席我们心中的红太阳啊哈我要离婚去气死哈福大刀向鬼子们的头上砍去冲啊杀啊没有共产党就没有新中国没有共产党就没有新中国……"这段无标点句子,比较恰当地表现了奇梅在极度的心理狂乱中的思想感情。话中的内容,正反映了作品所表现的时代的特征。

傅查:每个人身上都具有时代特征,孔子身上有孔子时代的特征,鲁迅身上有鲁迅时代的特征,所以在《老树林子》这篇作品里,为了表现巴梅因阿吉拜跳神惨死又找不到黑娃所带来的痛苦,我在她的梦话中使用了无标点的叙述方法:"你叫我在这里安安静静躺着让我就这样躺着等你来。要不然他会看见我但是我不起来黑娃我不会死你说是不是你上那儿去啦他们把你藏起来了吗他们这是犯罪可我像你一样无罪你可以问问你爸爸他不让我出去你上那儿去啦……”这类叙述方式,是根据小说人物的心理变化,或只能在意识错乱时才能运用。你的阐释完全正确。

向辉:我在读你的小说时,给我的感觉是它是民族的、地域的。作为中华民族的少数民族之一的锡伯族,他们的声音笑貌,言谈举止,心理特征,宗教积淀,风俗习惯,都是锡伯族独有的,你把我引入一个坐落在伊犁河畔察布查尔(巴库)这个美丽的地方,那里的老树林,那里的水,那里的村巷,那里的土屋,特别是你的小说人物,都给了我很深的印象。

傅查:面对传统与未来,我深感自己很渺小,甚至一个民族的渺小,因此我曾说过“我的写作没有局限于锡伯族这个名词的表层意义上”的话,这是把握精神世界的自我感受,与国内新一代作家对历史使命的清醒认识是相吻合的,我没有把自己看成是扭转乾坤的精神领袖,也决不认为自己能够取代某个文学领域的制高点。

向辉:这本身就是现代人自知与自信的表现。如果在历史和传统面前缺乏这样一种自知和自信,梦想靠自我虚构的力量去向整个历史传统宣战的话,个人意识难免成为一种虚妄。

傅查:是的,现代人忙于看电视,或在电脑上玩游戏,看文学作品的人越来越少了,收音机、电视、电影、流行音乐、包括因特网，已经构成人们想象性的世界，直接决定着人们的精神风貌和价值观念，当然也支配着他们的情感世界。因此，我们所面临的问题，不仅是文学的问题，而是比文学更重要的问题。

第四部

1. 谢有顺的附庸风雅

向辉:最近几年来,国内的文学批评,正在渐渐转向一种“下三流”的胡乱吹捧。中国当代文学在相当程度上是西方现代文学的翻版和摹仿,像陈忠实的《白鹿原》、莫言的《红高粱家族》和余华的《活着》等作品里,都充盈着解读外国文学之后,阐释的焦虑,书写的苦难,语码的移植,甚至误解并重造一个“中国故事”的戏仿痕迹。这一后殖民话语的尴尬处境,决定了中国作家难以超越西方作家的普遍的焦虑心态。处在这样一种文化身份和价值认同的夹缝中的中国作家,还能写出让人怦然心动的好作品?把一种无可奈何的次等文化情绪漫延周遭,并通过作品转嫁于广大人民和整个社会,其意义和价值何在?而当下的文学批评,注重在强调风格、形式、游戏、面子、希望和平面等多元化的价值观时,许多人的生存状态是由“面子哲学”支撑着，对余华之类“先锋作家”的赞美，几乎众口一词，理论的深邃与博大，实在让人晕头转向，而对王朔之类“痞子作家”的批评，真是万众一心，血口喷人。

傅查：对于中国人的“面子哲学”，美国公理会传教士明恩溥曾说过这样的话：“面子就是一把钥匙，可以打开中国人许多重要素质这把号码锁。”“面子的运作原则和这个原则带来的成就，西方人通常完全不能理解，他们总是忘记戏剧因素，误入无足轻重的事实领域之中。”从这一文化现象说起，尽管没有一个人成心去媚俗，反抗大众趣味，不想取悦大众。但由于大众的世俗化倾向和大众化成为主流的同时，那种特别宽容的“面子哲学”，通过商业操作和包装，把你变成流行的东西，由极端的反抗变成主流的消费和享乐。任何一个崇高的中国作家、学者和批评家，一旦进入商业渠道，就会变成大众文化时尚的附庸者，就会丧失原有的尊容，而谎言与无耻却成了当下某些作家和伪批评家的最基本的生存策略与技巧。像有些作家的作品，其合法性好像是建立在社会政治理论基础上，对于庞大的消费群体来说，他们的作品让大众喜欢，成为“人民”的消费产品。所以，这类作家创作目的是建立在“拜金主义”的世俗意识上，成为一种强大的异化力量，腐蚀着“人民”的思维模式和审美情趣。赛珍珠说：“精神上和物质上一样，中国乃被动地铸下了一个大漏洞，做一个譬喻来说，他们乃就从旧式的公路阶段一跃到了航空时代。这个漏洞未免太大了，心智之力不足以补苴之。他们的灵魂乃迷惘于这种矛盾里面了。”

向辉：在这个意义上，国内批评家们虽然改变了传统的批评模式和存在方式,但都紧紧围绕着“面子哲学”和“讨好市场”这两个世俗哲学而旋转,即用华丽的雅语做着讨好大众的俗事(也讨好作家和图书市场)。以谢有顺为例,他有时偏重主观而煽情的评述,有时则显示客观而冷静的剖析(仅仅在著书立名之前是这样的);他的文章写得很圆滑,不仅给足了作家面子,而且还讨好市场和媒体。从表面上来讲,他的评论文章看似都很有锋芒,语言本身也得到过学理方面的修正,但实际上他的解构与阐释,是一种添彩的、恭维的和喜庆的,甚至是拍马屁的,充当了突出主观感受为表现形式的“新生代”或“美女作家”的吹鼓手。他的理论看似较为充实,有后现代批评家所讲究的气象,仿佛沉浸在亲切而洒脱的美感境界之中;有时还重于思辨,着眼于理论本身的系统化和体系性。但是,他的批评却更多地是稚拙、清新而失之浮浅,断然宣称他是国内最年轻最成熟的“新尖”评论家,显然不够慎重。主观偏好和臆想,恰恰是他对自身的客观属性决定了感情洋溢的批评途径,他的文学判断既有智性的“理论联系实际”,也有感性的直观活动。然而,他不了解作家们具体的审美感受,自然就难以透彻地理解作家们的艺术表达、文学主张的真正内涵,他试图解构中国新一代作家的群体真相。其实,他走进了大众化圈子,废弃了自己的学术立场、批评精神和公正性,所以他的批评话语,给人一种揩了点世俗之油后的“和风细雨”,或尝到了大众文化之甜头的“和颜悦色”之感。

傅查:谢有顺的前期批评,很有力度和见解,后来却倾向于对权力的恭顺和依赖,他注重概念和态度,除了华丽的雅语和溢美之词外,没见他有多少“新锐”。在他的批评话语背后,蕴藏着的深微的“交叉共识”,注重繁复的逻辑推断,致力于具象扣合。在他眼里,大众与精英之间有一种通体透明的生态平衡。从功利的角度讲,他缺乏一种在评析中体察作品具体的美感态度,如果没有审美感受和美感实质,怎么可能获得切实可行的神会,从而做出冷静而中肯的评价呢?他的视力像蜻蜓点水似地停留于意义的表层,给人一种与批评相脱节的感觉。在他的判断背后,我们可以领略他的感情体验,生活情趣,以及心灵的颤动和气质的闪光。但他还制造过一哄而起的"文学事件",让那些"新生代"和"美女作家"们,看了这个"新尖"批评家的文字,感到过年或结婚一样高兴。所以说,"讨好批评"已经成了这个媚俗社会的主流。

向辉:文学是由多种要素按一定的结构组合而成的。在具体的文学实践和文学作品中,它会根据各种需要而强化其某一侧面,突出某一特征,呈现出本身的开放性和多元性。我们从西方批评主流中看到,淡泊名利不是做给社会看的,而是一种社会良知和道德品质。这几年,从王一川、陈晓明、王宁、张法、王岳川等人的研究西方现代美学、后现代理论著作中看到,在20世纪末具有世界性影响的西方批评家中,几乎无一例外地改变了其传统的存在方式,不再紧紧围绕着作家和文学传统、社会生活和文化背景这三个符号建筑而旋转,而是与文学文本中所蕴含的意识形态、欲望结构和文化幻象相联系。比如,马尔库塞、阿尔都塞、福柯等人,都阐释过文学现代性形态的多元性。提出知识权力和语言权力的人是福柯,他具有极强的颠覆性,对知识权力和政治权力倾注过未曾有过的关注。而在中国,从遥远的汉代的"独尊儒术"开始,知识权力就跟政治权力联姻。这里可以贾平凹为例来说明,他过去是一个"寒门贫娃",是一个"有诗意境界的和充满做人智慧的"陕西穷人;而出名后的贾平凹在文坛上有了一定的政治地位,心态则越来越坏,他现在已经变成了一个集仕途幻想、金钱、奢华生活和美色于一身的人,不再是有什么志气或朴素本性的"寒门贫娃"了。他在《浮躁》、《废都》和《怀念狼》等作品中所表现的一切,归根到底不过是一种对后技术文明的抗拒、轻视和辱骂而已——从"寒门贫娃"一下子沦落为"色情作家"。究其原因,就是受压抑而产生了"下流的想法",因而达到了"色情著述"的高潮,接下来这个愤愤不平的"农民作家",由于越来越大的名气和话语权力,开始明目张胆地腐蚀起别人来了。

傅查:我们不妨看看他在《北京晚报》上发表的一段文字:"当谢有顺在《小说评论》的专栏文章一篇篇发出来的时候,我到处打问着:这是谁?他终于从咸阳机场的大门里出来了,一个年轻得连胡须还没有长黑的后生,站在了面前,那一瞬间里我是哦了一声,如突然被谁撞了腰。我不是不服人的人,也不是见人便服者,但从那以后,我是那样地喜欢和尊敬着这个南方的小伙……我之所以为谢有顺的出现而激动,是他的那一种大方的品格,他或许还没有飞到一种高度,但他是鹰,一定会飞得很高。前卫而不浮华,尖锐又不偏狭。如果说北方的评论家沉厚,注重于写什么,南方的评论家新颖,注重于怎么写,谢有顺却汇合了他们的长处,酝酿和发展着自己的气象。我和许多作家不止一次地交谈过,他是有着对创作的一种感觉,所以他的文章对创作者有一种实在的启发。这个夏天,我有幸地读到了《活在真实中》一书,如此集中再读,该痛快时真痛快,该思索时就慢嚼,一边有'目当暗处能生明'

之喜，一边却也生出‘既生瑜尔何生亮’之怨。我是一个作家，他是一个评论家，我早已中年，他尚还青年，即使指天上的一朵白云，我也用不着慷慨赠他的，但我哪里又能对涌来的明月不说声感谢呢？因为我们都是文人，同样面对的是‘永恒的和没有永恒’的中国当代文学。”（《活在真实中——该痛快时真痛快！》）

向辉：可悲的是，国内最年轻的“新锐”文学评论家谢有顺正是被贾平凹腐蚀掉了，他开始享受起贾平凹主编的《美文》杂志的专栏作家的待遇。这种“被贾平凹牵着鼻子走”的批评，直接导致了当代文学“面子化”、“讨好化”、“平庸化”以及对琐碎日常生活的变态迷恋。当代文学批评中的“面子化”现象，与中国人的圆滑之道密切相关，在这种彼此顾面子和相濡以沫的结构关系中，文学评论家不再承担其社会道义与历史责任，而是越来越深度地沉醉于一种“友情吹捧”的阐释快感中；而文学界权力机构则给这样的评论家颁发所谓的“青年评论家”奖。

傅查：谢有顺在《散文之悟——以贾平凹为例》一文中，把文坛上活跃的作家都界定为“他们是在一条路上把文字给写死了”之后，说自己“更看重的是另外一些作家，他们一直以自己的文字事实在文坛坚硬地存在着，你却很难给他归类，只知道，他们的写作努力，好像仅仅是为了制服自己躁动的灵魂，为了平息自己内心的不安；他们是在与写作的斗争中赋予了文字不息的美、力量和精神……贾平凹也属于这类作家”。

向辉：在这里，谢有顺已经流露出他对文学现代性判断的立场和局限,在此意义上,他改变了以往的批评态度,充当了世俗意识的附庸者,从此丧失了一个"新锐"评论家的素质、价值和人格。他这样评价贾平凹说:"无论是他的小说还是散文,他应用的都是最中国化的思维和语言,探查的却是很有现代感的精神真相,他是真正写出了中国人的感觉和味道的现代作家,仅凭这一点,你就不得不承认,贾平凹身上有着不同凡响的东西。"为了提升贾平凹的价值,谢有顺援引了中外很多作家的名字和名言,比如,三毛、福斯特、余华、卡夫卡、辛格等等,然后他又写道:"他(贾平凹)是赋予了散文以丰富的血肉的,他不凌空蹈虚,而是从平常心出发,以细节和事实见出精神的底色。"

傅查:文学批评中的"面子哲学",把文学创作与一般处世之道的媚俗关系混淆了,而对文学自身特性注意不够,这说明文学批评的公正性、学术性和合理性,却被不适宜于文学批评的世俗意识淹没殆尽了。这一现象告诉我们,中国当代文学批评,还没有形成一个公正评价标准的学术平台。

2. 刘亮程的过渡性顽念写作

向辉:最近几年,不同类别的作家和批评家活跃在文坛,写出了值得揣摩和推敲的作品。然而,作为特殊文本和意义实践的文学本身,使每个人产生不同的兴趣,任何人都不能将其置身于一种严密的理论整体之中。更有可能的是,尤其是在作家身上,即在一个对周围的事物具有过分敏感的人身上,一个社会的不正常状态,或多或少反映在其作品之中。想起刘亮程的过渡性写作,我想到了福柯的笑声,博尔赫斯的作品的某一段落，构成了他书写《词与物》的诞生地。福柯这样写道："《词与物》这本书诞生于阅读这个段落时发出的笑声，这种笑声动摇了我的思想所有熟悉的东西，这种思想具有我们的时代和我们的地理的特征。"

傅查：活跃在散文界的刘亮程，就是诞生于一种顽念结构中的怪胎。我甚至可以认为，刘亮程天生具有一整套个人顽念，他处于一种与那些为了重续潜藏的梦而抛弃都市失意之感的精神受挫者较为相似的境地。不可思议的是，他的散文在中国文坛产生了一种莫名的默契，一种滑稽的共鸣，甚至一些资深评论家以极具说明力的方式与他对话，以一种个人幻觉和制度话语交融的方法同他对话，这不仅仅是为了解构一本叫《一个人的村庄》的书，而是在文学结构方面，在主观的中心视觉的分裂过程中，以典型的方式表现出来的特殊语境下，文学的社会功能让位于文学的游戏功能，因此有些人把刘亮程吹得天花乱坠，并称其为"20 世纪中国最后一个散文家"，还将他定位于"自然之子"的行列。

向辉：我认为，不管资深评论家们的观点如何高深莫测，应该清楚的是，刘亮程并不是一个超然的天才怪胎，这并不是说你不把他放在眼里，比他有才华，抱负比他更大，而是意味着同样的绝境，意味着包含某种文明的同一结构过程。R·巴特在他的《零度写作》中指出："文学的单一功能已经消失了，因为人们不再觉得文学是一种特殊的社会交流方式，而是一种确切的、深刻的、充满隐密的言语，它像梦幻，同时又像是威胁。"因此，意义的表达，已使文学产生意义的方式而降至中介地位。然而这两年来，不论是在边缘的新疆，还是在"能人云集”的北京，不知有多少饱学之士问过你同样一个有趣的问题：“刘亮程果真达到了‘自然之子’的思想境界了吗?”你对刘亮程的反驳，就是来自这些学者们的同声相求。当然，你和刘亮程是数十年的文友，将朋友的作品作为批判课题，自然是一件冒险的事。梅洛·庞蒂说：“我们所想说出的并非摆在我们面前，超越一切言辞，仿佛一种纯粹的意义——我们仅仅生活在已经道出的那种剩余之上。”中国当代文学的批评话语和意识形态的新范畴，是由李陀、雷达、王干、王晓明、李敬泽、葛红兵等人提供的，这种批评理念的抽象特征，在写过《谁的人类》的那个李锐身上再度体现，虽然后者为文学批评引入了一种更为广阔的人文理念，或者说是一种精神存在的实际经验，这很可能过渡到一种社会学观念，但李锐在无意中重复了前人的努力，在他的《走进绿洲》里，为刘亮程的《一个人的村庄》提供了一种特别重要的撒娇舞台。

傅查：20世纪最后一年，在新疆出现了“晚报文体”惯用语作家刘亮程，他又可称为江郎才尽的新疆新一代边塞诗人，他那走红的散文，只不过把原来写的诗歌转换成另一种叙述话语，即把诗歌转换成新散文的时髦文体。从文化学的角度来看，刘亮程散文作品统一性的问题是极为复杂的。例如，可以肯定，那种对我们理解或解释《一个人的村庄》显得非常重要的学者化的判断，对于这部作品来说不可能具有同样价值。另外，刘亮程的散文并不是一种独立的文化现象，但有些人似乎犯了一个方法论和历史的错误。事实上，刘亮程的《一个人的村庄》并不深刻，它只是摧毁传统的制度话语基础上的更为广泛的过程中的现象之一。因此，他的写作应该追溯到为了平息自己的内心不安，制服自己灵魂骚动的行为结构上，然而李锐们以空前庞大的阵容,给中国大众树立了一个"自然之子"的虚无形象,李锐先生这样说道:"他(刘亮程)把尊严和美丽只给予生命,给予自然,而从不给予蹂躏生命的社会和历史,从不给予误会了人的'文明',他从来不以生命的被侮辱被蹂躏来印证社会和历史的'深刻'——他对人柔情似水,他对生命深沉博大之爱与天地如一。于是有了这位自然之子。于是有了这些朴素旷远的文字。这是一个唯美的理想者。这是一个大漠孤烟的表达者……"

向辉:这段文字使我想起了罗布·格里耶的《去年在马里昂巴德》里的一句话:"在这个封闭的、令人窒息的天地里,人和物好像都是某种魔力的宰割者……"我们在刘亮程的作品中只选取一个参照物:《通驴性的人》,不是叙述话语,而是文本的结构,就可以十分概括地把刘亮程的散文世界归纳为一个封闭结构,其中价值观和驴们狗们占据支配地位。然而在有些人眼里,他突然间达到了海德格尔的那种"宇宙即吾心,吾心即宇宙"的思想境界,问题在于,熟悉刘亮程的人是不是把这些评价当一回事呢?刘亮程是不是像古代先知一样有此天地而达到哲学境界了呢?

傅查:古今中外都有人从宇宙抽象概念来解构可视世界,各科学都在此一理念的世界中自划范围,并把登堂入室的人隔在门外。刘亮程并不是隔在门外的自然之子,却不断有人包装刘亮程,评价他的《一个人的村庄》,满眼尽是过于温馨的溢美之词,则不断打破审美界限,连登堂入室的门限也把不住。就写作来说,尽管刘亮程从不回避信仰的价值,但他以日臻形成的个人话语代表中国九亿农民,以浑然天成的文字,训练有素而又不受限制的思维，站在知识爆炸时代的差异与冲突的边缘地带，以个人观察、感受、想象和反思经验，向科学系统和城市文明撒野，向睿智的知识阶层撒娇，成为农业革命的最后一个守望者和标榜者，而不是林贤治先生所谓的"20世纪中国最后一个散文家"，只是中国文坛又多了一个在基本信仰上无所秉持的，在审美价值问题上要滑头的文化人。在他的《一个人的村庄》中，处处都能读到这样势利地讥笑、嘲讽"现代城市人"的蔑视文字："我是在路过街心花园时，一眼看见花园中冒着热气的一堆牛粪。让城市能见到这种东西，我有点不敢相信，城市人怎么也对牛粪感起兴趣。""我沉默不语，偶尔在城市的喧嚣中发出一两声沉沉牛哞，惊动周围的人。"这不是一个来自农村的精神撒娇者，用废而蠢的个人话语，向形而上的价值观频频递送秋波吗？

向辉：在《作家通讯》上，有人谈到自己读刘亮程作品后的感受时这样说："我读到了一只蚂蚁抡起巴掌，给另一只蚂蚁狠狠一击；我读到风把人刮歪之后，人依旧想入非非，甚至想到远方成熟鲜美的女人，由此而鞭长莫及。我扔下杂志，先是哑声失笑，继而捧腹大笑。……这当然是诗，也当然是哲学，是诗意的哲学。"读了这段文字，我反而为这位读者清浅的鉴赏水平哑然失笑，为什么这么多人都会产生从众心理，更欣赏傻子般的自言自语呢？从这些观念出发，我们重新认识了刘亮程的视觉功能，这种视觉试图驯服（从字面意义上）周围的一切，对它的分析反映出病态的、强迫性的特征。愚昧而郁抑的情绪从字里行间里显示出来，对于骚动不安的刘亮程来说，这个虚构的村庄变成了人性的避难所。刘亮程恨不得把自己挤入牲畜和昆虫的行列中去，妄想从鱼肉百姓的顽恶习气中，寻找投机取巧的切入点，而他的主要目的在于倡扬这种深植于中国农民传统血脉中的愚昧基因，不在乎他自己正在充当一个“乡村广播员”的角色。而且，正是这个“乡村广播员”的梦想，方才符合“大愚若智”的自言自语。被风“吹”歪的不是人，而是人的欲望，就是弗洛伊德所说的“我们的文明必须是压抑性的”。刘亮程并没有把人类的进步观念当成不言自明的公理，以驴们狗们追求的快乐为代价，向我们传达着马尔库塞早就说过的那句话：“技术进步和社会丰裕并不必然地带来自由。”

傅查·克林斯·布鲁克斯在他的《小说鉴赏》里说：“文学作品是运行的生活的重大形象，它是生活的一种富有想象力的演出，而作为演出，它是我们自我生活的一种扩展。”刘亮程的诗歌也好，散文也好，小说也好，都一定要从自我扩展这回事中解构，他拼命糟蹋的是现代人的人格和尊严，在《一个人的村庄》里，他反复强调“在黄沙梁，做人还不如做一条狗或驴”，既然“做驴”幸福，他不想做“现代文明人”的行为就可能出自自愿。于是，我们明白了“做人”与“做驴”的奴役区别，“做驴”明白告诉我们谁是奴役驴们的主人。他从心理上仇恨和反抗这种奴役，而“做驴”的特点则是自愿被奴役，但这是刘亮程通过一种巧妙操纵而实现的奴役，他使驴们狗们自由地经受着压抑，并把压抑当作自己的生活乐趣。这论断真让人哭笑不得，他给我们传达的思想，似乎支离零乱，含糊不清。当然，刘亮程试图在信息化文明社会秩序内给农民式的幻想一席之地，怕本身就是幻想。

向辉:我们可以接过胡塞尔的“事情本身”这个理念,剖析刘亮程的审美意识及其描述的可视世界。刘亮程的作品,大致可以分为两类:一类是他早期写的淘汰了的田园诗,主要表现回归精神家园的忧患意识,这些充满女人腔的抒情诗,丝毫没能引起诗坛的关注。另一类是他的“晚报文体”的散文。在诗歌与志怪小说的疯狂杂交中,将农村闲散之辈的语言和人背马运的日常行事,加工或创造成“晚报文体”的散文,频频发表于新疆的诸报上,然后又在新疆结集出版。在销路极其不佳的尴尬情景下,他不知暗施了什么诡计,用刘邦式的治世之智慧,求得了李锐们的看好。他的散文决不是耐得住寂寞的“经典”,他也决不是满怀哲思的“乡村哲学家”,而是以一个江郎才尽的诗人的消极心态,为了供人欣赏、消遣、默契、逗乐,才写出了《人畜共住的村庄》。他的叙述话语是诗意的,文本跟志怪小说有着惊人的相似之处,因为他的许多篇散文的细节,都是在民间广泛流传的顺口溜,而刘亮程只不过是个起了个集大成者的角色。

傅查:当然,人们都承认古代志怪小说和神话传说有密切的关系,但评价上有天壤之别,认为神话是人类还不具备科学知识的远古时代对大自然和一切自然现象的理解或想象,其中也包括了人类逐步认识、征服大自然过程中的某一重要环节的折射反映。在刘亮程虚构的现代神话的事情本身中,不难看出对非理性、思想自由、精神世界的丰富多样性的崇尚和精神撒娇的特征,他不是一个知识分子,所以他不怕活在不理智的年代。

向辉:他只是一个伪装的现代农民,不光反对科学革命,反对知识分子写作,还出其不意地甩出最能表现其写作心态的一笔:书害得他丢失了自己,“读书和住旅店一样,只是短期行为。”随着研究的进展,我们将发现,在《一个人的村庄》里隐含着许多二元对立,尤其是真实与虚构、农业革命与科学革命、历史与文学的二元对立。

傅查:如果说用几个小故事把一个村庄勾勒出来是可以想象的话,那就必须在文学方面给予更为具体的体现,因此对他的散文不能以文学式的阅读来欣赏,因为《一个人的村庄》是在一种合适的市场流通意识中完成的,也是在另一个层次上将我们可以参照的神话文学的符号的主旨展示出来,这与我们的论著相比,《一个人的村庄》几乎具备了普通读者阅读的那种志怪小说的功能。所以我认为,刘亮程的文字尽管有些矫饰,尽管表现出一点卡夫卡式文风的不自觉的影响,但他没有显示出任何文学方面的抱负。他的散文写作的策略,是寻找“晚报文体”的“创新”点,以此来恢复和重现自己。这一策略本身就是一个标志,标志着他的散文创作的衰败,这种衰败起自于他顽固不化的小农意识。总之,实际上他是一个没有多少文化底蕴的作家,尽管受到莫名其妙的恩宠,但他却不认为自己是一个过渡性的作家,结果他现在变得悲观沉沦。

3. 周涛散文的历史性尴尬

向辉:人们习惯于把周涛视作余秋雨式的散文家,并对他的散文大加赞赏。其实,周涛所表现的并不是事物的内在流程,而是事物的表象,他的视野的局限,学理的不足,在他的长篇散文《游牧长城》中暴露无遗。这个书名大得出奇,其框架之大,足以让人联想起屈原的"天问"和李白的"邀月"之气势。但是,透过他的豪放、高贵、诗人气质、激扬文字的表层,周涛匮乏的恰恰是对可视世界的冷眼静观,因此他所追求的"大散文",不仅给人一种平庸感,而且给人更多的是浮动于事物表层的空洞感。

傅查:我也读过周涛的得意之作,即所谓的长篇散文《游牧长城》。在整个阅读过程中,一种上当受骗的感觉始终使我坐立不安:他受文学时尚和写作模式的影响,在"解放散文"的个人宣言名下,以他自己独有的豪放派格式,给自己营建了宽泛的物质空间,想在散文写作上再次标新立异,但由于他缺乏敏锐的洞察力和深受世俗侵蚀的散文写作时尚的影响,《游牧长城》最终以失败而告终。假如他真正起到了"精神偶像"的作用的话,一种高尚的宽容就成了为他效劳的工具。因为不论是出版者和评论家,还是作者和读者,都被引入了一个以"大散文"来虚设的陷阱里。他的《游牧长城》是在"前几年参加中央电视台的长城采访组,沿着长城到甘肃、陕西、山西三省跑了一趟"之后诞生的,是典型的"行走文学"的产物。

向辉:长城是中华民族集政治、军事、历史、文化、经济、教育、道德等多元领域的象征,古今中外诸多作家和学者,用理性的目光审视过这个古老的庞然大物,卡夫卡从来没有来过中国,当然也没有亲眼目睹过长城,但他通过短篇小说《万里长城建造时》,用深刻的寓言和哲理,揭露了秦帝国庞大的封建官僚制度和权力机构的累累罪行,表现了阶级社会里人的奴隶命运的悲剧。而周涛呢,像蜻蜓点水一样飘忽而过,他在

《甘肃篇》的开篇里游离于在民间广泛流传的顺口溜上。诸如:"河南大裤裆,买菜不用筐"、"新疆的草咋样也会日勾子哟",接着他又罗列了一系列病态的视觉景象:在瞬间里捕捉到的审美意识中,就有新疆作家赵光鸣小说中的某一段:"马还在撒尿,那个人也在撒尿。他的快活跟马的快活一样,也非常凶猛。他看见那人的尿在日光下银光闪闪,粗猛地砸在路边的白碱泡子上,溅起一片白粉。"在这篇不到两千字的小文章里,居然有八处是"我们算个球"、"你他妈驴日的"、"光是他们搞女人的事,说出来也能把你吓个跟头"、"工作队那个丫头尕屄,我实在是稀罕呢"、"耗子舔猫屄,好色不要命"、"还把你日能得不行"等下流的民间话语,周涛想通过这些百姓的日常行事和顺口溜,升华主题,或者确切一点说,他倡扬的不是什么人文关怀,而是那些一张口就闻到大粪味的"憨厚而朴实"的人的存在,不仅显得访古的轻浮,而且给阅读者以强烈的恶心感。正如他自己说的那样:"最终收获一些悲凉或尴尬,是出发时就注定的。"这对于建构《游牧长城》的历史感,是一种惨痛的失败。在我看来,周涛散文写作的意义就在这里,就是有意地显示出一个虚幻的现实图像,散文之中的叙述话语并不是来自哲思,他的文本、想象和意义的营建,都在"假大空"意义的暗中支配下展开,不仅暴露出学理的不足,实际上还暴露出他的无奈和消极心态。因此,在《陕西篇》里写到兵马俑时,他这样说道:"封建帝王用一群泥塑的士兵,一言未发,一箭未放,又一次打败了我们!而且他自己还没有出场,他深藏在高大神秘的陵墓里雄视着现实。"

傅查:在《黄河母亲》一章里,除空洞的抒情之外,还有充满诗意的议论,没有对黄河给予多元结构的观照与解构,他这样写道:“真的黄河,正乖乖地、无声地从黄河大铁桥下面流过,垂头丧气,像东北战场押送下来的国民党俘虏。”他想用修饰和比喻,亵渎苦难母亲,既没能达到亵渎的深度,又没能激怒阅读者,我们回忆一下莫言的著名小说《欢乐》就知道,亵渎也需要连续性和思想性,让人读后不禁为苦难母亲流泪。作家的思想应该像一条河流一样清晰可见,它可以曲折,但不能中断。在古老而复杂的黄河母亲面前,周涛的叙述断断续续,甚至出现了一种装腔作势的,一种对黄河母亲的不解的、困惑的和迟钝的情态。我还注意到了《游牧长城》中出现的不负责任的心态,所谓责任是作家对社会、历史和理性的使命感。但是,周涛的责任感不是虔诚的,而是带着玩世不恭的态度,因此他的写作由于不伦不类而显示出可笑的效果。他最后这样对公众说:“父亲说:别闹了,干脆修一道墙,两边分清楚,谁也别闹谁。长城诞生了——长城就是这么诞生的。它是一个大家族里隔开两个妻室纠纷的墙。”这样的结尾,既没有思想的深度,也没有起到对封建统治机构的反讽效果。

向辉:可以这么说,周涛缺乏的是冷静的思考,你不是在挑剔,而是在辩驳。显然,我们对长城并不陌生,难以接受周涛的有些论点。比如,他把北方视为“马文化”,把南方当作“牛文化”,这些不符合逻辑的观点,使他“觉得自己被长城‘关在门外’,对于历史上几千年的双方,都是一个‘感情上的背叛’:既能为‘但使龙城飞将在,不教胡马度阴山’而击节叹赏,同时又为‘失我焉支山,使妇女无颜色;失我祁连山,使我六畜不蕃息’而悲愤填膺……”(绿原语)他借抒情才能,把诗和散文混淆起来,使叙述显得吞吞吐吐,只注重片面性想象的张力，却忽视了个人、民族、国家这些不同的概念，因此他能够斗胆说出："皇帝算个球！"被类似狂妄的话语与激情支撑的《游牧长城》，显然无法再现"新边塞诗"式的异常辉煌。

傅查：在《教授》一篇里，他的笔触停留在那个长城学家的表面上，没有理性的深入，显得很肤浅。从中我们可以看到一种看待世界的态度，在明亮的抒情中，忽视了学者们对长城的阐释体系和理论体系，想用幻觉式的想象，写出一部超越文化环境而横空出世的经典作品，恐怕这本身就是一种幻觉。特别是在《那个人究竟想了些什么》一章里，周涛没有正面回答一个西方姑娘的理性问题，也没有思考西方人为什么一谈到中国文化，就把目光投向遥远的古代，而自言自语说："这位统一中国的第一位帝王当时决心破土，脑子里一定塞满了三个字'足够了'。"在马鸿良教授的推荐下，周涛果真见到了一位叫瑞支娜的德国女留学生，他不但没有回答瑞支娜提出来的问题，而且在他回答不出来的时候，却这样轻松地写道："她丝毫也不漂亮，而且不性感，显然一个普通极了的西德姑娘。但是她那一双蓝眼睛咄咄逼人，毫不躲闪地直视着你，里面流露出对古老东方帝国后裔们的蔑视。"他的清浅、视野的局限，知识结构的单一，在西方理性思维面前显得一目了然。在整个《游牧长城》中，一连串的空话，仿佛在为自己写一份文学备忘录，并非为了勾勒一幅悲观的历史图景，没有审美标准、趣味和尺度，只有线性现实景观的构造，并参与了"作为中国的活在今天的人，难道还不该读懂长城么？"口号式的呼喊与恳求，比如像《武威并不威武》、《病理研究》、《河西走廊》、《宝马种种》、《战争总结》等篇章，既像物质欲望，又像仕途幻想，是多余的败笔。从批判理性角度上说，与其说从纯粹的文学角度判断《游牧长城》,不如认真分析这部作品是在什么背景下面形成的,它的价值与社会、历史具有什么样的关系。

向辉:所谓的经典之作,是跟作家的哲学思想和阐释体系是分不开的,萨特说卡夫卡是写出不可企及的超然存在的小说家;对卡夫卡来说,宇宙间充满了我们无法理解的信号,人生舞台布景的反面呈现出另一个天地。想起卡夫卡对中国长城的评价,周涛便从"感性的天梯"上跌下来,并且彻底丢失了自己。卡夫卡这样说道:"皇帝存心要干某种没有实际价值的事,但还从其他方面为自己找理由。"卡夫卡还说:"然而,在我看来恰恰是有关帝国的问题应该去问一问老百姓,因为他们才是帝国的最后的支柱呢。"我们再看看周涛是怎样精心排列他的文字的,这真是一种封闭的模式、热情、习惯、兴趣:"看看长城,每一砖、每一堞,多么艰辛!多么艰辛地、蜿蜒地、充满暗示地从岁月的深处爬过来,一身残损、满面风尘。"这种阐述意志只不过是一种不连贯的能力,可以让他短暂地逃逸,但什么也创造不出来,除非只写出一些没有价值的事件来。

傅查:周涛的《游牧长城》本是一部向"大散文"过渡或迈进的一种难得的尝试。他在后记中说,长城的某种神秘的力量进入了他的感情:"我想写一次大块文章,我想试试我能不能写得了十万字……我是一个急于见到效果的人,一个缺乏计划性、容易顺随感情的人……"这真是一语道破了他急于求成的写作态度。可是,我读完《游牧长城》后深感失望;我没有被他的哪段文字吸引过,也没有看出他有超众的才华和情怀。我甚至边读边打哈欠，特别是当我读到类似于“长城是一条凝固的黄河；黄河是一道流动的长城”、“长城是成了精的土墙”、“被长城这张巨弩射出动的也罢；被长城的带弧度的尾巴甩出动的也罢”等标语式的句子时，我就觉得那些资深论家所说的“南余北周”、“独树一帜”、“全面与成熟”、“新疆只有一个周涛就足够了”等等言论，都被周涛外在夺目的强烈风格，迷住了心窍，同时也包含了各种极为复杂的理论动作，因此善意地宽容了周涛的另一些纰漏和缺陷。

向辉：在贾平凹主编的《美文》杂志上，谢有顺说周涛是一个失败者，这话不错。周涛急于成名，小题大做，不仅糊弄读者，也糊弄他自己，也可以这样说，《游牧长城》像一辆散了架的空空荡荡的马车，或是一马车燃不起火焰的湿柴。可是，他的另一面已经从激扬的描写和浅薄的定义中消失了，因为他的词语只停留在物质时空的表象，下笔如醉酒，文思时粗时劣，结构零乱，显得像干草般平庸，空洞得像扔掉的旧马靴。如果富有想象力的词，能够穿透物的表象，或者说物接受了词，空泛的抒情便消失了。如果坚硬的物拒绝了词，说明他的哲思还不具备张力，那么周涛便是雨做的云，或是词不达意。比如写莫高窟时，他说：“五百个洞窟像五百只佛眼无声地望着我……是那样一种随时可能被重新埋没的永恒，又是一种因了极其偶然的原因才得重新辉煌的安详。”这是一种波德莱尔式的情怀，这种情怀是病态的，虚弱的，拾垃圾似的，它唯一的力量是虚无的“大境界”和“大乐趣”，但它又是无病呻吟的，因为他用粗犷、剽悍、痴迷、深奥的象形文字来掩饰了学理的清浅。这就是我们从他的《游牧长城》中看到的周涛。

傅查:从某种意义上说,压抑着周涛的天性,即他为之挣扎不息的天性,是在他心里自然形成的,是他自己发表演说或宣言时应当有的,并且在《游牧长城》中以失败而告终。谢有顺正是在这个意义说:"令我感到奇怪的是,周涛的散文居然也被划归到了大散文的行列中,甚至为此还有'南余北周'的说法。……从如此粗糙的名命中,我们不难发现当代文学潜藏的混乱情形。"当我们读周涛的作品时,透过诗人的大话和空话的表象,可以发现他内心的苍白无力的一面。然而,说到底,视野的局限使他的抒情往往过于平淡,缺乏理性的判断和思考,更多的是臆想出来的与精神撒娇想联系的、反对知识分子写作的平庸态度。尽管《游牧长城》的主题看来是庞大的,激扬而凌厉的文字,以及赤裸的自然的风致,颇得了一些读者的好评,我们也不妨暂时承认他作出了散文写作上探索的努力吧,只要他得到大众的溢美之词就足够了。

向辉:周涛先生的散文,不过是普通家畜和野兽的那种小碎片式的风情画。严格地说,这些作品的总和,还不如卡夫卡的一篇千字散文《桥》;《游牧长城》是他向大叙述过渡的写作尝试,看似充满"宽阔而深沉、崇高而庄重、密致而复杂的感情机制",当我们想知道他对长城的审视与反思时,他往往向读者提出一连串不伦不类的问题:"长城是什么""中国人是什么?"、"这还不够你好好琢磨一阵子吗?""莫高窟,你所说的莫高是一种对世人的警诫呢,还是对自身赞许?"类似的疑问句足有八十多个,这的确是周涛式的散文风格。谢有顺在他的《散文之大——以周涛为例》一文中这样写道:"我当然知道,周涛在散文上也曾作过追求'大'的努力,但坦率地说,他的努力并不成功。人们常说的大散文，需要的是有深度的哲思，而非周涛这种淡定的情思；在语言上，它要的是那种有内在前进力度的语言，而不是周涛这种静而松弛的语言。遗憾的是，周涛自己在这点上似乎还没有足够的自觉。他大概受外面的声音影响太大，容易迷失在这种散文之'大'里，这从《游牧长城》和《山河判断》这样的书名，就可以看出无论是作者还是读者，都陷入了一个误区，以为散文的'大'，是指作家所关注的物质时空的'大'；其实，散文真正意思上的'大'，指的是精神空间、思想境界的开阔和深邃。如果一个作家没有这种思想的能力，却硬要去把握一个大的题材，最终除了'空'之外，我估计不会有其他的收获。"

傅查：这样的失败，或许能提醒更多的人：不论写什么，都不能过于轻松，如果没有深度的哲思，至少要保持一点美学上的距离。康定斯基说，艺术就像在海水里游泳，你一时不挣扎就会淹死。周涛先生的挣扎到此并没有结束，他喜欢像无用的一阵风，从长城边刮过，就像醉汉提起一条裤腿，向过路的女人展示自己腿上的毛，他对这样的现实人事是很有好感的。一旦他认为"长城是一个伟大的阴影"时，写作的欲望就离开长城，像怕冷的蛇一样游到老百姓的顽恶习气当中去了。"你看这里的人憨厚极了，老实极了，但是谁也没有他们浪漫得很、风流得透彻；这些土著唱出来的情歌，能把最疯狂的摇滚歌星吓得从台上栽下来。"不妨我在这里摘一首：

给五两银子你住下，
天还没亮你又要走哪搭？
白生生的大腿红丢丢的屄，

这么好的东西还维不住你?

这就是典型的过度升华,是周涛始终朝着“大散文”方向迈进的努力奋发。一个作家不能用这种低级趣味的流氓小调来作茧自缚,也不能当成一种审美价值的反击手段,而周涛却说:“最坚决而无声的反抗,恰恰就在这些‘淫荡’的民歌里,而不是什么‘口号’。最坚韧而深刻的对抗,往往就在这类‘露骨’的山曲里,并不是什么‘标语’。”在周涛这篇长篇散文的探索有时显得很差的作品中,现实人事代表了超自然的力量,一种斑驳庞杂的悖论式情境,使他尝试勾勒长城这一历史图像时,无论是试图从宏观上审视全景式的精神图像,还是仅仅从微观上提供一份碎片式的素描的个人,都力不胜任。

向辉:面对长城,我们不妨回忆一下,博尔赫斯向读者提到长城可能是“目前和今后在我无缘见到的土地上投下影子的长城,是一位命令世上最谦恭的民族焚毁他过去历史的恺撒的影子;我们这个想法可能是自发的,与猜测无关”时,他是那么敏锐而小心谨慎。他竭力避免自己盲目猜测这一点,而是通过自发的想法,说出“是一位命令世上最谦恭的民族焚毁他过去历史的恺撒的影子”,这几个明确无误的字眼显得很生动感人。而周涛绝非如此,他四处游说他在审视长城,喊几声:“长城啊,我的祖先是怎样地不情愿修你啊!”然后把审视的钥匙突然又交给读者。我认为,周涛没有权利信口开河地下这样武断的评语,他可以从多元角度重新解构长城,就像博尔赫斯一样冷眼静观,他在《长城与书》一文中这样写道:“给菜圃或花筑一道围墙是常有的事;要把一个帝国用城墙围起来就不一般了。企图使具有最悠久传统的种族放弃对过去的记忆也不是一桩小事,不论他的过去是神话还是现实。当始皇帝下令历史以他为起点时,中国人已经有三千年文字记载历史了。”而周涛时常在他的散文里塞进一些空洞的议论,以此来提升主题,这说明他并没有像他理应做到的那样去理解长城。他在写作之前,就把《游牧长城》的大框架构思定型了,并强迫自己以后应当这样或那样。用口号或标语式的个人话语,解构了长城的本质,但没说清楚长城的本质什么,最深的本质是什么。

傅查:一个容易被人忽略的事实是,精神撒娇同样对周涛进行着侵蚀。这种侵蚀一般是在写作状态之外进行的,而且更容易被周涛心甘情愿地接受,与排斥与钳制比起来,成就感当然更符合周涛自我实现的愿望,也更能体现他个人的尊严。《游牧长城》不是衡量中国人智商的一个绝对标准,而周涛不止一次地拿“长城意识”和“长城心理”,来断定中国人在文化、经济、政治、体育、军事、科技等诸多领域上的落后与缺陷,这论点实在是荒唐到极点了。当然,余秋雨之后,许多作家纷纷构建《文化苦旅》式的散文,或许可以说明一些问题。但周涛对《游牧长城》所倾注的写作失态,那种“对我来说,最大的成功就是完了”之后的满足与快慰,则实在是对他所从事的工作的一个巨大的反讽。如果将周涛的一生的写作行为当成一部“作品”的话,《游牧长城》的写作尝试,无疑是一次错误的尝试,一个无法回避的败笔,它破坏了周涛散文世界的形成。从这个意义上说,如果不写《游牧长城》,对周涛反倒是一种成全与保护。

向辉：在周涛尝试大散文写作的失败过程中，包含着社会、历史、文化传承、心理等复杂因素，一时难以梳理清楚，也不应简单地以审美尺度来衡量。荣耀的不期而至，反而将周涛送入感性的迷宫和精神的深渊中。虽然他的发奋结果是著作等身，但其价值仅仅限于抒情、逗乐、游戏散文创作之中，这样的写作激情很难担当起思想启蒙、消解传统意识形态、建构新的人文精神乃至谋划中国散文之未来等重要的使命。他的散文始终缺乏革命性的突破，因此表现出了迷惘的、犹豫的、多变的、一种故步自封的写作态度。

傅查：总之，《游牧专城》枯燥而繁琐，单是有关以"解放散文"为目标的文字游戏，就足以令人感到失望。如果回顾一下从20世纪80年代到现在的周涛散文，我们就会发现大多数读者对周涛的理解具有浓厚的乌托邦意味：将抒情与虚拟的生存经验联系起来，凡是能给人带来阅读快乐和陶醉之感的，就是好作品。周涛局限于拒绝抒情之外的理性，缺乏远见和深度审视的特点，倾向于文化保守主义，认为所有的命题、理论、信仰只有与个人经验联系起来才有意义，忽略了人文关怀与对人类命运的关怀，因而使他最终陷入思想的贫乏状态。这种局限已转化为周涛式的局限：他的散文，以建构"崇高"、"英雄主义"、"解放散文"等口号，转向碎片化、袒露权力欲望等写作模式，其结果就是他理性思考的日益平庸。

4. 傅查新昌的迷惘

向辉：你是我很关注的一个作家，虽然你早期的小说没能引起“轰动效应”,但他却仍未丧失“探索精神”。可是近年来,不时看到他的新著问世,企图以某种用心良苦的方式,引起某种滑稽的轰动。从你最近出版的长篇小说《毛病》中,不难看出这样一种倾向:把文学创作视为商品化、普遍化,以至于用以解释一切社会问题,使之成为判断和界定任何一种具体事物的标准,则是一种迷误。当然,读完《毛病》后,我深深被你颇富灵性的叙述话语,或感性中应合深刻哲理性的写作形式所折服的同时,心下也生了几份极为复杂的疑惑。

傅查:陀思妥耶夫斯基说:“在我看来,要在文学市场上拖曳我心灵的内情,对我的感情作一番漂亮的描绘,是一种不合时宜,一种卑劣行径。然而我并无痛苦地预见到,要彻底避免感情与思维的描绘。”日本著名作家芥川龙之介对写作陷入无法解救的绝望时,他的朋友荻原朔太郎刚好来看望他,于是便讲起了死的黑暗与生的无意义,与其说那是在讲,莫不如说是在倾诉。荻原朔太郎安慰他说:“可是,你正在写着传世著作,将来会有很高的声誉。”问题在于荻原朔太郎还没有体验到对写作的恐惧,所以他的一句本想安慰的话,却刺激了处于极度恐惧状态的芥川龙之介,使这位一向谨慎、羞怯、克制、不流露感情的作家,顿时变得暴跳如雷:“著作?名声?那些东西有什么用?”芥川龙之介对写作的体验和恐惧,我也在用心灵感悟着。

向辉:严格说来,由花城出版社推出的《毛病》是你的一大败笔,即叙述话语的混乱和人物性格的单薄,其他所有的评价,都意义有限或毫无意义,甚至对其创作只有害而无益。可以这样说,在你的前期小说作品集《父亲之死》和《人的故事》

中，你对小说人物的刻画，就颇具个性特征，首先是对总体人物语言的把握，即锡伯人的独特语言，其次是巴库镇中形形色色的人物，如憨厚的农民和虔诚的萨满、善良的教师、满嘴脏话的小市民、道貌岸然的政治流氓、落后愚昧的村民，以不同生活轨迹，以不同的言行，流露着不同的"问题意识"。

傅查：在我最喜欢的名言中有柏格森的一句话："对行动抱有热情，灵活地适应环境的同时，具有准确的判断力、不屈的精神和最正确的认识。"如今回想起那些梦一样遥远的童年趣事，我真的很像赫尔曼·黑塞，仿佛在回归中获得了一种人生启迪，这不仅仅像小偷似的启悟过程，而是数年如一日地思考更具超越性的关于人的理想存在方式的哲学命题。我的文学情结具有一种超越了具体现实人事的象征内蕴。我现在的写作、回忆和思索，猜谜一样地继续着童年的梦。对我的作品，你分析得已经够透彻了，我还能谈什么呢？像《毛病》这类作品，都是在我最困惑的时候，出版商约我写的，写完之后总觉得出卖了自己的灵魂。

向辉：但在《毛病》一书中，所谓"哲学话语"是很多的，几乎所有人物都显现出一种新都市、新历史、新状态、新体验、新市民的"精英心态"，这使《毛病》造成这样两种局面：首先，使得人物只有哲学家的气派而无好坏优劣之别；其次，使得文学创作在某种范围内变成一种"民间垃圾"，或者变成一种"欲望游戏"。应该说，小说中的任何一个人物，都并不能成为一种价值陈述，任何一个现实人物，都并不能与"哲学家"划等号。

傅查：萨特在接受一位记者采访时，说过每个人都是哲学家,问题在于有的人会写不会说,有的人会说不会写,关于哲学问题就这样简单。中国人的嘴,都是哲学家的嘴,尤其面对故乡的时候。对于故乡的记忆,可能只有伤口了,再没有别的记忆。这也许是一个民族的忧患意识,至少我在《圣经》里读到过犹太人对苦难的承受能力。我想对你说,要给一个民族的苦难下定义是多么困难,但有一点可以肯定:我们再不能做被驯服的工具理性之奴仆。所以,我终于从巴库镇逃了出来,在我之后是你,你比我更彻底,一下子逃到上海。我厌恶人背马运的原始生活,金色的玉米和墨绿色的牛粪,粉红色的南瓜,以及在暗褐色乡村街道上打滚的黑驴,都以色块的视景,构成理性与感性分裂的罪感文化。于是,我不喜欢杰克·伦敦的著名小说《荒野的呼唤》,艾略特、庞德、米肖、卡夫卡和博乐赫斯是我的自由选择,不是谁强迫我们的,而远方的城市使我的生命有了内在的联系,想超越原始的野性本能,这同样是受启迪的过程,我力图想要摆脱本能的感性诱惑。诺瓦利斯说,人类怀着乡愁的冲动到处寻找精神家园。

向辉:在《毛病》里,虽然有一些典型性或代表性的人物,其中最与"哲学家"投合的是阿古古。此外,歪鼻子、付蕾和露露等人物,不但对现实人事的观点,阐释起来自如、圆通,而且这些生活在生命底线的小人物,在你的笔下却变成了最称职最优秀的"哲学家"。比如说女裁缝李玉华,应该是现实生活中为了生存,为了挣钱而不择手段的普通百姓,但你并没有在文中伏笔有关她所受的教育程度,当税务干部来查账时,她逃到了阿古古的房间里,与阿古古和王明的对话中,却表现出俨然是一个女才子的口才,(见《毛病》第187~191页):"'你以为我有毛病啊?'她若有所思地望着他说,'为了税务登记证,我就月月去缴税啦。对他们的蓝色制服,我感到一种刺痛般的嫉妒,他们每次来查账时,我仿佛觉得他们虎视眈眈地盯着我,那眼神俨然是在睨视着一个猛然从外面闯进来的盗贼'。"接着她开始幽默起来:"你快决定啊,尊敬的法官大人,我心里好冲动啊,好像有一群蚂蚁在我心里闹起义了。"而实际上,平心静气地想一想,如若把这些人物从《毛病》中抽出来,他们又有多少哲学的谈资?《毛病》有很高的故事美学吗?有作家心灵在场的精神深度吗?有独特的人生感受和生命体验吗?有很美的叙述语言吗?有得天独厚的艺术价值吗?

傅查:每个人的写作都有明确的意义,而且必须有动机,即使是隐蔽的动机,只有这样创造出来的作品才能反映作家深藏不露的倾向。我借用美国作家斯坦培克的一句话,回答这个问题:"文学和语言同样古老,只要人类存在,文学就会延续。人类在征服自然和战胜自己的过程中,必将远离懦弱和愚蠢,臻于成熟和完美。"

向辉:先不说语言如何,结构怎样,就说除了对欲望、情欲、性事的色情著述之外,还有没有令人享受的小说美学?有时不得不承认,市井之中有真正的语言,但那些语言常常具有很强的行业特征,即大众化的话语特征,这些话语往往是现实生活的高度浓缩,就如西安出租车司机的打油诗一样。由此来看,从李玉华这个人物的语言中,就可以看出作者本人的很强的"文学性自我"。应该说,《毛病》的出发点是"边缘叙述",以此来淡化政治意识、历史意识和社会意识,不写宏大的历史事件，只关注庸众或小人物细微的情感波动，如在公民饭店的值班员小王和他的表姐、医院的收款员、歪鼻子的小情人付蕾、舞女露露与阿古古的对话中，均显示了不同于日常生活的、非市民化的哲学语言，闪烁出文采和哲理的暗光，甚至是发人深省的话语。

傅查：写作中的我，几乎不遵循任何规则，却通过我的作品告诫人们：理解这个可视世界的必要性，不要把这个世界看成是一台和谐的遵循理性的机器。但中国的百姓很爱贪小便宜，给他们一点小恩小惠，就会心满意足，除了想些吃饭睡觉穿衣服的平庸小事外，不会想别的事。你说的对，《毛病》是我的一大败笔，我承认我有时很愚蠢。

向辉：鉴于此，我有这样一个不成气候的看法，作家的自我应该与作品中的主人公有着一种深入骨髓的关联，作家塑造的人物是对现实生活的概括和升华，是客观的。在客观的现实生活中，人们由于这样或那样的原因成为了这样或那样的人，成了物欲横流社会锻造出的结结实实的一个又一个的不同形象。作家应该遵循这种客观，反映真实的、复杂的、混乱的、痛苦的、非理性的、或灵魂景观的种种精神图像。因此，作家应该与作品中的人物保持由居高临下审视的距离。如果没有这种恰当的美学距离，作家的生活性的自我，尤其是哲学性的自我和文学性的自我，始终缠绕在其作品中的人物形象中，就会冲淡小说人物的原生态，所以应该让小说人物的灵魂说话，让意识走出肉体，去经历并完成某些事情，而不是用作家可以引以为自傲而圆润的语言来说话。

傅查：说比做容易得多，说多了却像陀思妥耶夫斯基笔下的白痴，变成一个不受人尊敬的人，或者成为中国人常说的傻瓜。有时候，我会突然想起晚景悲凉的超人哲学家尼采。有一天他偶然望着深邃的天空，用已经发疯的头脑追忆起自己也写过不多的好书，便怀着心灵的满足说道："我尽力做了该做的一切。"然而，他说的跟写作的恐惧毫无关系，因为他具有孜孜不倦的追求精神，在他的著述生涯中，几乎没有流露过对写作产生恐惧的情绪与心态。对于写作的恐惧，约瑟夫·康拉德有过深恶痛绝的感触，他经常遇到绝望的心境，但并不视绝望为创作的坟墓，恰恰相反，绝望却成为刺激他写作的一种动力。他还没有著书立名之前，总是向出版商预支稿费，这给他心理上造成了巨大的压力。有时遇到一天写不成一个字的时候，他难免要绝望至极。他在一封给文艺批评家爱德华·加尼特的信中说："我每天坐八个小时，而坐下之后什么也没干。在那样的八个小时工作日里，我写下了三个句子，然后删去，离开书桌时完全绝望了。我要郑重地告诉你——我是清醒地说的，以我的荣誉担保：有时候竟然需要毅力和自我控制力，使自己会情不自禁地将脑袋往墙上撞去。"

向辉：你曾这样阐述过自己的文学观点："要从深层挖掘人的肉体和意识的实际经历。"从你的表述中不难看出，你想挖掘人或人类的"实际经历"，而不是自我。但实际上，在你的长篇小说、中短篇小说中，经常能找到你本人的自我的影子，这个影子总是在干扰着对小说的人性细节的构建，干扰着不够清醒的读者的阅读心理，使他们误认为作品中的阿古古带有自传性质。

傅查：墨西哥诗人帕斯曾说过："文学的特殊情况完全取

决于这样一个基本事实:文学作品是用移植过来的语言写出来的。语言从土壤中出生、成长,一种共同的历史养育了文学。"有时候,我的现实会遭到歪曲,那种言辞上的性质,很难保持在意识形态上的正确。因此,需要用琐碎小事来阐明立场的简化,除了强烈的讽刺意味,剩下的都是机械的概念。

向辉:在谈完你作品中"自我"后,我又想起文学博士施津菊在谈及你的作品时,曾经说过的几句话:"用'厚积薄发'来形容傅查新昌的创作状态,以及其作品的丰富性和复杂性,是比较客观的界定。"由此看来,有不少权威文学评论家,不是在有意地混淆对你的评价,正如你从来不缺少思想一样,《毛病》也并不必然排斥道德、理想、神圣和崇高,但从美学角度来讲,《毛病》是对"民间话语"的误解,更是对民众的丑化和侮辱。此外,我还有这样一个妄自的推测:你妙语连珠般洋溢在《毛病》中的哲学话语,是否也隐约透露出你本人的精神世界中的自怜,是不是表现自大的一种倾向呢?

傅查:在现实中,我没法自大,曾经蒙受的耻辱,也许给予劣于他人的地位,所以我没有必要否认自己的特性,并不是要渴望获得清高的特性,而是尊重与生俱来的特性。随着年龄的增长,人会年复一年地做出牺牲,有所放弃,并且学会了不信任自己的感觉与力量。就像德国作家赫尔曼·黑塞说得那样:"不久前还是短短的一次散步的路程,现在突然变得漫长了,觉得吃力了,有朝一日我们再也没有能力走下去了。我们一辈子都爱吃的饭菜,我们也不得不割舍,肉体的欢娱与享受愈来愈少,并且还得付出更高的代价。"

5. 黄向辉的冷酷质疑

向辉:我想你得承认,你们作家都爱撒娇,很容易受到伤害。你沉思了多年之后,带着明智和勇气,突然跻进批评家的行列,与我结成了同盟者。你曾对我说过,从事文学批评,并不是你乐意做的事。我知道,从20世纪80年代初开始,你一直痴迷于诗歌、小说和散文的写作,写的也都是反映锡伯族历史和现代生活的题材,而且是利用业余时间专写长篇小说,还获过一些国家级的文学奖,直到2002年春天才开始从事文学批评的。所以说,你的文学批评全凭你个人的认知能力、感悟能力和剖析能力,因而它既不像学者批评,又不像作家批评,你的切入点定位在于你所具备的“问题意识”,其中包括对新理性主义文化和后现代主义文学的研究,这是一种十分艰难的文学使命。显然,你善于发现“问题”,大胆地披露隐匿在一些作家心灵深处的不良轨迹,因而对占显赫地位的评论家的话语规约,进行了最彻底的反叛,对传统的文学批评进行了一次振聋发聩的声讨。但是,人们对某一部文学作品给予界定时,往往是孰是孰非,各执一词,一时难以定夺。难道你不怕伤害别人,别人也伤害你吗?

傅查:在这方面,我向艾滋拉·庞德学习,做一个政治上的糊涂虫,我是人际关系的贫困者,用说真话的心理姿态,让别人引起对我怀疑。从20世纪90年代末起,中国现代文学批评已经失去了往日的公正与客观,陷入一种过度升华、友情吹捧、屈意阐释的“私人领域”,学者化的精英批评者还没有介入,也肯定不会介入那样令人断气的“私人领域”,甚或成为多余的人。正是因为诸多批评家还没有完全把握时势潮流和适应这种转换,所以才会对社会的阅读阶层带来空前的混乱的质疑空间。对于严肃的文学批评家来说,科学的学术规范和公正的批评态度,将会为文学研究的意义做出理性的责任。我们从胡适、叶公超、梁实秋等先辈身上,可以看到一种带有普遍意义的学术标准,他们都从一开始就受到良好的、系统的文学训练,再加之对西方哲学与文学的广泛涉猎,从事起文学批评来自然游刃有余,下笔也挥洒自如。我想,我只是在批评,这不叫伤害,如果我的批评将伤害别人,或者别人反过来伤害我,那么,这场文学游戏的功能,就会再度失衡。

向辉:你也许对中国社会的一些腐败深恶痛绝,这在你的小说作品里有所透露。你我自以为最爱国,企图以文学批评来披露文学界的腐败现象,甚至在很多文章里,步王朔的后尘,怀疑鲁迅的文学立场。我可以感觉到,你不缺忧国忧民忧天下的忧患意识,因而你的审美关照从单一的锡伯文化,拓宽到中国文化以及整个人类的多元文化,这实在是有意义的。显然,你凭个人的博学和才能,以气势磅礴的批评话语,跨越时空,从现代到古代,从中国到外国,扫视了孔子、老子、孟子、鲁迅、胡适、林语堂、叶公超、陈忠实、莫言、余华、卡夫卡、乔伊斯、萨特、尼采、福柯、柏格森等相关思想家、作家和哲学家,想以此来阐明你的哲学观和文学立场,希望这些精英文化能够陶冶人们的精神生活。但是,我不太赞成你对鲁迅的评价。鲁迅是中国的文学巨匠,他的后期作品之所以没能成为经典,是因为那是时代的错误,不是鲁迅的错误。你不认为《狂人日记》、《阿Q正传》、《野草》等作品是中国现代文学的典范吗？你的批评姿态，给人一种误解，觉得你抛弃传统，专事晦涩，只看到别人的短处和弱点，甚至信手拈来经典著作，胡乱斥责。其实，你也吸取了这些经典著作的精华，而且最善于古为今用，外为我用，摒弃的只是束缚你思想情感的传统表现形式。

傅查：我不是一具尸体，我的心灵就是我的资格。在中国，有几个忍着腹痛为后世写作？近年来，一大批年轻的前沿学人介入了文学批评，给中国现代文学研究注入了新的活力、激情和辉煌，并将文学批评推向更宽泛更广阔的阐释领域。基于这个阐释层面，王晓明先生才这样评价了一直被中国人民视为文学巨匠的鲁迅："在中国现代作家中，鲁迅无疑是最出色的一个，但以世界文学的标准衡量，他却还不能算是伟大的作家，尽管他本来有可能成为一个伟大的作家。"对于像鲁迅这样的中国作家，我当然有自己认识、理解和解构，在谈鲁迅之前，首先谈谈我自己：作为一个把青春都献给文学事业的作家，我介入中国现当代文学批评纯属偶然，可能是因为读的西方著作多了，忽视了中国现代文学中的经典作品。直到35岁那年秋天，我才回过头来系统地读了从古代到现当代的部分中国文学作品，从一个作家的视角出发，再加怀着庄子所说的"吸纳百川"的做人态度，我对每一部中国作家的作品都产生了不成气候的"个人之见"，这些与众不同的"个人之见"在我看来，是一个极其平常的事，但其中的一些"个人之见"却被一些前沿学人大为赞赏，并鼎力推荐给刊物，还鼓励我坚持自己的文学立场和批评原则。在这样盛情的鼓励之下，我也不知不觉地自我认同为一位鲜为人知的批评家了。可以说，我对王晓明对鲁迅界定，深有同感，从童年时代起，我们就读着鲁迅的作品长大,甚至在人际交往中,还时不时地能说一两句鲁迅的格言而自豪。时至今日,我们还没有摆脱鲁迅的影响,还没有问一问自己,鲁迅在我们心目中占据了什么样的位置?我们到底怎样理解鲁迅?自从事文学创作以来,我就有一种预感,我作为一个锡伯人会被排除在"中国主流文学"之外的,也就是说,是会被排除在这个"中国汉语言文学"之外的。可是,事实上,自从1984年以来,我就已经不知不觉地挤入了"中国汉语言文学"之中,成了锡伯人不可忽视的作家。在这种文化背景之下,我无法摆脱鲁迅的"影响",不论我是认同还是反抗鲁迅的存在。

向辉:据我了解,进入本世纪以来,在西方文学批评界,一个明显的特征就是批评越来越变得学术化和理论化,文学批评逐渐走出了以前的那种对创作的依赖和评注的尴尬境地,发展成为一门自满自足的人文、社会科学分支学科的广义文学天空范畴。因此,你的批评不过是抛砖引玉,其实目的是为了梳理你认为频繁出没于文坛的一些伪批评。你也别紧张,我指的是另一种批评空间的开创。对此,王宁先生在他的《文学批评和文化批评:学术化和国际化》一文中,一方面从宏观角度地提到"理论批评"和"批评学的含义",另一方面把论述力量集中指向,或者说归结到"尤其是自英美新批评派崛起以来,在西方主导文学理论批评风尚的并不是一些作家出身的职业批评家,而是来自大学文学学科或其他学科的学者型批评家,他们的介入批评界使得批评作为一种独立的人文科学活动和研究学科变得越来越成熟。"我认为,你的批评实践,只是获得了你自身的欲望逻辑,这种逻辑业已定型,你自己也无法改变，除非放弃你所取得的，用你这种边缘立场的清算法则，无法解释中国当代文学创作现状。

傅查：在当今的中国文学批评界和文化研究界，由陈思和、葛红兵、丁帆、李陀、王岳川、陈晓明、南帆、王一川、李建军、吴俊、吴炫、陶东风、王光明、程光炜、唐晓渡等雄视文坛的前沿学人，开始一篇篇刊出他们那种具有独立的科学意识和学术理论文章，产量甚大，他们的声音几乎响彻了整个文坛。我认为这不是学术或不学术的问题，而是如何面对文学批评和文化批评，如何开放曾经受挫的批评心态，如何阐释中国的文学现象，建立一个文学理论批评的新模式，而不是从一个私人关怀和个人恩怨的文学立场采取一种绝对的批评态度。近十年来，随着整个形式主义批评的公共空间的萎缩与丧失，学者批评异军突起，并迅速进入学术理论批评的前沿，成为中国现代文学批评的时势潮流。自去年以来，我在这些学者有关现代化与现代性的言说与书写的憧憬中，并且在几个移居海外的文学博士的启发之下，对中国的文学批评现状有了自己的"个人之见"和"价值判断"。然而，在当代中国，像我这样"半路出家"的文学批评家，只得到了雷达、李建军、吴俊和施津菊等几个学者和批评家的赞赏。在我的批评家的地位确认后，《大家》、《作家》和《延河》等杂志的盛情约稿之下，我所提倡的"学术批评"和"理论批评"，才得以公之于众。

向辉：我认为，自20世纪80年代以来的文学的"现代性"的叙事，是在特定的历史发展流程中自然生成的，并且是被历史语境中自然规定了的。"学术批评"、"理论批评"、"回到文学自身"等观念，早就被胡适等人就倡导过，这是为了对抗作为政治规划的文学的具体历史语境与前提,也是为了反抗政治规划的贫乏。在今天,当文学已经成为了一种市场产品的时候,许多"先锋作家"都以其独特的转型形式,回到"民间叙述"来生产和销售,这已经导致了一种新的匮乏。因此,我觉得有必要重新思考有关文学的概念,并且对于文学的"本质"进行新的阐释。在这种理解层面上,我作为一个"纯文学作家",从概念到观念,从个人到社会,以及从科学、道德、艺术哲学这种现代知识合理分化的思考中,同时又在这种现代合理化充满了矛盾对立的紧张关系中,追溯到康德和席勒的美学思想,通过对唯美主义的重新解读,通过"为艺术而艺术"的创作行为的仔细分析,结合身边的现代世俗化和媚俗化,一种反抗现代功利主义的批判精神,一种反抗合理主义的思想凸显出来。

傅查:我所处的时代,促使我去反思文学,或者从更广泛的意义上去反思知识。从根本上说,我经常怀疑我是不是知识分子,我对于自身的文学立场与现代知识,是不是还缺乏一种足够自觉的反思能力与立场,我的知识结构是不是在意义结构的深层已经彻底崩坏了?在这种理性的反思中,一种新的人文性的意义结构已经在焦虑中分娩了。当我进入写作状态的时候,实际上,一种新的意识形态已经成为支配我写作的精神力量。我在《解构精神撒娇谱系》一文中说过:"我的批评在秘密中使语言的苍白性,有意无意地蜕变成知识的快乐。"这既体现了对于制度话语的尖刻的怀疑,同时也反映了一种对于人文性的学术化的理解。我不是将现代性和人文性作为一种不断进步的历史发展的口号和宣言,而是把现代性和人文性作为一种不可忽视的特殊范式来理解。我不是将现代性和人文性作为一种普遍的目的来宣示，而是把它作为特殊的具体的历史实践来理解。我经常怀疑我的存在，这种怀疑毁灭着叙事本身，我经常怀疑我的思想，这种怀疑埋葬着思想本身，正如毕加索的绘画毁灭了毕加索肉体的永恒一样，我也在通过写作来毁灭着自己的一生。然而，正如福柯的哲学一样，写作把知识变成了人生的快乐。作为反思作家，应该不断地批评写作合理化现象的不合理状态，使写作回到它本身的意义和价值之中。

第五部

1. 传说之死

向辉：听我父亲说，你被选入复旦大学唐金海教授主编的《20世纪中国文学史》，这对你个人来说，是否意味着你已经是一个具有代表性的作家了？我这次邀请你到上海来，是为了完成《失衡的游戏》的最后一章的对话，同时让你感受一下大都市的生活节奏、文化氛围和人文环境。在客居上海期间，你先后拜访了著名学者贾植芳和吴俊博士，这对你个人来讲，是一件很有意义的事件。

傅查：说实话，我没有想到我被选入《20世纪中国文学史》。首先，我以文学的名义，代表我家乡的父老乡亲，感谢你父亲黄川先生和唐金海先生。其次，从更宽泛的意义上讲，这对我个人来讲，无疑给我带来了新的使命感和责任感，但我不喜欢你说的"代言人"。不论是做人，还是做学问，我应该向贾植芳教授学习,他的心灵品质,他的坎坷经历,值得我等晚辈尊敬和学习。至于文学的民族性和地域性,我有说不完的话题。每当想到民族问题的时候,我便油然想到遥远的东北,如同思念久别的情人,心灵空间突然弥漫了被峥嵘岁月烧黑的迁徙情结,叫我顷刻间步入一个悲惨的历史画面。当民族意识笼罩我的思维,也就笼罩了我的生命。

向辉:听说你出生在一个只有三户人家的牧场,这对你的文学创作,是否提供了独特的想象空间?能否谈谈这个牧场?

傅查:那是一片杂生原始森林,连着无边的苇湖滩,苇湖滩连着无边的荒野。得天独厚的自然环境,给了我幻想的翅膀。我所有的幻想,都纷纷飞向遥远的东北,对故乡的不死的思念,像气泡一样膨胀,直到1985年到故乡寻根,在发现故乡不再有神奇性,只有现实的那天黄昏,我才结束了用一种超现实的态度看待故乡的痴情。无论我的态度如何改变,除了丧失记忆,对故乡的思念仍然刻骨铭心。很小的时候,我那亲爱的母亲为我描绘的图形,是我永远无法设想的景象:“咱们的故乡在遥远的东北,那是太阳升起来的地方。在美丽的故乡,有无边无际的大海,大海里有捞不尽的珍珠宝贝。每年春暖花开的季节,故乡的大雁,就啄几颗珍珠宝贝到咱们这儿。你不相信是吗?不相信就去苇湖边的水草地看看,在大雁的粪便中,有金光闪闪的珍珠宝贝……”尽管这故事是母亲编造的,但却有一种神奇强大的力量,日夜唤起我对故乡的无限向往。我还记得那天,初春的阳光照耀着绿色的水草地,我和弟弟怎样在斑斑驳驳的大雁粪使中寻找珍珠宝贝的情景。

向辉:从那天起,你思乡的传说已经死了是吗?因此,你以一种反文化的姿态来操作你的小说,从美学角度来讲,保持这种异常灵敏的反抗精神的出现是必然的。因为一个民族在苦难的氛围中浸泡太久,浸泡得神经非常脆弱,经不起一点点的刺激,长期陶醉在白日做梦的幻想之中,借此逃避现实的丑恶与无情。

傅查:是的,我在那个牧场里度过了整个赤贫如洗的童年,每天跟着父辈们重复着人背马运的生活。古老的大地好似岁月老人布满尘土的脸,在西北凛冽的寒风中,日复一日地看着人们的劳作。相对而言,苦难是一种精神财富,但长期受苦也不是一件好事。我是一个很自信的人,这自信来自广泛的阅读和挑战意识,从中我又获得了书写与言说的快乐。

向辉:每一个人都无法逃脱对民族记忆的审视和制作,而且只要稍稍用心就不难发现,当你在记忆中审视民族历史的时候,记忆是否给予我们一种修正过的精神图像?

傅查:你这么一说,我想起了一个美国人,美国比较文学博士帕克森先生,以及他对我的生存状态的理解。一天晚上,帕克森先生问起,作为作家,你是否在写作中感觉到地理环境与诸多人因素的联系?我告诉帕克森先生,在我们新疆,自古以来除了有众多的少数民族外,还有形形色色的外国人,因此形成了多元文化对流交叉的特殊格局。因此,我的写作是一种复杂的精神探索,不是单一文化的情感著述。随着年龄的增长,我开始介于文学的传统与现代之间,这是我的思想观念,也是创作的一个兴奋点。

向辉:读研究生时,我就读过布莱克的《现代化的动力:一个比较历史的研究》一书,他运用比较方法的一个主要立论是:“在今天的这个时代,政治、经济和社会等结构的任何微小变化都影响到全人类,人无法不面对并接受由比较而得来的结论。”科学革命以来,人类知识不断增进,传统社会制度逐渐演化,以适应现代功能,并加强对环境控制的一种变迁的过程。作为一个写作者,你是否确认了自己的写作态度,用完善的观念去建造新疆历史的精神图像,透过历史研究的背后,找到谱系学方法论,也就是人文科学的零点思维?

傅查:我从一个村镇、小农经济家庭和其他团体构成的社会,走进了一个以个人、城市、企业、公司和其他社会组织为基础的社会结构。对我来说,城市的盲目发展,正在淡化并消灭人类的历史记忆,而我几乎每个月都接到约稿电话,让我写一些新疆历史小说,越是这样,我越感到一种精神负担。于是,便会产生了无言以对的分离意识。帕斯曾说过:“对分离的自觉意识,是我们精神历史的一种持久的烙印。”有时我觉得这种分离感有如一个创伤,于是就变成内在的分离,变成令人心醉的觉醒,它促使我对自身进行审查;有时它又像一种挑战,像一支射出去的箭,激励我立刻行动起来,去与他人、与世界交锋。

向辉:当然,分离意识人皆有之,并非你所独有。在心理方面,对分离的感觉,与你最模糊的记忆,或者第一次与外国学者的尴尬接触时,你是否感到自己孤陋寡闻,易怀偏见,循规蹈矩,安于现状的封闭意识,是混在一起的呢?

傅查:几年前,在北京出席全国第六届作代会时,《文艺报》的一名记者问过我这样一个有趣的问题:“到了北京,你是否体味到首都人在诸多方面的优越感?”遇到这样有趣的问题时,我通常是微微一笑。我虽然身居边远地区,但我的思想并不落后,甚至比许多首都人更具现代性,这并不意味着我的民族意识被另类文化面具替代换了。对我来说,民族情感的虔诚,丝毫没有改变,这仅仅意味着作家不能充当民族文化的奴隶。我不遵循任何观点和流派,回避所有死板的束缚,我只想在审美文化规范中,以既有的一切形态,真实地存在着。当然,人从诞生之日起,便有了这样一种感受:我们脱离了整体(母体文化),落在一个陌生的土地上。这种体验变成了一个永不结疤的创伤,这是每个人深不可测的内心世界。我们所有的行动,以及从事和憧憬的一切,都是为了建造打破这种分离并使我们与世界和人类联系起来的桥梁。从这个角度出发,我们每个人的生活以及所有人共同的历史看作旨在重建最初环境的尝试。这是对分离尚未完成也永远无法完成的心理治疗。人的忧患意识,在各民族之间的表现,在历史范畴尤其尤为突出,因此它构成了我们的历史意识。

向辉:我经常思索这样一个问题:过去,在清帝国时代满族使用的语言——通古期斯语满族语,现在一般被认为死了的语言。已被汉化了的满语在康熙、雍正、乾隆执政时是最兴盛时期,作为通用语留下了庞大的满语宫廷文书、各种记录、翻译文献及大量碑文等。而在你的家乡,迄今还使用着满语。

傅查:所以,我首先选择了汉语。语言与心灵的沟通,足以让我们轻易把一个萍水相逢的人引为刎颈之交,激情地慨叹相见恨晚。我在新疆用汉语进行交流就是一种例证。我的情况比较特殊,完全取决于这样一个基本事实;是用移植过来的语言写成的。

向辉：也许是由于历史的原因，汉语被你从它的故土和自身的传统中拔出来，移植到你的家乡，在特殊的地理环境与经济环境中，一个古老的语言，便在新的土壤中扎下了根，与多民族聚居的新疆社会一起生长并发生了内在的变化。这种语言仍属同一种类，却是不同的植物。在这些移植过来的语言的变化中，你的文学创作是不是被动的？

傅查：是这样，我不怀疑这一点。两年前，来自日本的矢田部治子小姐在我家做客时，她谈到日本近代化的成功，她说从文化层面而言，可以发现日本人传统思想模式中的实利主义倾向，在应对西方异质文明冲击时，更容易转化为现代化所需要的世俗理性。中国恰恰与日本形成鲜明的对比，中国这个大陆国家，传统文明太悠久了，以致于对外部冲击难以注意，中国人的宗教意识原来就很淡薄，儒学不得不经由理性化的方式，向宗教化、信仰化发展，一身而二任地兼管政治秩序和社会道德规范的双重功能。我十分赞成她说的这一切。

向辉：你还对我说过，相当长的一段时期内，居然没有一个你所喜爱的中国作家，所以你的创作思维是从零点开始的。我相信大多数用母语创作的少数民族作家都会这么说，用汉语创作的文学作品，不属于少数民族文学的范畴。同样，大多数渗透汉语的作家，在西方文学的传统面前，也会说类似的话。为了更清楚地面对中国作家的特殊状况，只要想一想拉丁美洲和西方文学的神秘对话就行了：那是一种跨越不同的语言和文明进行的对话。相反，我们的对话也是用汉语言进行的。

傅查：我究竟是什么样的作家？这很难确定，不过我的作品会替我说话。对于个体的人来说，这种创作思维只属于个人，只属于我现在所处的每一个瞬间。每当我破费勇气面对自己的普通存在，我便没有任何理由对自己所处的地理环境，进行一种虚狂性的逃遁和隐匿。

向辉：新疆有那么丰厚的历史文化，经过几十年的风风雨雨，我们都会离开这个可视世界，争论也会烟消云散，而这块土地仍然叫着新疆。除了你跟一些众多的写作者相似以外，上述文化的、灵魂的、精神的迁徙的差别是很多而且很深的。其中之一，与其说是文学性的，不如说是历史性的。

傅查：写作纯然是属个人的事，而一个民族文学的发展则是和我们的民族文化、历史相关。在多元文化交叉对流的新疆，一种文学不能用某种虚无缥缈、捉摸不到的个性来界定。新疆文学是一个独一无二的、相辅相成的各民族作品构成的群体。

向辉：我去年在新疆时，在一次朋友们聚会中，有人就把你向陌生的朋友作了一番介绍：这位是作家，对此你表现出一种无动于衷的态度。特别有趣的是，当有人要求你阐述一下你们的民族史时，你习惯于沉默，或者不善于言辞，这也许让人会误解你。从表面上看，你显得很平静，但内心很疯狂。但这不是我最感兴趣的。我关心的是，你和他们最根本的区别，是否在于文化的根源不同？

傅查：我和许多同时代作家，最初都是一种西方文明的投影。从地理、历史和文化方面来讲,我一直处在偏离现代文明的边缘地带。我几乎用不着使新疆与内地区别开来,并使它有一个明显而又独特的历史面貌。我在新疆不仅找到了赖以生存的地理疆域,而且找到了历史。那个历史仍然活着,并没有成为一个民族的过去,而是成为我的现在。

2. 向内心窥视

向辉:你来上海以后,一直跟我父亲住在宾馆里,探讨了作家的意识、存在和自我的关系,你们虽然没有做理论的准备,照样运用自己独特的思想观念,阐述了对创作的看法与见解。你们十分明智地发现:中国经济已进入了复苏与高速发展时期,但又面临着新的矛盾和危机;一个作家应该关注整个社会的状况和人的存在的不合理现象,不应该只相信自我的完善,更应该相信民众的变革力量。

傅查:对我来说,你父亲的帮助和关注,实际上就是一种极有人性化的激励。人无论处于什么样的矛盾与危机中,注定是自由的,自由是人的宿命,人必须为自己做出一系列选择,正是在自由的选择过程中,人赋予自己的行为以某种意义,但人必须对自己的所有选择承担全部责任。我前些年写的中短篇小说,充其量关心的是民族历史、苦难和神话,也是各种写作形式的尝试,用我糟糕的汉语,想让自己变成不流俗的作家,这是不容怀疑的。我喜欢变革的时代。

向辉:人的事业有两方面:成功和失败。而人们往往只看到成功的一面,很难看到令人绝望的失败的一面,这就是现代人的本原态度。我经常看到的是后者，当美好的计划受挫，或者多年的发奋努力，又归落空时，世界就呈现出另一种清新的面孔，既稚气又可爱，内心没有支撑点，脚下也没有道路，此时的世界具有最高限度的真实性，因为人们因失败而被世界彻底压垮了。但在内心深处，还有一股强大的艺术精神支撑着我的存在。这就是人对厄运的深层理解。对你的写作来说，失败是否往往多于成功？

傅查：写作对我来说，是一个迟来的梦，直到现在我还在挑选一些愉快的日子，梳理着时而闪光时而暗淡的内心。而面对眼前的可视世界，我的沉默是无足轻重的，有时写完一部作品，发现还有好几部作品没有写完，那种来自躯体内外的纠缠不清的创作冲动，搅乱了一种更为现实的思想的叶脉；我要写什么，不写什么，这中间就会有一条比脚下的路更深远的道路，犹如多情的影子一样呈现在我的眼前，而我却像一个梦游者似地驮着欲望奔跑，在奔跑中让我的内心变得像一辆满载而归的马车，把写作的温情逗留在时间的另一边，长久地向丰厚的内心窥视，这使我体力刚强，更使我的生活能结出上好的果子。事实上，我的写作像情人必然的幽会，又像悄无声息的分别，仿佛瞧着一个人突然离去的阴影，用另一种方式萌发着自己那毛茸茸的感情，所以我听命于这样一种猜测的需求，把写作视为一种类似呼吸般的超然特性，永远处在运动与变化之中，而不是在时间的流逝中完成的。我把第一篇作品都视为一项事业，既然我活着的时候不被承认，有朝一日会变成遗弃我的声音和符号，但未来的岁月注定会判断我是对的，因为我的写作没有功利性的目的，在某种意义上是一种传达与认知的双向沟通。我往往在失败中感悟自己的存在价值,并把这一切咎于外力的干涉,不是因自己无能而失败。这就是我深层的选择,是我作品的源泉而不是结果。

向辉:很多人都在写作,不是写得过头,就是写得还不够贴切,每写一篇作品时都想着成功与失败;人们越是反复探索自己的行为,就越显得古怪。所以我认为,谁也不能彻底理解一个人。每个人无不同时在其明确的社会意义上与某些蒙眬的生存意义上活着。我记得蒙田曾说过这样一句话:"世上没有一个人能够描绘自己生命的确切图像,我们只得取其片段。我们都是小碎片,具有如此无形多样的结构,每一块,每一时刻,都有自己的戏。"

傅查:是啊,蒙田的意思是让你向内心窥视,你就会发现生命深处的阳光,那是雾后的一轮又一轮委婉的太阳,谁也无法抵达你的心灵深处,唯独你像一道阳光划过你的回忆。你无法走出你的内心,别人也无法走进你的内心,而你和别人只隔着一层梦帏,带着各种功能齐全的美丽感官,享受并游戏人生,而那份宁静来自对自己的全神贯注,是内心把智慧之路指给昏迷已久的你。陀思妥耶夫斯基说:"在我看来,要在文学市场上拖曳我心灵的内情,对我的感情作一番漂亮的描绘,是一种不合时宜,一种卑劣行径。然而我并无痛苦地预见到,要彻底避免感情与思维的描述也许是不可能的:任何一种文学努力,仅仅只是在人的内心中进行的。"

3. 作家的灵魂比文学重要

向辉:在《圣经》里,我读到过犹太人对苦难的承受能力。你所经受的也并不少,要给一个民族的苦难下定义是多么困难,但有一点可以肯定:我们再不能做被驯服的工具理性之奴仆。我认为,不论是诗歌和小说,还是绘画和音乐,都应该在自然而然的情况下,从个人、民族和国家等概念中产生出来的,这里包容着对心理、社会和物质现实,但不能带有任何脐带的痕迹。去年,我在新疆经常听到有些人用一种内行的口气说:"傅查新昌的作品晦涩难懂。"请问这是为什么?

傅查:对我来说,这跟人性的复杂性一样令人惊心动魄。这是一种艺术感受的重大突破,而汉语从我这里开始了一种新的进程,怀疑和陶醉并存的进程。真正的人生目的应该超越理性的单一的和决定性的规范。而至少在古典主义之前,人们都把理性当成人区别于其他生命的根本原因,于是人类被界定为理性的动物,理性具有至高无上的裁决权。而理性的极度膨胀最终必然走向其自身的反面——理性的异化。历史进程使人类逐渐看到人的本质并非完全在于理性。理性的片面强调,反而限制和缩小了人性的范畴,甚至在某种程度上构成对人性的极大压抑。在这方面,我得感谢尼采、柏格森、拉康和福柯,是他们的哲学,证明理性主义的绝对权威的时代宣告终结。人类对自身的认识又开辟了一个新的视野。我无法回避善与恶的范畴。

向辉:社会是由各种阶层组成的,每个阶层必然有其审美标准，不论对哪个阶层，如果作家写得过分，读者也看得过分，作家写得理智，读者也看得理智。其实，你在写你所看到的、想到的或预感到的现实，在写作时，你也许不受任何约束，几乎以泪代替了笑，塑造了一个又一个既可爱又可恶的虚构人物的灵魂。所以，中国台湾三民书局李美贞女士这样评价过你的小说："正如大陆文学李建军所说，我也非常喜欢你的小说。写作中的你，几乎不遵循任何规则，却通过你的作品告诫人们：理解这个可视世界的必要性，不要把这个世界看成是一台和谐的遵循理性的机器。"

傅查：自从1998年夏天，我便转入了对城市题材的写作，根据我个人的体验和感悟，一直在营造一个完全属于我的小说世界：不稳定的人性，现代人的孤独、困惑、失落感和空虚感。我相信心诚则灵，也相信我能让我的读者着迷。我知道，还有许多比我更优秀的作家，也在从事着作家这一行，而且为了弥补他们的那种迁就姑息，对一些不甚受到读者欢迎的小杂志十分严厉，而对那些付给昂贵稿费的杂志却体贴入微。

向辉：最近几年来，内地出版社都看好有些新疆作家的作品，而这些作家的文学创作，正处于历史上最具急剧变化的转折时期，这说明新一代的新疆作家们，已放弃故步自封的特性，以另一种崭新的态势和阵容，创造着心灵深处的一幅幅堪为典范的作品。在这样的生态环境中，你目前的写作状态如何？

傅查：作为一个作家，我所要写的主要是思想的阐述，而不是事件的叙述。我对你说过，我不喜欢什么流派或主义，我只注重人的肉体和意识，在现实中的实际经历。但是，这种文学观念是属于某种类性的,不只是玩弄一些普通的情感游戏,我把那些过于温柔的怜悯的倾向打碎了。换句话说,我试图写的范围,是比文学本身更重要的东西,因为在我的生命意识中,作家的灵魂比文学更重要。

向辉:是的,有些作家的思想和目的,总是和某种形势相联系的,先与总的社会和经济形势相联系,然后才成为文学思想,但形势产生于思想,而思想又对形势起反作用,这些思想相互冲突,最后这些思想对许多人的生活发生影响,而这些人从不认为文学作品源于作家,源于生活着的作家本身。

傅查:去年的一天上午,我坐在电脑前,有条不紊地,煞费苦心地,全神贯注,没有一点杂念地写心灵史诗《痒》。突然的一个电话铃声,吓了我一大跳,把思路给打断了。当然,我把这一天当作"作为我的创作热情高涨"的一天来珍藏在记忆深处。那是一个编辑的约稿电话。在电话里,我还对他们的杂志栏目,发表了自己的一些看法,希望这本杂志对创建时代的新秩序,能有所帮助。相反,对文学创作,我不是怀着那种普遍感到的恐惧而生活着,而是生活在我自己的文学世界里。也就在那天晚上,在一个充满爱意的中学教师家里,我跟中央民族大学的郑常生教授交流了三个多小时,虽然郑教授对文学谈得很少,但他主动承担了把我的作品介绍到俄罗斯和美国的义务。其实我知道,他早就这么做了。最后,他确实对我的作品发表了很多独到的见解,他说:"从你的作品中,读者完全能够获得一种参与历史进程的感觉。"接着,他建议我说,对写作进行一些必要的修正,放弃源于哲学的情感与思想,转变那种两个世纪来压迫着作家们的"孤独和超群"之感，这将使作家得到一种强烈的价值观念和新的题材。

向辉：我觉得，与作家精心培养的五光十色的内心世界相比较，外部世界已经变得色彩暗淡，沉闷单调。听我父亲说，你有时半夜从床上爬起来，把你做的梦记录下来，请问你那晚做了什么梦？梦对你的创作起什么作用？

傅查：那天晚上，我做了两个奇怪的梦：在第一个梦里，我的独生子被一只驴那么大的狼狗，活生生地吃掉了，等我跟过去救儿子时，我看见只剩下他的一条活蹦乱跳的腿；在另一个梦中，我仿佛走在寂寞的森林里，突然一阵风把我卷了起来，我像树叶似地被吹到一个迷宫里。一个纯洁的白脸青年领着我，走进一个山洞里。我看见一个先知躺在草床上，微闭着眼问我："是什么东西把你带到这儿来的？"我迅速想了想，可能是星星或月亮吧，但我很快就否定了，便说是我的心灵把我带到这儿来的。先知对我说："你成仙了。"第二天醒来后，我开始分析这两个梦：也许我把上一代人的历史经验看成了更老的历史原始模型的一部分：疏远离间和重新结合，或者离别和归来的老模式，这些模式如今还在一些作家的作品中重复，而且不断在生活中反复得到体现。我们的文学，正在经历一个由旧质到新质的蜕变过程，这对于知识界摇摆不定的现实来说，是个无声的见证：历史塑造了并重新塑造着新一代作家，而新一代作家也同样地面临着新的困惑和考验。梦是超现实的，对我的文学创作，可以注入很多复杂的人性因素。

向辉：我认为，个人的特性主要是社会属性；个别作家所可能具有的任何特性，都是作为更基本的特性的一部分而存在,这种更基本的特性与同一代的人所共有。但是,由于种种历史原因,一些作家感到自己和历代作家的价值观念、人生态度和关注的问题相脱离,他们不断寻求以不同的方式来规定自己的生活和创造。所以,许多作家开始了一种感情疏远,或如他们自己所说的"除根"的过程,这个过程是"改革开放"以来的独特体验,完全以自我为中心,专注于自己的个性,渴望能有异国情调的冒险经历,能卷入风流韵事,能在文坛上出名,能过上穷文人放荡不羁的生活。此外,还有一些不关心社会问题的作家,由于拜金主义的影响,在理智上陷入了混乱,结果无可弥补地丧失了声望;而其他一些有经济头脑的作家,却保持了完整无损的"声誉"。

傅查:1998年秋天,我去昆明领国家级"骏马"文学奖时,专程跑了一趟成都,可是那几天,杨牧和翟永明都不在成都,我只好投奔阿来,在《科幻世界》编辑部里,我对阿来曾说过这样一件事:"在21世纪初,我们新疆很可能发生一个规模不小的文学爆炸;新疆文学沉寂了整整二十年,这种现象太奇怪了!……"我还对阿来说,所谓的边塞文学时代早已经接近尾声了,新一代作家正在成熟或已经成熟,在他们已经获得的社会阅历,并对自己的国家和文化渐渐产生新的尊重的同时,他们也在形成新的文学观念。可是边塞文学运动之后,所有岔开去的文学道路,都已经明显地走到了尽头,而所有的尽头,永远是相同的,似乎每一条道路都引向无比忙碌的徒劳,犹如萤火虫在暮色中飞舞一样。但是边塞文学运动之后,又形成了一个新边塞"作家群",这是由新闻记者组成的"作家群",是一群边塞文学之墓最后的守望者。不过,从他们的诞生之日起,他们的历史任务已经完成,剩下的只是一些为金钱或女人或男人,整天忙忙碌碌的灵魂。

向辉:许多人一直认为,最优秀的作家或诗人,也许还在民间。我认为,作家唯一像样的抱负,是做个不让人恶心的作家,不是专门做个油腔滑调的新闻记者,或者更确切地说,把自己的心脏变成可口的野味,献给心爱的情人一样。

傅查:我过去有个日本诗人朋友,这位文雅的青年诗人,出身于一个社会地位无可指摘的家庭,别人都认为他是一个极有才华的青年,自从他发表第一首诗起,“天才”这个词应该对他适用,辉煌的事业展现在他眼前,可是他什么书也不看,而且只顾埋头写他的诗,或者整天热衷于追求女人。突然有一天,我收到了他的一封从美国寄来的信,他说他到了一种可怕的年龄,已经抛弃了家庭和社会关系,开始以极妙的轻蔑态度,把他心里想的话不折不扣地告诉别人。可是,他仍然在日本各种杂志上发表他的诗,当他对别人施加魅力时,他很有魅力,以致他要费多年时间来树立一个敌人;但是由于他不断侮辱别人,他在树敌方面也获得了成功。他十分痛恨妥协,这是尴尬的青春期特征,而文学的青春他从来没有真正有过。他后来又给我写信说,他要向伟大的日本作家安部公房挑战,开始写起小说来了,并声称他自己是日本最优秀的小说家。他对女人的态度十分恶劣,但他又试图和她们睡觉,所以他使女人厌烦,那些崇拜过他的漂亮女人,很快跟他断绝了一切来往。其实,他像一条忠实于女人的狗一样喜欢女人。这个事实使我惶惶不安,也使我觉得写作并不是什么游戏,也不能因一时的感情冲动而写作,我有足够的经验证明:写作是一个灵魂对另一个灵魂的塑造。作家应该一面保持自己的观点,这主要是作家的观点,不是普通人的观点;另一方面,作家要关心人类活动的每一个方面,包括科学、社会学和各种方式的革命。

4. 作家不是现实的复印机

向辉:我可以感觉出来,你的文学创作充满着个人经验。你的小说、诗歌和散文,从文体到叙述形式都没有重复,这是不是跟你的阅读、思考、体悟、想象和个人经验有关?去年秋天,我们在乌鲁木齐对话时,你很自信地说了一句:"我绝不从事重复写作形式。"假如有那么一天,你穷尽才华,感到力不从心时,你会不会继续写作?

傅查:我读的书较多,每读一本好书,我都静下心来思考与分析,根据自己的坎坷经历,感悟出很多哲学问题。如果只会读书,不思考和分析,不经常写作,那么我很有可能成为一个聪明人,不会成为一个具有探索精神的作家。这就是我的个人经验,这种经验是我个人的,有别于他人的,也是别人无法替代的经验。每个作家都有自己的个人经验,而且必须是隐蔽的经验:活人活在死人的时代,而死人却活在活人的时代。人怎能对不可能的事保持开放接纳呢?在对某一件事物进行观察和体悟时,我也许和美国的纳博科夫一起,坐在《微暗的火》旁,随意翻着萨特的《恶心》,谈论有关小说形式危机的问题,而纳博科夫以普希金的睿智和《叶甫盖尼·奥涅金》驳斥了小说形式已用尽的论点,他还用哲学证明了在老嫖客与小妓女之间存在着一种微妙的性道德观。这样的经验,往往来自作家的深度体验,成为非常个人的写作经验。

向辉：从弗洛伊德性学论的角度，去分析你的内心经验的多种成份，那么你的注意力除了集中在纳博科夫的《洛丽塔》上以外，还看看这个社会的阅读气氛是否令人断气。所以，你在跟别人交往时，经常提过克洛德·西蒙，好在你交往的人，也非常喜欢这位法国作家。克洛德·西蒙的长篇小说《弗兰德公路》是这样的结尾的："静止不动的天空下呈现出一片荒漠无人，空空洞洞的景色。停顿，冻僵的世界风化，剥落，逐渐成为碎片崩溃了，像一座无用的被废弃的建筑任凭时间通过缺乏条理，漫不经心，客观自然的作用把它毁灭。"

傅查：在我的写作中，尽管有坏的或不景气的一面，但毕竟存在一种超越现实的精神生活，这种精神生活就像一种顽强的抗议，虽然它受到诽谤或嘲讽，有时还受到弄虚作假的迫害。然而，这种精神生活本身存在着，并无其他目的和理由。作家的写作，有时受到各种势力的冷漠，有时甚至敌视，不让继续保持其生命力。因此，不管怎样，我要感谢凡高，是他给了我不死的艺术精神。所以，我有时候不太关注身边的事，经常想一些遥远的事，或把主要精力破费在研究美国后现代小说家E·L·多克特罗这样的作家上，他的长篇小说《拉格泰姆时代》，是我最喜欢的一本书之一。多克特罗说的那句话始终在我头脑里徘徊："社会小说的传统应该深入外部世界，并不局限于反映个人生活，不是与世隔绝，而是力图表现一个社会。近几年来，小说进入居室，关在门内，仿佛户外没有街道、公路和城镇。我则一直努力留在门外。"我的状态也是这样的，早已转向那些留在门外的人们，对他们表示感谢，这并不只是出于礼节不得不这样做，或只是履行一种庸常的礼节。

向辉：在巴赫和普桑的年代，艺术家有时被视为贵族的奴仆，任何时候都奉命创作。今天对于某一个社会阶层来说，劳动和工作这些概念已丧失威信。到了这种程度，以致谈到一位作家感到下笔艰难时，就认为那是极其可笑的事，这种带有嘲讽的想法，怎么解释呢？也许我们现在所写的《失衡的游戏》在这里耽搁一下，谈谈这个问题不无意义，因为它牵涉的方面很广，比单纯的感情冲动重要得多。

傅查：马克思在《资本论》的第一章写道："一个使用价值或一种物品，只是当人类的劳动体现在其中时才具有一种价值。"事实上这就是任何价值艰难的出发点。虽然我既非哲学家，也非社会学家，但我对下列情形感到困惑：人类在进入21世纪的过程中，科学进步与物质化冷酷无情地发展的同时，也滋长一种不良的意识，贬低了劳动的观念（转化的劳动获得和报酬微薄），文学因而被剥夺了他作出的努力应得的好处，而使有人称为"灵感"的东西得益，这"灵感"使作家成为一种不再单纯的中介，变为最多不过是一名有头脑的"复印机"，或是在某地已写好的作品的复制者，不过是能把神秘的天外发来的信息清楚地发布的一架译码机。

向辉：在谈到写作的个人经验时，我想起了卡夫卡说的话，他说："自我控制不是我所追求的目标。自我控制意味着：要在我的精神存在之无穷放射中任意找一处进行活动。如果不得不在我的周围画上这么一些圆圈，那么最佳办法莫过于瞪大眼睛一心看着这巨大的组合体，什么也不做。观看相反使我的力量得到增强,我带着这种增强了的力量回家就是。"他的话,在某些方面多少具有预言性。据我看来,他的话能引起一些新的看法:任何阿谀奉承者均靠接受阿谀奉承者养活。

傅查:这种传统在中国经过几个世纪的对偶诗、唐朝以来的词辞诗书画和称为风俗或章回小说的作品、以及以男女调情动作为主题的舞台戏剧,发展到当代的所谓"现实主义"小说,追求道德教训意义的文学作品。我们还记得巴尔扎克所说的那句名言:"你和另一些灵魂像您一样美好的人,把《赛查·皮罗多盛衰记》和《纽泌根银行》一起阅读后,就会理解我的思想,在这两部作品对比之下,难道不已呈现全部的社会教训了吗?"我懂事起就被巴尔扎克欺骗了,因而忽视比他更优秀的作家,因为巴尔扎克的小说,在他那个时代可以说是一种大胆的革新,他的小说由于某种"文学狂热"的激励,某种失去分寸的奉承,超越了他原来的意图,后来就退化了,从而产生出一些仅保持纯粹示范性的东西。

向辉:从这种角度看来,小说中的有些描写不仅是多余的,而且是像蒂尼雅诺夫所说的令人腻烦,因为它以寄生虫的方式硬插入情节之中,打断它的发展,故意拖延读者最终知道故事含义的时间。安德烈·布勒尔在《第二次超现实主义第二次宣言》中,宣称他读到陀思妥耶夫斯基的《罪与罚》中对拉斯柯尔尼科夫的房间描写的段落时,厌烦得要死!他忿怒地嚷道:"作家有什么权利把风景名信片硬塞给我们?"

傅查:在特定环境中,心理典型被简化成漫画,至少在中国文学传统中是如此:阿Q不仅是一个单纯穷光蛋。萨特在让·热内的《小偷日记》序中指出:"多少人倾身欣赏自己在水中的倒影,但在水中,只不过看到了人的模糊表面而已。"传统的文学艺术家被一连串表象所迷惑,按照所谓无法改变的因果关系陆续创作,逐步使作品被引进一个被称为艺术逻辑必然的结局,从而阐明自己根据充分的观点,表达出他的读者对男人和女人、社会和历史等应有的想法。

向辉:成问题的是,这些所谓已被决定的和起决定性作用的情节,均取决于叙述者的意愿,这些或那些人物的相遇、相爱和死亡,也全凭他们的意愿决定,还有,即使这些情节本来是可能发生的,却也可以不发生。正如康拉德在他的小说《水仙号的黑家伙》序中指出的,作者往往利用读者的轻信,因为倘若对人物性格和情境的"逻辑性"进行谈论的话,那会没个完了。

傅查:是啊,萨特第一次读福克纳的小说《喧哗与骚动》时就发现福克纳告诉读者的是"时间哲学"。也许产生自相矛盾的现象的原因就在此:太监文化不仅从一开始就实现着自己的死亡,而且还毒害着他们自己的读者。倘若注意到了传达道德教诲手法的所有弱点,便会发现所有的艺术作品实际上似乎都是这样,艺术家为了使他们的作品更具说服力,隐约感到需要赋予它们一种具体化的深度。在此之前,在文学与绘画作品中,不论是海明威的《丧钟为谁而鸣》、《老人与海》,或毕加索的立体派画,真正的描写是不存在的。

5. 写作情怀和精神状态

向辉:我们的对话已经接近尾声了,在此我还想问你:在进入写作状态时,你是怀着什么样的心态?这次来上海,你最大的收获是什么?你喜欢上海吗?

傅查:对一个作家来说,需要愤怒和冷漠,因为我经常上当受骗。你想一想,文学并不是点缀这些高耸的文化大厦的唯一产物。在生活中,很多人从来没有懂得文化是具体情况的派生物:一个熟知其工具和材料的皮鞋匠也可能是个有文化的人;一个在田野上驾牲口犁地的农民,在他犁完地的时候,也许会在田野旁坐下来,思考生与死以及下一年的收成,那么这个农民也可能具有文化,即使他从来不看报纸。这次来上海,我最大的收获,是跟你父亲的长时间交流。我喜欢上海,因为上海是母性城市,我特别适合这样的环境。

向辉:你的愤怒和冷漠,反映在你的系列散文《玉米使者》里。其实,你那时候对城市文明感到厌倦,只渴望迅速脱身。你对我说过,从你看了意大利作家卡尔维诺的《未来千年文学备忘录》开始,你的写作有了一个转型:一个作家只有愤怒是不够的,还需要人文情怀,更要有一种心灵品质和精神状态。我感兴趣的是,汉语对你的写作,是否有障碍?你是怎样解决这个问题的?

傅查:我相信自己从来没有。我心灵深处的黑糊糊的积雪早已经融化了,寒冷的狂风也从我肉体里面刮走了。我现在处在一种打过仗似的状态中,以一种非常灵敏的清醒状态,继续把自己训练成作家的工作,选择最佳的语言叙述方式,并且确定好了我的身体要发出什么内容的声音。我的父亲,从来没有向我提醒过战争、民族、政治、文学、男人和女人方面的事情。你问对了,就是神秘的汉语,又使我想起父亲带我去参加生产队批斗会的那个遥远的早晨。那天,村上来了很多人,他们每人手里拿着一本红色的毛主席语录。有个主持会议的男人讲一句话,就将红色语录本举过头顶,扯开嗓子喊一声,"毛主席万岁!"所有的人就跟着他重复一次。而我却听不懂"毛主席万岁"是什么意思,直到回家的路上,父亲才给我翻译了一下。后来,我进了小学,觉得汉语词汇太丰富了,远远超过我的母语。

向辉:从比较语言学和人类文化学角度说,民族这个东西太容易给人制造情感与思想的距离,甚至还有根深蒂固的对抗因素,包括语言与语言、文学与文学之间,都存有抗衡性。索尔·贝娄在他的《台风眼中的宁静》中说,"每个民族都养活着一大群女人腔的作家诗人,他们知道一长串高尚的或者听起来高尚的词语,诸如信念、良心、道德和人道等曾经被厄内斯特·海明威等作家屏弃的词语。作家的怜悯和痛苦感,是作家与万物的潜在情结,还有那难以捉摸而又不可征服的与他人休戚与共的信念,正是这一信念使无数孤寂的心灵交织在一起,使全人类结合在一起,那死去的和活着的,活着的与将要出世的。"在法国新小说作家罗布·格里耶眼里,民族这个美丽的名词已经死亡了。他是实物主义小说的代表,他也许恨那些把民族这个名词永远挂在嘴上的编辑,恨女人腔的作家诗人,恨经济繁荣时期的警察,恨在城市街道上随便呕吐的新闻记者。他仿佛直接对我说，“还不如说，目前是一个行政号码的时代，世界的命运已不再是与某个民族和家族的个人成败共兴衰。”罗布·格里耶接着说，“在世界上，有一定的个人面目还是重要的；因为在一切探求中，个性既是手段，又是目的。”

傅查：相对而言，在很长一段时期，汉语是我写作的最大的障碍。那时候，我的思想比感情来得快，由于看的书少，积累的词汇不多，写作进行得特别吃力。后来，我从杰克·伦敦那里学会了积累词语的好办法：一边看书一边把那些对自己有用的词语，不厌其烦地记在日记本上。我迷恋词语的程度甚至超过萨特。是的，是汉语改变了我的命运，创造了另一个傅查新昌。我现在越来越痴迷于词语的内涵，因为我找到了用汉语写作的一条明亮而宽广的途径。现在，对我的写作来说，汉语不再是什么障碍了，而且成了我的温柔的情人。

向辉：可以这样说，无论身居何处，你都改变不了内心深处那种抑郁和善感，这无疑与血液有关，与民族历史重大的事件有关。这个大山一样沉重的过去，会在这个民族的每个成员那里得到不同的回应。你也许无意成为民族代言人，你从事着这项工作，因而你的小说是应该不满足于个人的得失，思考更多一部分人的命运？这对你的创作，将是一种激励还是打击？

傅查：在特定的生存环境里，或者在特定的某一时刻，我承认我作为一个人而存在，但这只是我的外部特征，我想说明白的意识和肉体。我们在谈文学，没谈民族学或民族文化，难道文学应该充当文化的奴隶吗？文学丧失了生命力吗？人类已经走进了死胡同了吗？一个作家的个性真地依赖于历史条件和文化条件？我认为问题不在于人的固有兴趣，而在于这些观念和解释，要找到问题的根源，我们还得到医院检查一下我们自己的头脑是否有毛病。

向辉：从你的作品里可以看出来，在你进入写作状态的时候，你的情感、思想、思维意识，以及叙述风格和表达方式，都像一个西方人，有时候像阿尔贝·加缪，有时像克劳德·西蒙，有时又像威廉·福克纳。当然，在某种意义上，你的某些作品，远远超过了民族这个单纯的概念，我指的是你的作品所传达的某种带有普遍意义的情感和思想。

傅查：谢谢你的理解。我的家乡，只完成了创造我的肉体的过程，此外什么都没给我。给我带来智慧和思想的是世界级大作家和哲学家，在我的内心世界里，影响过我的大师们可以组成一个庞大的作家部队。

向辉：法国著名文学批评家、符号学家、结构主义批评学家罗郎·巴特曾说过，“要是世界有什么意义的话，那就是它毫无意义可言——除了世界本身的存在。”你过去深受俄罗斯文学的影响，特别是受陀思妥耶夫斯基的影响比较深，他的内心跟监狱一样，他的叙述似乎总是被人物的内心所笼罩，所以他的小说比浩瀚冗长的俄罗斯历史更能使我们懂得俄罗斯人民的历史。

傅查：陀思妥耶夫斯基使我重新认识了自己，而康拉德却帮我摆脱了那灾难般的忧郁：生存、享受和发展是人类合理需求的三个标准化梯级。康拉德以小说的背景横跨世界著称，但他实际上也把自己限定在一定的范围内。是这样,我现在已经摆脱了所有文学大师在表现形式上对我的影响。

向辉:能不能这样说,当你进入写作状态时,所面临的只有两种事物:一是存在于你内心世界的感情、回忆、联想、印象、动机、冲动、虚构等杂乱的混合物,二是语言本身,寻求以表达这混合物的词汇,以及把词语安排得井然有序的语法、小说文本与结构。

傅查:21 世纪的人类已经进入所谓的后工业社会,微电子技术的突飞猛进,视听文化的汹涌澎湃,大众文化的浅薄化和粗鄙化,将人类带入一个高效求实的新时代。我所思考的问题,肯定是复杂的人性问题。当然,我的小说是我的生命里面的光,我希望它是现代读者心灵栖身的暖巢。从民族心理学角度说,民族对我是一种巨大的精神激励,有时像一个饥饿的父亲,鼓励我争取生存;有时仿佛后娘一样用温柔的乳房恶毒地打击我。

向辉:你的长篇小说《秦尼巴克》,是在新疆写的,最后定稿于上海,这部作品的容量大,情感也很厚重,从清朝末年写到苏联解体,它是不是你目前的代表作?

傅查:是的,这部小说,我构思了十多年,翻阅了大量的历史资料。本来想写长篇小说三部曲,但考虑到当代读者的阅读习惯随着物质时代的发展,也在发生着变化,就浓缩成了现在的《秦尼巴克》。

向辉:你觉得《秦尼巴克》能获得茅盾文学奖吗?

傅查:对不起。我拒绝回答这个问题。

向辉:你拒绝回答的理由是什么?

傅查:你让我很尴尬,有些东西是不可言传的。

向辉:确实如此。你不喜欢把一件还没有完成的事情,事先说给别人听。这是你从康德那里学来的经验吧?你过去是不是吃过这方面的大亏。川端康成也年轻的时候,也吃过这样的亏。你不能效仿他的死路,或者让川端康成也得以死而复活。有些学者说,每个时代的小说都和自我之谜有关,你怎样理解这个问题?

傅查:自我就是自己。你还记得贝克特的《等待戈多》和卡夫卡的《城堡》吧?不一定每一篇小说都跟自我有关。我们可以从多层次多角度去理解自我,生活性自我,哲学性自我,文学性自我,也可以从社会、阶级、政治、人性、精神、心理、物质世界和生命进化等等方面来加以剖析自我,波德莱尔、尼采、海德格尔、荣格、蒙田、休谟和帕斯卡尔等哲学家和诗人都对我们说过自我究竟是什么东西。我有时候认为,一个作家进行某种题材的小说的写作时,那自我简直太大了,可以包容整个世界。有些小说不是表现自我,甚至跟自我没有一点关系,作家的责任只是在把一个故事写出来,他们描绘的只是存在着或曾经存在过的事物,以及事物的内在运动或本质,这东西不能叫自我。

向辉:我能理解,这是比自我更重要的东西。福克纳的《喧哗与骚动》、安部公房的《砂女》、马尔克斯的《百年孤独》、乔伊斯的《尤利西斯》、怀特的《人树》，能从表现自我这一角度独立作出判断吗？

傅查：我们现实状况的自我，它的复杂性、混乱和痛苦，早在普鲁斯特的作品中就显露出来了。现实中的自我常常露一面就会躲藏起来。它的隐伏使我们重又陷于疑惑之中。可是我们似乎从来没有和自我的深处失去联系。我们仿佛从自我中获得真正的人格和精神的力量。真正的自我是作家取得辉煌成就的源泉。可是，有时候自我这东西太脆弱了，很容易破碎。有关作家的自我问题，卡尔维诺在他的《未来千年文学备忘录》说得很清楚，他说，"大概最贴我心的回答是这样：请设想一下，从我们自身之外构想一部作品会是怎么样；这样的作品会让我们逃脱个体自我的局限景观，让我们不仅仅进入我们自己一样的他人的内心，而且还会把语言给予不会说话的生灵，给予栖息在水槽边缘上的鸟儿，给予春天的树木和秋天的树木，给予水泥，给予塑料……"我今天不想谈这种情况，因为我们的语言有局限性，我们什么也证实不了。作家的自我是别人看不见的精灵啊。

向辉：在你的小说中，巴库镇是你小说人物表演的大舞台，这个叫巴库的小镇，以我个人的理解来说，应该不仅仅是一个地名，而应该是具有象征意义的事件盛载体。这也许是你着意这么做的，让它不清晰，显得模糊，甚至充满一定的魔幻色彩，它更确切地传达了你什么样的目的？可不可以这样理解，你是否只用与情节至关重要的"部件"，去构建一个真实而抽象的布景？

傅查：这个问题的答案，在《圣经》里有。我是人，我对别人也是人,对写作更是人。我用人的情感、思想和智慧,创作着人的故事。用写作去信仰、去痛苦、去忍耐人的一切的时候,我那孤独的自我否定竟然会采取炽烈的形式,具有那样断然的,我甚至要说,那毁灭的性质,促使我思索和怀疑,人类深刻的思想和高尚的生活的全部体系,使我在写作时不太注重情节,我只是觉得自己在写一个人的意识和肉体的实际经历。我的疑惑和可能的错误,自然会在写作中得以清醒与净化。对我的写作来说,有时情节并不重要,我说过我非常注重人的意识和肉体的实际经历,针对自己正在写的人物和事件,就连我自己也彷佛在空中走,感到头在旋转,有时变得真实,有时变得抽象,而人物跟事件本身也一样,有时真实,有时抽象。这实质上根本不是思想,而是一些态度和情绪,虽然一再反复被感觉到,然而却是模糊的,而思想往往仅处于萌芽状态。但有时候情节却显得很重要,因为情节能帮助说明随后发生的事件。俄罗斯的托尔斯泰早就号召我们要学会真诚,这位心灵的主宰,号召我们在写作时谦恭、温顺和退让。我只有对荷马和歌德温顺与退让。人的意识与肉体的实际经历,是我饥渴写作的圣河。

向辉:在我看来,你在构建一个抽象的小说世界,并且死心塌地朝着这个方向迈进。你当然会理解,我指的绝不是那些加速成熟的青年作家没日没夜叫喊的东西。我说的是小说的生命力,是具有灵魂的、经济的、文化的、历史的、哲学的、智力的和道德力量的生命力。你是不是经常被哲学纠缠着?这对你的小说创作来说,是损坏还是弥补?

傅查:我喜欢哲学,每个人都有哲学观,只是没有用文字把自己的观念表达出来而已。在写作方面,哲学给我带来了无穷无尽的智慧,也给我带来了艺术精神和人格力量。

向辉:在你的不少小说篇什里,你是否意识到故有的情况不仅必须为人物创造出新的生存情境,而且故有的境况本身,也必须被作为一种生存情境来加以理解与分析?

傅查:如果你去问美国的马尔科姆·考利先生,他也许会给你一个满意的回答。我还没有感到幻想破灭和厌倦。作家有自己的天地,在现实世界中作家应该无所求。我写小说时只想写想小说的事情,你问的问题与我的写作格格不入,甚至有些可笑。对于已经完成的东西,我怎么会再次回过头来想知道感受如何呢?我的精明与冷漠并不是早熟。爱德华·福斯特在他的《小说面面观》中说过,“地域主义对小说家来说,并没有什么关系,甚至可以成为他产生力量的源泉。可是,地域主义对批评家而言却是个大毛病。”

向辉:作家用文字描绘出他想象的世界,以及一群又一群虚构的人物,而这时你必须面对这样一个问题:什么是自我?你如何去把握自我?那么,你是通过行为来把握,还是通过心理来把握?

傅查:你怎么又问起自我来了?我刚才不是已经靠诉你了吗?对一个优秀的作家来说,不再像17岁和18岁的男孩那样对世上发生的事一无所知。他们吃饭、跳舞、睡觉、抽烟、喝酒、谈女人、准备大学入学考试。一有空就谈自己和生活,谈恋人和性的升华。而优秀的作家早已形成了严格的生活准则,他们与众不同,他们生活在特殊的艺术世界里。他们不再去读弗洛伊德的书，解脱他们心理上的抑制和性压抑，也不把叔本华的书作为情人，他们用性格来维护自我，不再动摇或崩溃。但是，自我是很抽象的东西，有时显得苍白而脆弱，有时又觉得强大无比。在中国式的集体无意识生存环境里，我经常丢失自我，那种感觉跟人行道上的寒气穿透了鞋底没有两样。面对唯利是图的直奔主题的现实，自我常常被抨击得支离破碎。不过，你用不着大惊小怪，挽救自我的途径很多，办法也很多。我们可以从音乐、绘画、爱情、痛苦、挫折、噩梦、回忆、联想、思考、反省以及一棵树和一张很特别的面孔中，轻而易举地找到丢失的自我。

向辉：辛克莱·刘易斯从美国人对文学的恐惧中找到了自我；托马斯·曼在他最欢欣的时刻寻找到自我；莫里亚克却经常在十字架上发现自我，也发现了自己永远的希望；加西亚·马尔克斯在拉丁美洲的孤独中，培养出自己明亮而透彻的自我；阿尔贝·加缪在冒着危险的创作中树立了自己的自我。作家的自我应该只属于蒙眬的过去和美好的未来。你同意我的这个观点吗？小说的灵魂是什么？你的小说存在的理由是什么？

傅查：小说的灵魂就是小说本身。不过，也有没有灵魂的小说，读者一思索，那类小说就傻笑。我的小说存在的理由，有两个方面的因素：因为它是我生命的阳光与思想的辐射。此外，它不仅仅是生活和历史的纪录，而且是人类精神的高度凝聚，是人类灵魂的显示。

结束语

向辉：我是半年前就决定跟你进行对话的，由于生活中的琐事很多，再加新疆和上海相隔这么远，就推迟到今天。可这几个月来，占用了你的宝贵时间，总觉得自己有点残忍，这使我变得理智了是吗？至少面对你提出的这么多文学问题的时候，变得理智了是吧？

傅查：其实，我现在却觉得，人真的是很怪的，用这么长的时间，破费精力谈了这么多死人、活人，认识的人和不认识的人，仿佛生活在一个真相被无视和掩盖的世界……就此打住吧；剩下的是我无助的祝福，愿上帝赐给你一句《圣经》话语：圣灵所结的果子，就是信实（《路加福音》5:22）。

向辉：我想到，这本书的最后一章，在我所供职的上海海事大学完成了，这对我来说，是一件很有意义的大事。你于本月9日就返回新疆了，在此我衷心祝愿你的《秦尼巴克》能够顺利出版，并获得成功。

傅查:谢谢。

2004 年 10 月 22 日完稿于新疆·乌鲁木齐

2005 年 7 月 6 日晚定稿于上海·上海海事大学

图书在版编目(CIP)数据

失衡的游戏/傅查新昌,黄向辉著. —上海:学林出版社,2005.9

ISBN 7-80668-957-5

Ⅰ.失... Ⅱ.①傅...②黄... Ⅲ.当代文学—文学评论—中国 Ⅳ.I206.7

中国版本图书馆 CIP 数据核字(2005)第 056778 号

失衡的游戏

作　　者—— 傅查新昌　黄向辉
责任编辑—— 王后法　褚大为
封面设计—— 魏　来
出　　版—— 上海世纪出版集团
学林出版社(上海钦州南路81号3楼)
电话:64515005　传真:64515005
发　　行—— 新华书店上海发行所
学林图书发行部(钦州南路81号1楼)
电话:64515012　传真:64844088
印　　刷—— 上海港东印刷厂
开　　本—— 850×1168　1/32
印　　张—— 8.875
字　　数—— 18.8万
版　　次—— 2005年9月第1版
2005年9月第1次印刷
书　　号—— ISBN 7-80668-957-5/I·251
定　　价—— 16.00元